Le Potard sur Onze

Le Potard sur Onze

Eric Hermblast

Le Potard sur Onze

ÉCLOSION

Le Potard sur Onze

ISNB : 9782494422063

© Eric Hermblast & Eclosion
2023

Le Code de la Propriété Intellectuelle interdit les copies ou les reproductions destinées à une utilisation collective. Toute représentation ou reproduction intégrale ou partielle faite par quelque procédé que ce soit, sans le consentement de l'auteur ou de ses ayants-droits, est illicite et constitue une contrefaçon sanctionnée par les articles L.335-2 et suivants du Code de la Propriété Intellectuelle.

Toutes illustrations, photos et couvertures par l'Auteur.

ECLOSION - https://editions-eclosion.fr/
eclosion100@gmail.com

Le Potard sur Onze

En hommage à Philippe Manœuvre,
Prince des Rock-critics
et des Rédacteurs en Chefs...

Le Potard sur Onze

DU MÊME AUTEUR

Les Contes de Gondo Gofo
Arras, Eclosion, 2019

UN

Réunion chez Symphorep - Foyer glacial
Un discours de Kadeume - Gilbert-Rémy,
dit Gilby - Une Tournée !

C'était un mardi matin d'avril 2003 chez Symphorep, au quatrième étage d'un ancien immeuble donnant sur le Square Montholard. Deux fenêtres avaient été ouvertes en façade sur les arbres faisant éclore leurs premiers bourgeons sous un soleil voilé, et dans les bureaux, il faisait frais, pour ne pas dire froid.

Vers 10h, Forte Savane arriva. Jean-Michel Trameaux, Directeur artistique, triait son courrier lorsque la nouvelle stagiaire vint lui confier qu'un groupe de rock patientait dans l'entrée. Jean-Michel lui demanda d'aller dire à Eric de s'en charger.

La réunion avait été soigneusement préparée. Sur la porte de la pièce numéro trois étaient affichés réservations et ordre du jour. Eric amena donc le groupe de rock dans la salle de réunion, et il proposa à ses membres de boire du café.

— Vous avez jusqu'à trois salles de réunion, ici ? lui demanda Kraigut. Comment faites-vous quand vous voulez réunir ceux qui sont dans les trois salles ?
— Deux pièces de réunion. L'ancien salon et l'ancienne chambre à coucher. Mais ici, c'est la troisième porte dans le couloir.
— Vous n'avez pas de glace sans tain ? s'étonna Balzah.
— Nous ne sommes pas une agence de communication, juste des éditeurs musicaux . On ne surveille pas les clients, dit Eric.
— Je crois qu'on va tous prendre du café. Je parle pour tous, mais vu que ça caille, il faut se réchauffer dit Slusherboot.
— Ils ont déjà coupé le chauffage, plaida Eric. D'ailleurs, on a beaucoup de peine à chauffer en hiver. Il n'y a pas de locataires au dessus et au dessous, ce qui aiderait à maintenir du 20°.

— Eh bien demandez des radias électriques d'appoint, ou allez en acheter, c'est pas la peine de se peler à en tomber malade, dit Kraigut. Même dans un poulailler norvégien, il fait plus chaud.

Eric s'en alla vers la cuisine, local de la machine à café-filtre. Il croisa Jean-Michel dans le couloir, et le Directeur artistique prophétisa :

— Kadeume arrive... Je parie qu'on va avoir des problèmes avec cette bande de tordus. On n'aurait pas dû les signer....

Ce n'était pas de la prédiction, mais de la voyance forte. Avec un tel taux de médiumnité, il aurait sur le champ dû remplir une grille de loto. Cependant, la certitude d'avoir raison lui manquait encore. Quand il reste un doute, quel est le moyen, avec ça, de profiter de la chance ?

Ce matin là, Balzah était revêtu d'un grand manteau de fourrure synthétique bleu fluo. Kraigut portait un pardessus usé, genre Prince-de-Galles, Slusherboot avait un duffle-coat, et Le Hortec se drappait dans une parka passée à la bombe de peinture. Ils n'avaient pas quitté ces vêtements lorsque Jean-Michel entra. De plus, ils étaient déjà largement écroulés dans diverses positions. Ça éviterait de les inviter à se mettre à l'aise.

Lorsque Kadeume parut, ils étaient restés plus ou moins vautrés sur la table centrale, faisant face à la mini estrade, à son pupitre et à son paper-board.

— Serge Kraigut, clavier ; Mike Balzah, bassiste ; Jean dit John Slush, batteur ; je suis guitariste-chanteur, dit le Hortec.

Jean-Michel présenta Stéphane Kadeume, le Directeur de Symphorep. Il y eut divers serrages de main. Eric revint avec un grand pichet de café tiède. Kraigut retira son pardessus, les autres restèrent couverts du haut en bas, tous reprirent leur place, affalés à demis sur la table de réunion.

Kadeume posa ses notes sur le pupitre. Sans regarder personne, ou jauger son assistance, il se lança :

— Cette tournée, Messieurs, s'appuiera sur le réseau des salles municipales culturelles d'une dizaine de localités de la région

parisienne... Nous avons été contraints, d'une part d'accepter certaines dates dans des villes non voisines géographiquement. Ensuite, pour des raisons administratives, il est apparu qu'il existait des subventions – Kadeume se gratta la gorge, hésita, renifla et poursuivit – délivrées à condition que cette tournée, pour solutionner le problème, puisse accepter le profil d'un groupe culturo-incentif "congé-congrès". Autrement dit, le personnel d'installation des conditions de scène...
 Il s'interrompit et se tourna vers Jean-Michel.
— On dit roadies, je crois ? lui demanda t-il.
 Jean-Michel hocha la tête, sans piper mot.
— Dix localités ? On avait pas parlé de sept concerts ? demanda Le Hortec, profitant de l'interruption.
— Sept, c'est bien sept, confirma Eric. «Dizaine», c'est une formule. On ne rallonge rien. Le contrat reste le contrat.
— Si les roadies sont en vacances, qui c'est qui va se déménager le matos ? demanda Balzah.
— C'est un congé administratif, mais juste sur le papier, précisa Jean-Michel. C'est un mot théorique. En fait, ils travailleront.
— Ah bon, c'est vos salades, j'avais cru que vous vouliez dire quelque chose, maugréa Le Hortec en se tassant sur sa chaise.
 Kadeume se rasséréna et poursuivit :
— ...personnel constitué des membres de Symphorep, Monsieur Hermblast, ici présent, ainsi que Monsieur Dublaudé, archiviste, et Messieurs Tseu et Tillard, employés. Comme son nom l'indique, le tour incentif, en gratification exceptionnelle, prendra ici l'aspect d'un voyage culturel dans l'Ile de France.
 Kadeume s'éclaircit la gorge, leva des yeux troubles, vit que personne ne le regardait. Il conserva le silence assez longtemps pour que le Hortec dise d'une voix déclamatoire :
— Autrement dit, il s'agit de tourner autour de Paris.
 Les sourcils de Kadeume remuèrent et il ajouta :
— Hôtels de charme, restaurants typiques. Trajet-voyage le matin, excursion culturelle en après-midi.

Il reprit sa voix de conférencier avec un sursaut du maxilaire inférieur, et fit semblant de se remettre à lire ses notes pour bien préciser :

— Nous avons pu obtenir les dates à la condition d'accepter ces visites-conférences. Bien entendu, les conférences seront toutes, chaque soir, remplacées ou complétées par un concert. Par contre, il est impossible de remplacer les visites des musées et autres lieux culturels. Les municipalités y tiennent, pour des raisons administratives : billetteries, comptabilités, bilans culturels. C'est de la bureaucratie, vous comprenez...

Kadeume passa rapidement une main nerveuse dans ses courtes bouclettes. En tous cas, les rockers n'avaient pas bondi, pas réagi, à l'énoncé de ces légères stipulations non gravées dans leur contrat. C'était gagné. La tournée allait se faire.

— Enfin, pour superviser cette tournée, vous n'aurez pas affaire à Jean-Michel Tameaux ...

Jean-Michel baissa la tête, et agita un peu la main en l'air, pour décliner un honneur ou dire : « Adieu-bon-vent ».

— Il a trop à faire parmi nous, et si c'est un vieux de la vieille, il faut également songer à ménager la raideur de son organisme et l'usure de sa santé, contrepartie de l'expérience...

Kadeume continua sans regarder Jean-Michel, qui, devenu alerte et attentif, dévisageait l'assistance. Il lui semblait que le mot raideur avait levé un écho, des murmures et quelques sourires, en étant pris en mauvaise part.

— Non, je vous confierai aux mains d'un véritable amateur de Rock. Un garçon, que dis-je, un homme, rompu aux parfums des coulisses, averti de la brillance des spotlights, grandi à l'ombre des planches, j'ai nommé...

Un petit silence. La porte entrebaillée s'ouvrit un peu plus, mais pas encore vraiment.

— Gilbert-Rémy du Cretonnet, votre Manager exécutif !

— Ah, Gilby est là, prononça Jean-Michel dans le silence.

La porte s'ouvrit et Gilby entra.

Gilby n'avait aucun style. Ou plutôt, il les avait tous. On aurait pu le prendre pour un agent immobilier, ou pour un syndicaliste de l'Education Nationale. Avec une casquette plate et des bottes luisantes, on aurait dit un officier sud-américain en promenade. En train de pousser un chariot dans un supermarché, c'était un curé, ou un enquêteur pour Libre Service Actualité. Il savait avoir l'élégance du flou, aucun caractère, aucun naturel. Dans un visuel polychromatique, il aurait fait tâche grise. Il n'était pas non plus transparent. Et on aurait juré qu'au mois de Juillet, lorsqu'il levait le bras pour attraper une barre dans le bus, il n'avait pas transpiré.

En somme, au premier coup d'œil, ce parangon de l'effacement et du conformisme déplut souverainement à Forte Savane, à la totale unanimité de ces post-adolescents. Aucun look, aucun statut, aucune dignité, donc aucun honneur.

Ils devinaient déjà qu'ils pourraient aller n'importe où en emmenant Gilby, et qu'il ne les dérangerait pas. En supposant qu'ils aillent visiter des catacombes, ils marcheraient, et il suivrait. Tout à coup Kraigut ouvrirait le paquet de sandwiches au fromage fermenté au lait cru ; eh bien Gilby resterait là, stoïque, debout, faisant semblant de rien, son attaché-case à la main, tandis que Kraigut serait assis, à proposer des sandwiches aux membres du groupe. Ce ne serait pas un souci. Il ne viendrait même pas demander un bout de sandwich. Il saurait se tenir. Il remplacerait un chien bien élevé.

Gilby avait un début prononcé de calvitie, et des cheveux marrons fins ramenés en travers, là-haut sur le pont du porte-avion pour les mouches – notons cette expression puérile due à Le Hortec –. Il avait aussi une forte mâchoire molle, donc un peu empâtée, pas agressive, parce qu'il avait des yeux bovins, clairs, et une figure douce.

Mais ce maxillaire lui donnait une figure un peu mafflue et une sorte de flegme, une assise. C'est à cause de cet air anglais, presque embrumé, que son surnom Gilby lui avait toujours collé, en créant l'unanimité.

Gilbert, c'était Gilby. Qui le premier lui avait donné cette appellation, cela restait un mystère. Ca avait dû lui tomber dessus un matin, et ainsi, ça avait scotché.

Gilby s'avança vers l'estrade. Il arborait un sourire complet qu'il transforma en rictus radieux, découvrant dentition et gencives. Il existe, ont compté les Américains, sept sortes de sourire, dont un seul, le zygomatique, est véritable. Les zygomatiques de Gilby ne bougeaient pas. C'était autre chose, un sourire Symphorep, un sourire de pro pour annoncer "Je suis au poil", en pur pétrole industriel, raffiné et moulé.

A l'aise, il se glissa près du pupitre toujours occupé par Kadeume, qui remerciait l'ensemble de Symphorep de la confiance – blah-blah –, d'avoir la mission de promouvoir ce groupe culturo-incentif "congé-congrès". Le Directeur eut le bon goût de ne pas faire plus de trois phrases pour clore son allocution.

Kadeume se décramponna et se retira au fond de la salle, vers le pichet de café. Eric recula vers la porte restée ouverte. Ayant atteint le pupitre, Gilby s'en éloigna, vint vers Forte Savanne et tendit la main à Le Hortec.
— Gilbert-Rémy.

Le Hortec ne bougea pas, regardant fixement la physionomie de Gilby pour essayer de comprendre où l'écroulement de la mollesse commençait, et où elle s'arrêtait de couler.
— Il reste du café ? articula Gilby, gêné par ce regard.
— Y'en a tant que t'en veux, on en a pas bu, marmonna Balzah.

Kadeume avança avec le pichet. Gilby se versa une tasse, s'aperçut qu'elle était froide, allongea la main, prit un morceau de sucre et le croqua, bruyamment, dans le silence tendu.

Kadeume ne sortait pas de la pièce. Il en était encore à prendre l'immobilité de Forte Savane pour une adhésion à ses vues et projets, et il se remit à pérorer.

— La fonction de Monsieur Gilbert-Rémy ne se réalise et ne subsume pas dans le port du carnet de chèque Symphorep. Mais le fait qu'il soit investi de la signature, de la puissance de la dépense, lui signifie toute notre confiance.

Ce « notre » fédérateur, comme les autres mots de Kadeume, n'arrachèrent en fait aucune réaction à Forte Savane.

— En corrélation comptable, Monsieur du Cretonnet collectionnera factures et pièces justificatives. En cas de dépense impromptue, cordes de guitares, baguettes de batterie, consommables divers, c'est à lui que vous devez vous adresser, mais, mais... vous l'aviez déjà compris, il est votre référent principal...

Il était, là, sous-entendu que Gilby ne devrait pas dire oui à tout. Gilby essaya de serrer les mâchoires (sans zygomatiques). Les membres de Forte Savanne regardaient le mur, par la fenêtre, et vers le sinistre pichet de jus de café.

Kadeume se mit à rire, et décida que, sur cette saine hilarité, il pouvait se replier, en ayant fait très bonne figure.

— Bon courage à todos, lança-t-il en quittant la pièce, agitant la main en l'air, dans un salut pitoyable.

— Bonne courge dans le taudis, lui lança Slusherboot.

Jean-Michel fut soulagé que le Directeur ne se soit pas essayé, avec les rockers, à une tournée collective de serrage de paluches. Ça aurait pu être gênant.

Gilby voulut se donner une contenance, s'imposer, se donner un rôle. Il s'approcha du pupitre, goba le dernier bout de son troisième sucre, et fort d'être investi de la confiance du patron de Symphorep, il lança :

— Des questions ?

— Oui, prononça Slusherboot. Quand il a dit que vous étiez un fan de rock, qu'est ce qu'il voulait dire ? Supersoupe ?

— Probablement Los Pipicambos, murmura Kraigut.

— Ah ah, mais le Rock, c'est ma jeunesse, se défendit Gilby. Tout petit, mes parents avaient un tourne-disque dans le salon, et j'ai grandi avec les singles des Stones...

— Quelle chance, c'était relativement difficile à trouver, apprécia Le Hortec. Il fallait aller jusque chez le disquaire. S'ils les ont encore, tes géniteurs, j'achète.

— A mon tour de poser une question, se précipita Gilby. Ce nom « Forte Savane », ça vient d'où ?

— Une groupie, apprécia laconiquement Slusherboot.

— Mais encore ? s'enhardit Gilby, sans s'apercevoir qu'il s'aventurait peut-être sur un terrain délicat.

— Le buisson le plus incroyable que le Cortex ait pu dénicher, révéla Kraigut. Il nous a assuré que même avec une machette, on n'aurait pas pu passer.

— J'suis passé, c'était quand même pas des câbles dignes de résister à King Kong, protesta le Hortec.

Gilby n'ajouta rien.

— C'est quand et où, le départ ? trancha Balzah.

— Ah, je vous ai préparé une petite notice, s'exclama le Manager superviseur croqueur de sucre. Ici, tenez.

Et il quitta le pupitre pour distribuer quatre photocopies. Ceci effectué, alors que personne ne le regardait, il resta à hocher lentement la tête, puis, à la fin, dans le silence, il sortit, laissant le groupe en compagnie d'Eric et Jean-Michel.

Une tournée...

Mais quelle avait été le processus, les raisons, les prémices conduisant à cet événement ?

Une semaine plus tôt, pour la première fois, Kadeume avait eu l'idée de s'enquérir de la tonalité sonore de ce qu'il était censé financer par contrat. Jusque là, il avait fait confiance à Jean-Michel Trameaux, Directeur artistique, le plus ancien de chez Symphorep, le nez creux qui avait un jour cautionné Forte Savane. Mais la confiance n'est pas tout. Il conseilla soudain à Jean-Michel d'aller visiter le local de répétition dont Symphorep payait la location, pour tenter d'en ramener une confirmation de bonne impression.

Arrivé au local de répétition, Jean-Michel n'entendit aucun son. Il trouva Balzah et Slusherboot, engoncés dans deux fauteuils, bière en main, qui lui expliquèrent que ce jour-là, les deux autres avaient, l'un rendez-vous chez le dentiste, l'autre une visite de famille à effectuer. Là, ils faisaient une pause. Un peu plus tard, Balzah reprendrait sans doute sa basse et Slusherboot ses baguettes ; par chance, c'était eux la section rythmique, et ils pouvaient, dirent-ils, jammer, faire le bœuf à deux et abattre des centaines de mesures sans problème.

Jean-Michel émit l'idée qu'il se ferait bien une opinion sur le niveau musical à présent atteint. Le sourcil droit de Balzah se leva. Slusherboot regarda ses Converses Chuck Taylor vertes.

— C'est la pause, mec... On a donné tout le jus, sinon on y serait encore.

— T'arrive dix minutes trop tard. C'est fini.

Jean-Michel ne se découragea pas. Il émit l'idée improbable qu'il devait exister des enregistrements de travail.

— Mick, où est l'ordi ? dit Slusherboot.

— Ben, avec la guitare. Serge voulait réinstaller le Stealth. Tu sais, il geignait à cause des amplis... Pas le bon profil.

— Bon, on a quoi ?

Balzah se leva, et d'une démarche chaloupée atteignit le tiroir d'une petite console à roulette.

— Qui c'est qui a pris les huit gigs ? Y'a plus que ces trucs...

Il fourrageait dans un paquet de clés USB.

— Y'a plus que des 256 Mo. Y'a rien dessus.

— Pourquoi gardez-vous tant de vieilles clés USB ? intervint Jean-Michel.

— Pour faire des colliers, lui expliqua Slusherboot d'un ton de moniteur de ski face à des débutantes de 65 ans et plus.

Jean-Michel ne sut jamais si c'était vrai ou faux. Tout ce qu'il eut fut l'assurance que les bribes, gimmicks, cocottes, riffs, étaient travaillés et mis au point entre les quatre complices. Peut-être voudrait-il prochainement des boucles ?

— C'est la base, lui assura Balzah d'une voix pâteuse. Si t'as bien tes réflexes dans les doigts, t'affrontes la scène comme un cador et un matador. Tu sais, c'est primordial. Une fois que le morceau a commencé, tout ce que t'as à faire, c'est de la frime. Si le morceau démarre. De nos jours, comme tu sais, on joue en play-back, et sinon, pour le chanteur, en auto-tune.

Jean-Michel protesta que le play-back, pour le faire entendre, il fallait bien l'enregistrer au moins une fois.

— C'est un argument frappant, concéda Balzah.

— Beethoven n'a rien enregistré de son vivant, observa Slusherboot.

— Vous connaissez beaucoup de concerts où on joue Beethoven en play-back? demanda Jean-Michel.

Pour toute réponse, Slusherboot but une longue gorgée à sa canette de bière.

— Vous devriez y aller mollo sur l'alcool, les gars, conseilla Jean-Michel. C'est un solvant qui attaque le cartilage des articulations. Vous vous préparez une vieillesse désastreuse.

— Ben quoi, on vient ici en bus, objecta Balzah. T'inquiètes pour mes cartilages, dès que je lèche un Temple d'Amour, je refais le plein de collagène. On est pas des dangers publics. On est conscients.

— Et s'il n'y a pas de bus pour là où vous voudriez aller?

— Oh j'prends un vélo!

Slusherboot ricana et posa sa bière, avant d'apprécier:

— La dernière fois qu'il est monté sur une bécane, il savait même plus si il devait pédaler en avant ou en arrière.

Balzah leva le doigt et objecta:

— Ben je recommencerai plus le vélo. J'ai pris du poids, j'ai les ischions qui me rentrent dans le corps.

— Les zixions? C'est quoi? demanda Jean-Michel.

— Les os coxals. Ou coxaux.

— Lézocoxaloucoxo? C'est la bière, qui vous fait bredouiller?

— Les os du cul! Du cul! Le vélo, ça se fait posé sur le cul!

Jean-Michel revint bredouille à Symphorep. Deux jours plus tard, il reçut le CD auto-gravé que Forte Savane avait promis de lui envoyer. Il écouta les deux premières pistes, alla chercher aux archives le CD enregistré « dans la cave », le premier document qui avait servi à déclencher la signature du contrat. A première comparaison, c'était la même chose. Et...
Suite à examen approfondi, une fois réalisé, c'était de fait la même chose.
Jean-Michel se renversa en arrière dans son fauteuil. Il prenait conscience d'avoir affaire à de vrais artistes. Des incontrôlables. Ça allait être du sport, sauf si...
Il jeta alors quelques notes sur son calepin, et se mit à réfléchir. Aussi, lorsque Kadeume lui demanda des nouvelles des rockers, il avait fini de maturer son idée.
— Il faut les envoyer en tournée, affirma-t-il.
Kadeume fit tourner son agitateur transparent dans son gobelet de café, où le sucre s'était depuis longtemps dissout. Ce petit bruit très discret était sa première réponse. Puis il articula :
— En concert ?
— Absolument. C'est là qu'on forge définitivement le produit. Le groupe est en contact avec le public. Il mesure directement son impact, sa valeur, ses thèmes. Il rode ses chansons, il prend la mesure du pouls... On peut même penser à du Live...
Kadeume leva la main pour stopper le flux d'arguments artistiques.
— Oui, c'est une bonne idée. On tiendrait au moins un live CD. Et en plus, on peut les enregistrer en vidéo. Avec une bonne caméra, on a une vidéo. Beaucoup de DVDs commencent par quelques shots du groupe à peine pubère... Même avec des images pourries, on tient un événement internet...
Kadeume leva sa main encore plus haut et conclut :
— Mets-moi ça au point, mon vieux. Mais une dizaine de dates, pas plus. La province. Non, mieux, la lointaine banlieue. Les

municipalités ont plein de grandes salles et de grands projets culturels, avec des dates vides loin dans les saisons.

— Je m'y colle ! Pas fâché de voir cette bande de zèbres au pied du mur !

— Blanche ou noire, la bande ? dit Kadeume avec un air fin.

Jean-Michel décida de rire un peu, sur cette blague évidente qu'il n'avait pas saisie. Kadeume avait l'air enchanté de son trait, et quand le chef rit, on rit. Ce n'est que le lendemain, en repensant à la bande de zèbres, qu'il comprit enfin...

Une tournée...

Comment de fait le groupe Forte Savane pourrait-il effectuer une tournée ? Pourquoi se le représenter comme un groupe musical simple et sans problème ? Cela restera à jamais un mystère. Qui eut l'idée d'une économie en greffant la tournée sur... Non, trop d'inconnues restèrent en suspens, surtout à l'heure des comptes. Comme si on l'avait fait exprès. Comme si la sourde conspiration, ourdie à l'origine pour la première rencontre des quatre comparses, avait loin jeté des tentacules fébriles, dans un futur à désorganiser, chaotiser.

Le mieux est encore de rapporter les étapes de cette dérive, de cette odyssée. Epitomé emblématique du rock ou tranche de pâté recherché ? Foie gras culturel ou cri de civilisation ? Quand on entendra parler d'intégrité bâtie sur le rejet des canons, le mieux sera de se souvenir comment, dans ces jours là, Le Hortec tenta de conforter à chaux et à sable le grès purulescent du socle qu'il voulait placer sous sa propre légende...

DEUX
Une bande de chahuteurs post-ados
Saucisson à l'ail - Problème de car - Gilby retrousse ses manches - Cuisine asiatique

Le rendez-vous était à côté de la gare d'Austerlitz, en fait devant les grilles du Jardin des Plantes. Ce point assez central avait été choisi pour faciliter les arrivées des membres du petit groupe, sans déplacements inutiles à l'autre bout de Paris.

Gilby y retrouva Eric à l'heure dite. Celui-ci rapporta que les membres de Forte Savane, arrivés en avance tout comme lui, avaient tourné le coin pour aller s'imbiber dans une brasserie, visible depuis cet endroit. Gilby décida de partir à leur recherche pour les ramener. Il était déjà quinze heures. La circulation en Île-de-France allait croître au fil de la sortie des bureaux : il était plus que temps de prendre la route.

Gilby pénétra dans l'établissement désigné. Dans la pénombre, il longea le bar, et tomba sur trois habitués du lieu.
— Bonjour, auriez-vous vu quatre jeunes gens ? dit Gilby.
— Bonjour, dit un des trois autres.
— Salut... Ah, toi, tu vas nous donner ton avis... dit un autre.
— Je ne tiens pas faire la conversation avec vous, excusez-moi, je cherche quatre jeunes gens, dit Gilby.

Les trois buveurs éméchés l'encerclèrent, un vague sourire aux lèvres. Gilby s'était arrêté, cherchant à voir plus avant dans la pénombre. Les trois piliers proposèrent à Gilby de boire, et lui promirent qu'ils lui diraient tout dès que celui-ci aurait accepté de tremper ses lèvres dans un verre de kir. Forte Savane n'était sans doute pas loin. Peut-être certains membres du groupe avaient-ils déjà dû boire avec ces individus. Gilby essaya de battre en retraite, et il se fit invectiver par le plus remuant des trois buveurs.

— Faut pas s'en aller comme ça, bonjour-bonsoir. Puisqu'on te dit qu'on te l'offre, c'est pas de la politesse de refuser. C'est pas beau, ça.
— Je dois aller travailler, protesta Gilby.
L'animal sentait mauvais : alcool et sueur rance. Le deuxième à lui parler, lui soufflant aussi dans le nez, avait une vraie tête de gangster de film français, et un accent des pays de l'est, tandis que sa lèvre charnue et crevassée, celle du bas du moins, lui arrondissait un sourire patelin, faux et rempli de la promesse de se transformer en grimace contrariée.
— Faut prendre des forces, pour aller travailler. Nous, tu vois, on est dans le bâtiment, lui croassa cet individu.
— Ah, vous êtes constructeurs ? C'est bien, ça. Moi aussi, je cherche des travailleurs. Quatre jeunes. Peut-être les avez-vous vus ?

Gilby continuait d'essayer de distinguer des détails entre pénombres et terrasses vitrées. A l'autre bout du comptoir, le barman essuyait des verres, l'air blasé.
— Nan, lui là sa spécialité, c'est l'électricité. Ça construit pas. Il est le dernier maillon qui va vendre le nucléaire chez toi, comme il dit. Sinon, tu regardes pas l'écran plat. Sans jus, tu vois ?
— Bon, alors, mon p'tit canard, ce kir, tu le bois ? reprit l'homme à la lèvre charnue et pendante.

Un verre, déjà servi, attendait sur le bar. Gilby allongea la main. S'il fallait en passer par là pour avoir la paix...
— Après, bien sûr, tu payes ta tournée, dit un des buveurs.
— Ça ne marche pas, vous êtes trois et je suis seul, protesta Gilby. Et puis je n'ai pas le temps.
— Bois, et après, tu discuteras, t'auras le temps, dit l'homme à la grosse lèvre.
— A trois heures de l'aprem ? claironna la voix de Le Hortec. Bon sang, mais c'est qu'il commence tôt l'apéro, le Mulet !

Forte Savane était là, dans le dos de Gilby. Celui-ci,

soulagé, essaya de retrouver son aplomb.
— Qu'est ce que tu bois ? demanda Kraigut en venant s'acouder au bar. Patron, vous avez quoi en pression ?
— On n'a plus le temps, protesta Gilby. Ce n'est pas possible...
Les trois habitués ne le regardaient plus. L'homme à la grosse lèvre prit le kir auquel Gilby n'avait pas touché.
— Vous offrez la tournée, maintenant, les p'tit gars ? demanda l'un des trois piliers.
— Juste le kir. On a déjà payé pour le reste, proclama Le Hortec.
— C'est des travailleurs, plaida Gilby. Ils vont travailler.
— Pas du tout, on est au chômage, protesta « grosse lèvre ».
— C'est parce qu'on est pas au boulot qu'on peut se retrouver ici, expliqua l'électricien.
— Même que c'est parfois pénible, intervint le barman qui s'était approché. Bon, alors, combien de pressions ?... décidez-vous.
— Quatre, trancha Balzah.
— Bon, vous ne bougez pas, je vais voir au car. Quand vous avez bu, vous nous rejoignez et on part, enjoignit Gilby.
Il se sauva, sous les quolibets des habitués qui lui proposaient un autre petit kir. Arrivé sur le trottoir, Gilby fut loin d'être rasséréné. Il se sentait pompé, maudit, plombé.

Gilby voyait bien que, cette fois là, il avait affaire à une bande d'intraitables... ou de monstres.
Ce serait une confrontation continue, rouée, dont il ne devinait encore quelle forme elle prendrait. Sa seule certitude, c'était que l'autorité lui avait déjà échappé, et qu'elle serait meublée, remplacée, avec de l'irresponsabilité. Il ne devinait pas encore de quelle nature serait cette dérive, ni avec combien de forces sa maigre puissance, effritée, arriverait encore à faire face.
Ce n'était pas des égotiques, des sadiques, une bande de néandertaliens, ou un échantillonnage de pseudos socio-

insérés à déficit thyroïdien ou des individus singuliers, idiots dans le sens de Dostoïevsky, présents ici en troupeau... Non pas... C'était des rockers qui avaient décidé d'assumer l'attitude rock. Rock comme dans le Rock du Bagne. Rock comme dans la contre-culture. Rock comme les punks. Rock comme les bluesmen en dérive existentielle, commes les paumés protestataires, comme les clichés rebattus des icônes légendaires.

Fallait-il encore, au XXIe siècle, se déclarer Rock pour faire de la musique ? Pour Forte Savane, c'était oui.

Leur irresponsabilité ne déclencherait jamais leur pitié, comme séquelle du délire, mais l'inquiétude chez lui, comme vrai fruit de leur bon plaisir... Non, il n'avait pas affaire à des organismes privés de raison, mais à des prédateurs retors, plus sauvages que sadiques, capables dans l'inepte et l'inapte.

Gilby, quelque part dans son inexpérience relative du pervers, avait affaire à la fine fleur de l'intelligence du cinglé élaboré déliratoire, au fou normal qui a ses deux pieds dans chaque chaussure, sur le sol, mais qui reste toujours prêt à faire un pas en avant dans le pire tas de rebuts qu'il aurait fallu éviter. Et encore, cette définition aurait convenu au minimum pour l'un d'entre eux, mais là, il y avait potentialisation... capita-catalyti-cachimitalisation à quatre. Car si chacun cultivait une tare, ce ne pouvait être que pour réunir enfin une complète collection délirante. Ces échantillons lui étaient tombés dessus.

Ces funestes pressentiments planaient, tandis que Gilby le conformiste, l'homme sans idées personnelles, refaisait les quelques dizaines de mètres vers le point de rendez-vous.

Eric avait accueilli les autres participants au voyage, Germain Dublaudé, Bernard Tseu et Carol Tillard. Leurs sacs de voyage étaient rangés soigneusement le long de la grille. En les voyant, Gilby sentit son moral remonter. Il y aurait témoignage, sympathie, assistance. Les rockers ne pourraient pas l'agiter comme une marionnette sous les yeux de ces civils de bon aloi.

— Où est le car ? s'inquiéta Gilby.

Evidemment, pour emmener toute la troupe, le car ne devait pas être si grand que ça, mais on devait quand même l'apercevoir. En supposant qu'il fut petit, une crainte non négligeable restait qu'il fut si petit qu'on ait de la peine à le repérer. Une sorte de gros véhicule utilitaire ? Quel genre de véhicule pour dix personnes ? Cela fut alors le grand souci de Gilby : repérer le car.

— J'ai vu passer le chauffeur, vous l'avez croisé, lui précisa Eric. Je crois qu'il est entré dans la brasserie dont vous sortiez.

— J'espère qu'il n'est pas parti boire, lui aussi ?

Gilby, surmontant ses hantises et répulsions, se précipita à nouveau dans le mastroquet. Faute de trouver le car, il dénicherait son chauffeur et s'imposerait auprès de lui. Il identifia celui-ci à sa casquette. Il était en costume de travail, habillé en chauffeur. Et non, il ne buvait pas, il rongeait un sandwich. Gilby fonça sur lui.

— Mais c'est bien vous le chauffeur ?

— Bien entendu que c'est moi. Je vous ai tous en observation depuis une demi-heure. Non seulement j'étais en avance, mais ça m'a donné faim, de faire le pied de grue.

— Vous auriez pu vous manifester ?

— Y'avait pas le feu au lac, ni urgence manifeste ! Je vous ai vu. Je me doutais bien que vous n'alliez pas vous envoler bien loin, vu que c'est moi qui ait les clés du tube.

— Et où est-il, ce car ?

— Ils ont menacé de le coller à la fourrière, croyez-le. Ils sont déchaînés, ce matin. Ça doit être le printemps. Alors je l'ai rangé dans le chantier à côté, derrière la palissade.

— Quoi ? Les travaux au milieu de la chaussée ? Mais ça ne risque rien ?

— Pas du tout, y'a une pancarte « Chantier interdit au public. » C'est un coin sûr.

— Mais alors, dites plutôt que c'est un endroit dangereux ?

— Pensez-vous ! Il y a même l'autre pancarte « Casque obligatoire. » Ça limite vraiment les entrées. Si on peut pas y aller sans casque, dans ce chantier, alors vous pensez si ça risque quelque chose. L'imagination travaille contre la pénétration.

C'était un sandwich au saucisson à l'ail. Le chauffeur mangeait en deux temps, en coupant le pain avec les incisives et en tirant le bout de la rondelle d'un mouvement de tête en arrière, un coup de nuque. Les rondelles étaient d'un rose cru, presque maladives, avec de grands bouts blancs, du gras. Un café au lait était posé sur le comptoir à côté de la soucoupe du sandwich.

Le Hortec s'approcha. Lui en était à sa deuxième ou troisième pression. Gilby détourna son regard.

— Eh, dans le car, y'a les caisses de matos, qu'on a chargées hier. Il est où, notre car ?

Gilby détourna encore plus son regard. A chacun ses relatives inquiétudes.

Avec les mêmes termes et arguments, le chauffeur répéta son histoire au rocker. Le Hortec considéra le conducteur du car d'un œil méfiant et redemanda une pression au barman, puis il posa des questions complémentaires, de la dernière importance, au futur conducteur.

Il ne fallait pas la lui faire, et il voulait une confession complète : en quelle année avait-il commencé à travailler ? Et pour quelle agence, à quel âge avait-il eu son permis, à quel âge avait-il manqué de faire vrais poids lourds, à quel âge ses dents de lait étaient-elles tombées, et autres détails parfaitement insipides et indispensables pour mieux connaître le "sul-bienterne" de Symphorep, comme il osa dire plus tard à Gilby, dans une métathèse poétique et osée.

De temps en temps, il trempait ses lèvres dans sa bière pression. Mastiquant la fin de sa collation, devinant un persécuteur possible, le chauffeur répondait au chanteur. Il acheva enfin son sandwich.

— Bon, quand est-ce qu'on décolle ? demanda Balzah.

— On n'attend plus que le car soit dégagé et amené, voulut lui préciser Gilby.
— Est-ce qu'on n'est pas en train de conjuguer le verbe "poireauter"? demanda Balzah à Kraigut.

Gilby sortit de la brasserie en traînant presque le chauffeur par la manche. D'un ton excédé, juste avant l'explosion ou la crise de nerfs, il produisit sa dernière phrase :
— Un horaire, c'est un horaire. Au boulot, mon petit vieux.

Forte Savane marchait sur leurs pas
— T'as vu comme il lui parle? murmura Slusherboot à Kraigut sur un ton doux et horrifié.
— Lui chef dictateur espagnol jefe! Refe nazi complet. Manque bottes luisantes, mèche et moustache, apprécia Kraigut.
— Je vous l'avais dit, que cette flèche se prendrait pour une épée, intervint Le Hortec. Moi, faudra pas qu'il me cherche.
— Pourquoi il te ferait ça? Son bizenesse, c'est que nous on se les roule... comme des coques en plâtre, on va être. Dans des niches peintes et décorées.

Forte Savane rejoignit Gilby et les voyageurs patientant sur le trottoir. Le chauffeur était, à trente mètres, en train de tirer et écarter une palissade verte et blanche, et de discuter avec des ouvriers coiffés de casques blancs ou orange.
— Il a casé le car dans le chantier, là, derrière les palissades du chantier, confia Gilby à Eric. Seulement il a plu ce matin. Les bas de caisse risquent d'être plein de tâches de glaise, ou de craie, ou de gadouille. La carrosserie doit être amenée propre, c'est spécifié. Ça me contrarie beaucoup. On ne sort pas du Salon de l'Agriculture, quand même!

Le chauffeur revint du chantier sans son car, l'air furieux.
— Ils ont poussé le tube pour faire une livraison de panneaux. J'ai jamais vu ça!
— Comment ça, "poussé"? demanda Gilby.
— Ben mis sur le côté. En plus, ça glisse, par terre, c'était facile.

— Je m'en fiche, gronda Gilby. Si le car n'a rien, pourquoi n'êtes vous pas dedans, et pourquoi le car n'est-il pas ici ?
— Eh, c'est pour ça que je viens chercher deux ou trois gars. Si je pouvais m'en sortir tout seul, j'y arriverais tout seul, c'est logique. Ça vous arrive de penser, avec votre tête ?
— Vous voulez dire que le car est embourbé ? C'est ça ? s'étrangla Gilby.
— Il est pas embourbé, il est coincé, je vous dis.
— Ca veut dire quoi, coincé ? grinça Gilby.
— Prend un miroir, murmura une voix venue des rangs de Forte Savane.

Gilby ignora superbement cette dernière remarque et galopa vers les palissades en compagnie du chauffeur, suivi de Forte Savane au complet. Les bagages restèrent sous la garde du personnel de Symphorep.

Le petit car avait été repoussé entre une pile de bidons et un tas de ferrailles à béton. Non seulement il ne pouvait pas manœuvrer, mais on pouvait assez vite saisir que le dessous de la carrosserie reposait sur une motte quelconque. En effet, à voir les roues du car pendouillant au bout des amortisseurs et touchant à peine le sol, le véhicule devait, par le milieu du dessous, être posé sur quelque chose.

Cet effet provenait de l'intention délibérée des farceurs qui l'avaient placé là. Des madriers traînaient encore à droite et à gauche, indiquant que des leviers, mis en fonction par une demi-douzaine d'ouvriers, avaient suffi à cet ouvrage. Les employés du chantier, satisfaits de cette blague collective, restaient maintenant à distance, dégustant les échos de la panique.

Eric amena le contremaître à Gilby. Clope aux lèvres, celui-ci diagnostiqua que le car reposait sur un restant de tas de sable, et assura que le car n'avait pas souffert, parole d'expert.
— Faut le descendre, essaya de plaider Gilby, qui ne savait quelle menace ou promesse proférer. Il se sentait assez en tort d'être sur un chantier, lui ainsi que son car.

— Mes gars bossent, indiqua le contremaître en tournant les talons.

En effet, une activité absorbante semblait maintenant mobiliser les acteurs légitimes du chantier.

— Mince, ça pèse plusieurs tonnes, un car comme ça ! apprécia le chauffeur. Et vous qui vous êtes habillés pour partir en voyage... Va falloir trouver un treuil, ou une grue de dépanneuse.

Mais Gilby ne voulut pas entendre parler de treuil. Il réclama la mise en service d'un appareil de nettoyage à eau sous pression, visible dans un coin à côté de brouettes. Puis, en manche de chemise, se mit à attaquer le podium de sable sous le car, d'un jet distant mais bien dirigé. Cette inventivité et ce dévouement portèrent leurs fruits. Au bout de quelques minutes, le car redescendu fut repoussé hors de sa chicane et, pouvant avancer, put sortir du chantier ensorcelé.

Seulement, dans l'affaire, le pot d'échappement avait été un peu écrasé, faussé, contraint. Tout d'abord, le chauffeur n'annonça rien, bien qu'à son oreille de connaisseur le car produise un drôle de bruit. Il voulait vérifier, s'assurer, et ne pas en rajouter. Le nasillement ne devint patent qu'au fil des kilomètres. Plus tard, Gilby demanda si ce boucan évolutif selon le régime était normal, et l'évidence dut être révélée. Sans vouloir dauber sur ce détail annexe, le problème fut un soir réglé à l'étape, grâce à quelques heures sup' d'un garage de l'endroit. La facture fut conservée à l'intention de la société de location, et le chéquier Symphorep prit la franchise à sa charge.

En attendant, le car fut enfin amené strictement au point de rendez-vous... Les voyageurs montèrent à bord, puis Forte Savane protesta qu'il lui fallait tout le fond du car, conformément à tout bon convoyage de groupe de rock. Tout le monde s'installa donc une deuxième fois.. Le Hortec ronchonna encore à voix haute, dénigrant la taille du véhicule, assurant que ce calibre de car était celui d'un fourgon mortuaire, et qu'il aurait tout le temps du voyage l'impression de suivre un corbillard inexistant. Puis le chauffeur démarra enfin, et par les quais rive gauche, se dirigea vers le boulevard périphérique, première barrière, comme chacun sait, pour qui veut sortir de Paris.

Le Cortex arriva du fond et s'assit à côté de Gilby, assis à l'avant à droite.

— Moi, la seule cuisine que j'aime, c'est la cuisine asiatique. Ah, tu vois, mon vieux refenazi, oui mon raifainazi, j'en raffole, j'aime ça, je ne mange que ça, commença le chanteur.

— Vous mangerez ce qu'il y aura. On ne peut pas considérer ça comme un régime spécial...

— Bon, ça sera à moi de me débrouiller, c'est bien ça ?

— Nous verrons au cas par cas s'il est possible de vous satisfaire, dans la limite du possible...

— J'y tiens beaucoup. Je suis réglé là-dessus.

— Vous avez des liens avec l'Asie du Sud-Est ? s'étonna Gilby.

— Pas plus loin que la Porte d'Ivry. A Chinatown. J'y fais souvent mes courses. Mais je fais gaffe, c'est des gens bizarres, très soudés, qui savent s'entraider... Alors, je prends mes marques.

— Pourquoi dites-vous ça ? Par exemple ! Quelle drôle d'idée ! Faire gaffe à quoi ? Pourquoi voulez-vous qu'il vous arrive quelque chose ?...

— Oui, des gens normaux, je veux bien, mais moi ? Est-ce que je suis normal, moi, hein ? Je suis un rocker, tu vois. Oublie pas ça. Et il y en a toujours qui vont aller te reluquer, surtout si t'as un manteau en fourrure bleue... Hélas, ils ont leurs propres groupes, qui jouent dans leurs restaus. Chic, mais exclusif. Et les chanteuses... Mais de quoi je te cause ? T'y connais rien...

Le Hortec l'abreuva de la suite de ce monologue pendant dix bons kilomètres. N'importe qui aurait dû lui voler tout de suite dans les plumes. Mais tels étaient son ascendant et son bagout que tous les passagers de l'équipe Symphorep avaient compris qu'il valait mieux lâchement se ranger du côté des veules qui trouvaient acceptable cet étalage de dégouazage. Gilby, incapable de repousser le moulin à parole, commença à faire semblant de s'assoupir. Le Hortec l'accusa alors de piquer du nez parce que saoul à force d'avoir trop bu.

Le Hortec recherchait aussi une certaine popularité auprès de ses trois complices en commençant à persécuter Gilby. Il n'y avait pas dans le car d'autres esprits assez avertis pour jauger du caractère insupportable, dictateur et tourmenteur de Le Hortec. Quant à Gilby, il gobait ce complément du voyage, spécial décalage, comme une chose naturelle. De toute façon, il était entendu qu'un vrai groupe de rock, ce n'est pas ordinaire...

Finalement, au moment où Gilby allait demander une halte imprévue au chauffeur, le Hortec l'abandonna pour retourner dans le fond du car. Dans un braillement, il lança à la cantonade, et plus précisément à l'adresse de son groupe :
— Tout ça ne nous dit pas le menu. On va, on va, mais où va t-on arriver ? A quelle heure ? Où est-ce qu'on joue, ce soir ?

Apparemment, personne n'avait lu ou même conservé la liasse-brochure donnant ces informations. Les membres du groupe apparaissaient tous dans un néant avoué d'informations.

Quant à Gilby, il ne fit pas semblant de ne pas savoir que tout le monde aurait dû être informé. Il se mit debout dans l'allée du car et déclara d'une voix forte :
— Notre première étape sera Blattigny. Nous allons vers le Sud...

Les voyageurs observaient maintenant le silence, essayant sans doute de s'imaginer Blattigny ou, pour certains, de se le remémorer.

Gilby s'arrêta, et attendit un commentaire à son annonce. Puis il se rassit, les rangées de sièges demeurant muettes. Tout ce qu'il aurait pu donner comme information complémentaire résidait dans le Guide Alternatif Armand

Auzymandias, "*Le vademecum du touriste*", édition spéciale Ile-de-France. Toutes les étapes devaient y être à peu près recensées.

Il aurait voulu récupérer, ou reprendre espoir, réalisant qu'il allait devoir faire face en solitaire. Il devinait en lui-même comme une espèce de vide ou d'épuisement. Forte Savane n'avait pas de manager. Les cinq membres de Symphorep n'étaient pas des roadies, et il ne fallait pas compter sur le chauffeur, salarié par la société de location du car.

TROIS
Premier échantillon de folie
De Mâcon à Montcuq - Blattigny
Le Dragon Céleste - Le Parc Georges Purel

Pour cette première étape, comme l'avait annoncé Gilby, Forte Savane allait jouer à Blattigny. Cette ville pourrait être décrite comme typique de l'Ile-de-France. Elle est située au bout d'une ligne SNCF de grande banlieue qui atteint Boudigny, faubourg de Blattigny. Blattigny compte un vieux centre, commerçant, tortueux et plein de cachet, un quartier neuf résidentiel avec théâtre et salle omnisport, plus piscine, et un quartier moyen, style pavillonnaire début de siècle. Il faut y rajouter une ceinture le lotissements en pavillons modernes, cette ceinture étant distincte du quartier neuf, qui compte quelques petits immeubles de quatre étages.

Toute cette vie est située dans une plaine très doucement onduleuse, au Nord-Est de la Beauce proprement dite, région ou le regard bute au loin sur des rangées de peupliers, et qui ne demanderait qu'à pencher vers la vallée de la Seine, qui se trouve par là, à l'Est. Blattigny compte environ dix mille habitants, située à 30 Km de Fontainebleau. La ville, pourvue en supérettes et moyennes surfaces, attend un hypermarché d'envergure, en dehors de la station RER promise par le maire, et qui serait en prolongation de Boudigny, terminus actuel.

Le chauffeur fit trois fois le même circuit dans la vieille ville, suivant les indications des panneaux "centre-ville" en redoutant les sens interdits, combinés pour repousser la circulation hors des ruelles étroites du centre historique. Gilby s'énerva vite de ce périple menant nulle part. Il ordonna au chauffeur de stopper sur l'espace de l'ancien marché, devenu parking.

— Alors on est arrivés ? demanda le chauffeur. Où est-ce que je vais bien pouvoir me garer, moi ? C'est bien joli mais on a déjà à peine la place de manœuvrer, dans ce fourbi...
— On ne reste pas longtemps. On va au théâtre, et il est situé sur le plateau, pas à la mairie. Laissez le moteur tourner et attendez-moi, lui dit Gilby.

Celui-ci partit à pied à la recherche de l'Hôtel du Grand Dauphin Couronné, probablement la même maison depuis la fin du XVIIIe siècle. Le *Guide Armand Auzymandias* le mentionne comme existant encore.

Les membres très excités de Forte Savane descendirent se dégourdir les jambes. Slusherboot faisait des roulements de baguettes sur tous les supports capables de rendre un son, et les autres pliaient les doigts et faisaient mine de se chauffer les mains. Le Hortec ne poussait pas de vocalises mais s'était drappé un énorme foulard multicolore autour de la gorge, pour se la tenir au chaud.

Au bout de la place, il y avait un très beau marché couvert, datant au moins de l'ère hippomobile. Le Hortec recherchait l'emplacement de l'ancien gibet-pilori, et entra dans un café pour se renseigner. Il n'en ressortit évidemment pas, et plutôt que d'attendre sagement, les voyageurs du car décidèrent d'aller le rejoindre dans cet endroit.

Le chauffeur resta seul dans le car, immobilisé en bouchant une allée du parking, dans l'attente de Gilby.

Celui-ci revint et remit l'univers en route, extirpant les buveurs du café et faisant remonter tout son monde dans le car.
— Allez, allez, vous y allez, il est déjà 17 heures, j'ai passé un coup de fil, on vous attend. Le car va vous emmener au théâtre.
— Vous avez réservé nos chambre, *raifénasi* ? lui demanda Kraigut.

Gilby ne comprit pas le dernier mot de la question. Il l'avait déjà entendu prononcer, mais pensait qu'il s'agissait d'un code rock n'roll, une pure rhétorique décorative.

— Symphorep a fait les réservations. Et comme d'habitude, quelqu'un a mal compris. Nous serons logés à l'annexe. En fait, c'est les anciennes écuries, mais rénovées. Je suis allé voir, l'endroit ne sent pas le cheval ni le foin, juste un peu le moisi si on cherche bien la petite bête.

— Si on cherche bien, on évite de cliquer sur "tarifs promotionnels au rabais" et on a des chambres correctes, protesta une voix dans le car.

— Vous vous êtes renseignés pour savoir où se trouve le restaurant chinois ? demanda Le Hortec.

D'après Le Hortec, il y a toujours, dans n'importe quel patelin, un restaurant asiatique, et il importe de mettre la main dessus pour goûter ses spécialités. Lorsqu'il fut renseigné sur la localisation du "Dragon Céleste", à côté du cinéma "Le Parterre", Le Hortec parut tranquillisé, comme si on lui avait ôté un grand poids sur le moral.

Gilby devait le vérifier : quand le moral de Le Hortec est atteint, le chanteur ne baisse pas pavillon d'un iota, mais il devient seulement encore plus agressif et sournois, et commençant par exemple à taper violemment sur l'épaule ou dans le dos de ses "aminches" du groupe, non pas pour les ébranler, mais pour sentir sa force, et se confronter virtuellement.

Le dîner aurait lieu dans le salon de l'Hôtel, excepté pour Le Hortec qui avait décidé d'aller au "Dragon Céleste" en y entraînant Forte Savane, et les fans éventuels qui voudraient leur coller aux basques après le concert.

— ...Et on aura pas besoin d'être surveillés et accompagnés, assura Le Hortec à Gilby.

Le car transporta donc Forte Savane au quartier neuf, nommé "Les Argiles Bleues", où était sis le Théâtre, laissant les cinq membres de Symphorep effectuer leur visiste "congé-congrès" en centre ville.

La grande curiosité de Blattigny est le Parc Georges Plurel (1848-1914), ethnographe, cartographe et botaniste, qui tenta d'acclimater à Blattigny diverses plantes tropicales. Il échoua complètement avec ses variétés sélectionnées d'euphorbes, succulentes et autres cactées grasses, et parvint à faire survivre un palmier, malgré la mortalité écrasante qui foudroyait tous les exemplaires de cette espèce. En 1940-41, le palmier survivant faillit lui aussi claquer, lorsqu'on arrêta la chaudière à charbon sise derrière le mur auquel il s'adosse toujours. Lors des grands froids, la municipalité le recouvre entièrement de paillons, et au mois de décembre elle lui accroche des guirlandes pour les fêtes, ce qui contribue à le réchauffer. Ce palmier tropical rare ne produit rien, ni dattes ni cocos, et reste juste là pour l'ornement, et le défi végétal sous haute latitude.

A propos de Blattigny, le *Guide Alternatif Armand Auzymandias* dit à peu près ceci :
« Blattigny fut fondé par les Essuaves, tribu vassale des Parisy. César en parle dans ses *Suppléments aux Commentaires* et ajoute : « C'est là qu'on y trouve ce petit vin des bords de Seine qui, faisant la joie du tribun Bélisarius Calburnus, déchaîna son appétit au point de lui faire presque perdre la vie et la raison » (Traduction Vallade et Sportis, Groinx, 1948). La tradition du petit vin s'y est perdue, mais les illustres visites guerrières ne cessèrent pas pour Blattigny. Presque rasée par Attila, elle fut relevée sous le règne de Pharamond II, roi fainéant mérovingien, par la construction d'une première abbaye de style néo-byzantin, appareillée en énormes blocs de stéatite blanche, pierre qui ne résiste malheureusement pas aux outrages du temps. »

Qu'il soit permis d'ouvrir un aparté dans la citation du *Guide Alternatif* pour ajouter à ce qui précède : "Et pour cause, la stéatite étant du talc natif, à l'état de bloc." Mais poursuivons la citation de ces pages riches de renseignements :
« Au XIIe siècle, la ville de Blattigny atteignit le statut de ville franche, fut assiégée par Guy d'Amaury de Montfort et édifia la magnifique abbatiale Saint Bernard. Dévastée par les

Anglois pendant la Guerre de Cent Ans, Blattigny ne retrouva la postérité que plus tard, au XVIe siècle. Connue pour être une place forte de la Ligue, Henri IV y passa pourtant une nuit quelque temps avant la bataille d'Ivry. Louis XIV vint aussi y dormir, un soir qu'une indigestion le forçait à prolonger au loin une partie de chasse pourtant bien commencée. Le lit qui avait été conservé de cette occasion disparut à l'époque de la Révolution.

Napoléon faillit aussi y passer une nuit en 1814. Alors qu'il était déjà couché à l'auberge du "Grand Dauphin Couronné", la nouvelle que les Russes étaient signalés à Boudigny le fit se relever et monter dans sa berline tout débotté. Charles X vint chasser la sarcelle à Blattigny. A cette occasion, les commerçants de la ville lui offrirent un appeau en argent pour pouvoir imiter le cri de cette charmante sorte de petit canard étriqué. Plus récemment, René Coty faillit y décéder, au cours d'un empoisonnement aigu, pour y avoir trop mangé d'andouillettes mal lavées. Le Général de Gaulle y a prononcé un discours de deux minutes en 1964. »

« Blattigny n'a pas encore le chemin de fer, mais cela ne saurait tarder, puisque le projet en est inscrit au vingt-deuxième plan de région, grâce aux efforts de Jean-Michel Coguenard, député-Maire. »

Ce dernier détail émanait d'une brochure dénichée à l' "Hôtel du Grand Dauphin Couronné", dépliant daté de 1980.

La visite du parc terminée, il était encore tôt. Conformément au planning culturel, le palmier avait été admiré. Tous avaient compris que la vision de ce végétal ne pouvait qu'être imposée aux membres d'un périple "congé-congrès" que Symphorep ait décidé d'honorer, en contrepartie de la réservation d'une date pour la prestation de Forte Savane. Inclure Blattigny dans le périple, rien que pour voir ce truc... C'était un palmier bien courageux... En dehors du palmier rachitique, le Parc Georges Plurel héberge une grande collection de rhododendrons, "presque l'une des plus complètes d'Europe". On peut se demander ce qu'ils attendent pour la compléter, d'ailleurs, en attendant le RER.

Le Parc Georges Plurel enjambe une boucle de la Ronte, affluent de l'Orge supérieur, affluent de la Seine et rivière qui convainquit les Essuaves, il y a longtemps, de planter quelques cabanes dans l'endroit qui deviendrait Blattigny. Un jardinier fou, ou quelque autre inspiré, a une fois construit un petit pont japonais au milieu du parc, enjambant un bras dérivé de la Ronte, en forme de ruisselet. Les salariés de Symphorep admirèrent aussi ce pont, une horreur vraiment très très suave, forte, inspirée, subjective, mais somme toute très peu japonaise, bien que le kitsch soit international, et demeure peut-être un invariant anthropologique (l'empilage de symboles).

Il faut oser poser ce genre de truc, surtout dans un endroit public. Les balustrades étaient vraiment étonnantes. De chaque côté, sur les culées du petit pont, un portique ouvragé tout simple se dressait, de style gréco-japonais. Au milieu du pont, il y avait une sorte d'ajoupa en voûte octogonale, soutenue par huit colonnettes torsadées, style orientalo-régence, sous un dôme papal avec clocheton sommital. Les huits bords de la toiture, pour sûr, rebiquaient style pagode. Enfin, posés devant les portiques simples, il y avait des stèles en socle, pour soutenir des griffons, tigres ou lions, sculptés dans ce qui paraissait être du grès noirci. Après plus ample examen, cette roche mystérieuse se révéla être du ciment moulé. Eric fit un dessin des griffons dans son bloc, et le nota "Garudas". Dublaudé et Eric firent des photos avec leur téléphone, mais l'éclairage était triste, rachitique, et ils ne conservèrent pas leurs clichés.

Gilby passa un coup de téléphone au chauffeur pour qu'il revienne les chercher. Après une bonne demi-heure, le car parut enfin, s'étant à nouveau perdu. Ils reprirent la route du Nouveau Palais des Congrès, sis dans le quartier des Argiles Bleues.

Gilby fut satisfait de repérer des groupes de jeunes disséminés autour du Théâtre. Au moins, il y aurait un public. Sitôt descendu du car, il partit d'ailleurs, nez en l'air, compter les affiches Forte Savane qui, normalement, auraient dues être posées en nombre. Puis il alla à la billetterie, se présenta, fut conduit auprès de Madame Thévenin qui, ce soir là, suppléait le régisseur.

Eric partit pour les coulisses. Sur scène, la batterie était déjà installée par les *roadies*, de même que les claviers, et les maigres amplis du groupe. Il croisa Slusherboot.

— Ça va, s'est bon ?
— Ah, Larasus ! Tu vas voir, on va casser la baraque. On tient la super forme.
— Vous avez un répertoire qui va tenir toute la soirée ?
— Tu nous prends pour des billes ? On va assurer un max.
— Vous savez que je vous filme en vidéo ? Selon vous, le moment fort, le tube, vous le jouez en entrée, à la fin, ou aux rappels ?
— Quel tube ?
— Votre chanson favorite... Le clou de votre répertoire...

Slusherboot se mit à ricaner.

— Le clou ? Tu demanderais à Chris Spedding s'il a un clou ? Tu demanderais à Captain Sensible s'il a un clou ? On a que des clous, mon pote. La concurrence, ils croient qu'il vont percer, ben non, ils vont crever.
— Le moment fort ? Vous démarrez à fond, ou ça monte progressivement ?
— Non, mais regarde moi (Slusherboot, qui dépassait Eric d'une bonne tête, se pencha avec condescendance sur le salarié de Symphorep)... Est-ce que t'aurais demandé à Keith Moon a quel moment il allait s'y mettre à fond ? Juste une fois ?
— Bon, et où sont les autres ?
— Au Palmier.

Le "Palmier", dans des éclairages verts et roses, était un café ouvert sur le côté du Nouveau Palais des Congrès. Le bassiste, le guitariste et le clavier de Forte Savane finissaient de s'y alcooliser à la bière.

— Les gars, c'est pas sérieux, commenta Eric en les rejoignant. Comment vous allez assurer, si vous êtes raides défoncés ?

— S'il le fallait, on jouerait en play-back, lui assura Le Hortec en se décollant du bar.

— C'est pas sérieux ?

— Mais si. On sait faire ça, mon p'tit bonhomme. On a des boucles de boîte à rythme, on a tout ce qu'il faut dans l'ordi.

Le Hortec regarda sa bière, la huma, grimaça, la repoussa, et Eric constata que le chanteur n'était absolument pas éméché.

— Mais on va assurer, on va casser la baraque ! dit Le Hortec.

Slush tapait régulièrement sur une cowbell, produisant une irritation lancinante. Tout à coup, il se lança dans un roulement rageur, qu'il termina en un solo d'apparence bancale, mais d'où se distinguèrent bientôt des coups réguliers scandant un quatrième temps. La basse démarra, appuyée sur ce rythme.

Un hululement de guitare retentit. Le Cortex était penché sur son manche, poussant délicatement le bouton de volume pour prolonger le sustain au maximum à mesure que les cordes perdaient leur vibration. Puis il redressa la tête et, gosier frémissant clama le début de son premier couplet. Sa main droite assumait une rythmique frénétique, un aller-retour par temps, huit percussions dans une mesure...

— C'est du punk, assura Eric à Gilby. Ou du post grunge. J'ai cru un moment que ça allait virer psychédélique. Ils m'ont fait peur.

— Là ils jouent. C'est un miracle, confessa Gilbert. Finalement, j'aurais pas cru qu'ils en soient capables...

— Il va falloir qu'ils tiennent un peu plus qu'un quart d'heure...

Gilby se passa la main sur le front. Une partie des noirs nuages soulevés au moment du départ se dissipaient en volutes bleues et roses. Forte Savane existait bel et bien. Il en tenait enfin la preuve.

Le premier morceau se termina sur une cascade de hurlements, poussés par tous les membres du groupe et censés démontrer la joie de la Mère Michon qui venait de retrouver sa twatte. Le Cortex se dépouilla de sa parka, apparaissant en T-shirt constellé de pompons verts. Il se rapprocha du micro et hurla :

— Certains groupes reprennent du Claude François. J'honnis une telle nécrophilie. N'est-ce pas que nous honnissons à l'unisson ?

Les autres membres du groupe se mirent à hennir dans les micros. Kraigut appuya sur un bouton pour faire entendre un vrai cheval à la fin de cette sortie.

— Nous, on reprend de l'immortel Johnny ! asséna Le Cortex.

Et Forte Savane embraya sur les premières mesures de *Gabrielle*.

La prestation du groupe s'enlisa ensuite dans de longues périodes hasardeuses qui fleuraient l'impro et l'approximatif. De longs morceaux s'étiraient autour de textes approximatifs, ou bien un break soudain était le prétexte à la reprise des mêmes thèmes, appuyés de vocaux guère différents, mais avec des accords de base changés, permettant de nouveaux arpèges guère convaincants.

Enfin, les morceaux reprirent un semblant de cohérence et de structure. Contrairement à ce qu'avait affirmé Slush, le groupe entendait finir son set en balançant deux ou trois brûlots bien "kick ass".

C'est ainsi que Eric et Gilby purent entendre, pour la première fois, les morceaux de bravoure de Forte Savane, intitulés respectivement *"Ma pote de chambre"* et *"Franconville"*.

Le Hortec s'arrêta soudain de rugir, reposa le pied de micro qu'il avait savamment brandi, essuya la transpiration qui dégoulinait de son front et annonça :

— Merci ! Ce soir, nous avons un nouveau morceau : Raiff et Nazi !

Forte Savane s'employa à rebondir sur une grille de trois accords qui n'en étaient pas à leur première collaboration. Pour meubler le deuxième et le troisième couplet, pas encore bien fixés et dont il manquait des vers, le Cortex asséna des na-na-na censés pallier les béances. Enfin, la torsion, l'écrasement et les moulinets cessèrent, et toutes les lumière s'éteignirent. Le public se mit immédiatement à scander un banc bien appuyé, et les lumières rallumées, le groupe rentra sur scène en courant pour délivrer deux rappels, en jouant ses deux titres phares.

Les lumières s'éteignirent à nouveau sur scène, puis s'allumèrent dans la salle. Eric débrancha la caméra et la reposa dans son berceau en mousse alvéolée. Le public, soudain très calme, après avoir joué à la meute hurlante et sifflante, rajustait ses vêtements chauds et commença à refluer.

— Bon sang, ils étaient bien trois cents. Si on avait eu des CDs, on en aurait vendu quelques dizaines, apprécia Eric. Il aurait fallu des T-shirts, aussi...

— La prochaine fois, lui assura Gilby en hochant la tête...

Une prochaine fois ? D'abord, il aurait fallu achever cette fois- ci.

Ils avancèrent dans les coulisses et rejoignirent la loge de Forte Savane. Kraigut leur ouvrit la porte.

— C'est pas des groupies, les gars, lança-t-il aux autres membres du groupe.

— Félicitations, les gars, lança Gilby.

— Vous ne nous demandez pas si on a tout ce qu'il faut ?

— Heu ? Vous désirez quelque chose ?

— Il manque des douches, critiqua une voix au fond de la loge.

— C'est la différence entre le rock et le water-polo, répondit Eric. C'est un sport moins humide.

Le Hortec vint brandir son T-shirt à pompons verts sous le nez de Gilby.

— Je veux le nettoyage à sec pour les affaires de scène. Sinon dans trois jours je vais sentir le véritable moine ouïghour pas trop humide en contemplation devant la fin d'un fleuve endoréique !

— Nous n'aurons pas le temps ce soir de trouver un pressing express... Vous étiez censés, selon la notice qui vous a été distribuée, assurer vos changes et vos costumes... Symphorep décline...

— Bon, on va manger... Le "Dragon Céleste", c'est à Boudigny. Et il est dix heures et demie passée.

— Faut ranger le matos de scène, protesta Kraigut.

— Vous voyez l'avantage des restaus asiatiques ? apprécia Le Hortec. Ils bossent, eux. Si on a réservé, ils vous attendent.

Gilby et Eric donnèrent un coup de main à l'empilage du matériel dans le car. Ils récupérèrent le chauffeur au "Palmier".

— Où sont les groupies ? Où est le champagne, où est la chaude et savoureuse atmosphère de la nuit et de la fête, de la bamba et de la nuit ? se moqua Slusherboot.

— J'ai vu une bande de zigs attardés, assura Balzah. A mon avis, ils ont eu peur de nous demander des autographes. Tant pis pour eux !

— Nous voici en berne en banlieue-cambrousse, dans une gloire partie en fumée rousse, et nos muscles las sous la liquette collante seront demain massés à l'allure marrante de l'avancée sur des cahots rugueux dus au ruban de goudron qui de façon ardue se dévidera au loin devant nous, perdus... commenta Le Hortec dans une tentative d'alexandrins poétiques.

Gilby ayant réglé les choses avec la régisseuse Madame Thévenin avant le concert, il n'existait aucune raison de s'attarder davantage. Le car prit la route de Boudigny.

QUATRE

Le Dragon de Blattigny
Bœuf Wellington - Lombrics - Néons - Boyaux frits - Armes à feu - Le partage du Satrape

Concernant le dîner à l'"Hôtel du Grand Dauphin Couronné", l'escroquerie se joua sur le Bœuf Wellington. Bernard Tseu fut d'avis que la terrine de volaille était encore digne d'un fournisseur pour collectivité, mais qu'ils avaient été complètement abusés pour le reste. La recette traditionnelle veut que le Bœuf soit enfermé dans une crêpe, elle-même tartinée d'une duxelle, puis le tout cuit dans une pâte feuilletée, la crêpe absorbant le jus de cuisson. Ce raffinement est probablement le seul intérêt de cette recette, la cuisine du bœuf comptant parfois de nombreuses subtilités. En négation de cet apprêt, des bouts de pavés, passés au grill, leur furent donc servis sur des toasts brûlés, assortis d'une petite motte de gratin dauphinois, d'un buisson de haricots verts, filandreux comme des asperges, et d'une minuscule coupelle en pyrex contenant une béarnaise d'origine inconnue. Dublaudé prétendit que la viande était tendre, c'est-à-dire qu'on pouvait essayer de la menacer avec un couteau de table, pour la faire rire, mais qu'il faudrait des moyens sérieux pour l'attaquer.

Il était évident qu'au "Grand Dauphin Couronné", on était même pas doué pour la cuisine d'assemblage. Bien des restaurants dits gastronomiques sélectionnent les fournisseurs de leurs produits, choisis pour la qualité du suivi des livraisons, même si la cuisine moderne se réduit à dégeler légumes et protéines, puis à artistement disposer ces rogatons autour d'une assiette, napant finalement le tout d'une sauce lyophilisée aromatique, dite au miel (le fond brun en poudre, rajouter un zeste d'orange) ou océane (une hollandaise aux arômes de soupe de poisson). Non, cette grasse-tonomie n'avait de prétentions que sur le menu rédigé en anglaises sur velin jaune. Ce festin s'acheva sur un bout de génoise au café, d'une importance globale d'à peu près cinq centimètres cubes. Le Bordeaux violet chargé de lixivier toute cette richesse avait été ouvert trop tard dans la soirée, ou était définitivement trop jeune ; ceux qui redoutaient l'ulcère fulgurant n'en burent pas.

Dans le car en route pour le "Dragon Céleste", Le Hortec expliqua à Gilby que tous les restaurants asiatiques pouvaient bien sûr cuisiner et servir à leurs clients les mets les plus surprenants, sur simple demande. Mais cet effort était réservée à leur clientèle habituée et triée sur le volet.

Gilby, dans un rare sursaut d'inventivité, et l'air très pénétré, lui répondit qu'évidemment, ce qu'on appelle le Chat Siamois était au départ à Canton un animal de boucherie.

— Le Chat Siamois ? Les ragots sur ce sujet sont évidemment une légende, lui rétorqua Le Hortec, l'air non moins compassé.

Penché au-dessus de leurs sièges, Balzah intervint :
— Evidemment, il faut insister si tu veux y goûter, dit-il. Il faut être fin et diplomate, montrer au patron que tu t'y connais.
— Et vous communiquez en Thaïlandais ou Vietnamien ? s'inquiéta Gilby.
— Mais non ! rétorqua le bassiste... Tu lui dis : « Je vais commander tout haut du cochon ou de la vache, mais vous me servirez une petite spécialité maison, je vous fais confiance », et tu lui glisses un billet de dix euros, tout de suite d'entrée. Ils y sont très sensibles, ils ne sont pas susceptibles, et ils n'ont pas de syndicats.

Gilby pouffa, voulant se défendre, et répondit :
— Et alors lui il fait semblant d'avoir compris et vou voyez arriver du rat palmiste décongelé, ou du crabe d'égout à peine brossé. Je vois, c'est malin comme tuyau, pour avoir une surprise...
— Malin ? Mais non... continua Balzah. C'est une précaution et délicatesse. Il y a des restaurateurs qui résistent, qui pensent

que tu es vétérinaire, journaliste ou des fraudes. Mais tu leur dis juste "spécialité maison", et là ils retournent en cuisine se défoncer rien que pour l'épate. Ils ont le goût du travail bien fait avec glutamate, ces cuistos-là.

— Une fois, mon thé au jasmin sentait l'urine, remarqua Kraigut pour écœurer Gilby.

— Mais non ! C'est un parfum extrêmement tenace mais naturel ! hasarda Balzah. Si ça se trouve, là, c'était de l'eau provenant d'un baquet mal rincé, qui avait dégorgé des rognons.

— TOUT ce qui peut se manger, ça se mange, énonça doctement Le Hortec, index dressé. Vivre et ne pas expérimenter tous les sons, toutes les couleurs, toutes les sortes de groupies, et donc toutes les tonalités gustatives, c'est stupide, c'est être un zombie... Saint Augustin a dit : « Celui qui ne voyage pas ne lit qu'une page du livre du Monde ». Eh bien c'est pareil pour la cuisine : celui qui ne goûte pas les autres cuisines ne lit qu'une page du grand livre du goût... Et pour les femmes ? Celui qui n'embrasse qu'une groupie...

Gilby s'était renfrogné. Quelle conversation stupide, et encore dirigée dans le but de le faire passer pour un niais... Oui, bien entendu, il avait ouï dire que dans le Sud de la Chine, on mange tout.

— Vous avez vraiment dégusté des choses étranges, alors, questionna-t-il, suspicieux.

— Une fois, par exemple, reprit Le Hortec, ils m'ont servi trois lombrics, mais je les avais vu venir, j'avais deviné ce que c'était. Je me suis toujours demandé s'ils se payaient ma fiole ou si c'était un vrai plat.

— Et c'est comment, le lombric ?

— Bien frit, c'est croquant. Faut pas trop de chapelure, sinon tu n'as que le goût du pain.

— Vous les avez vraiment mangé ?

Le Hortec se rengorgea.

— Non mais, tu crois que je suis de quel genre ? Tu me sous-estimes, et à force de penser ça, tu vas nous fiche tous les deux dans des embarras. Moi si on me colle l'indigestion, je reviens et gare ! Respecte un peu ce que tu ne comprends pas ! De toute façon, on ne rigole pas avec la bouffe, tout le monde le sait !

— C'est toi qui dit ça, Le Cortex ? se moqua Balzah. A quel âge as-tu cessé de projeter des petits-suisses, avoue-voir ?

Le car approcha enfin des lumières du cinéma "Le Parterreé, qui, aux dernières nouvelles, est encore debout. Rivalisant de néons avec le cinéma, dans sa proximité le "Dragon Céleste" brillait de toutes ses écailles multicolores.

— Si un jour je suis en pension là haut chez saint Pierre et que je vois un dragon comme ça, c'est promis, le surlendemain j'arrête le pastis, commenta Le Hortec.

Ce blasphème asséné, il poussa la porte, en proclamant encore une fois qu'il avait bien eu raison de réserver. La salle était à peu près déserte : une seule table, occupée par un couple maussade, constituait la clientèle de l'endroit à cette heure tardive.

— On va être pépères comme chez nous, brailla Slusherboot.

Forte Savane et les deux accompagnateurs entassèrent leurs six individualités occidentales moitié sur la banquette, moitié sur des chaises autour de deux tables placées bout à bout. Le chauffeur avait déjà dîné au "Palmier" et il préféra aller se promener.

— Mais pourquoi il y a pas de groupies, dans cet *after* ? regretta Le Hortec.

— Il serait hors de question de ramener des demoiselles à l'hôtel, protesta Gilby. Il n'est pas prévu que nous ayons à payer des suppléments en payant pour les nuitées supplémentaires de dormeuses locales.

— Qui parle de dormir ? Enfin, si je comprends bien, vous nous condamnez à faire ça debout ?

— Les bonnes fortunes se cueillent souvent à l'impromptu, philosopha Bahlza..

— Pénurie rame avec peine nourrie et mine pourrie ! Je t'en collerai, de l'Alain Rompu, dit Le Hortec.

— Ecoutez, dénichez déjà l'amour et si la belle est assez folle pour céder sa vertu dans la minute, ne pensez pas à conserver son humeur pour une nuit d'hôtel, objecta Gilby.

— Je crois que *refe nazi* est un peu puceau, glissa Slusherboot à Kraigut.

— N'empêche, c'est bien creux, commenta Le Hortec. Tu diras au vrai responsable, le Kadeume, qu'il se mord bien profond le doigt et que je me suis plaint. Envoyez les menus !

— Ne mêlez pas notre Directeur à ces débats égrillards, je vous en prie, protesta Gilby dans un sursaut de conscience.

— Dirlo ou pas producteur, s'il me pénibilise, ce tordu, je lui mets une grenade dans le slip, maugréa Le Hortec.

— Pourquoi, une grenade ? questionna Eric, qui ne saisissait pas le sens de l'invective.

— Ca s'écrit comme "grande", avec un "Euh" en plus. Ca aide à faire jouir, ça lui fera le membre collant, commenta Le Hortec.

C'était la première fois que Gilby entendait Le Hortec mêler les armes à feu à une conversation ordurière. Le goût de Le Hortec pour la violence verbale et son appétit affiché des performances pyrotechniques ne venait que se révéler.

Un maître d'hôtel en cravate noire, rondouillard et rigolard approcha leur table pour les assister dans leurs choix, prêt à noter les commandes à la volée. Sa présence eut pour effet de tout embrouiller. Les desiderata fusaient dans le désordre et le notaire improvisé constata son impuissance à les sténographier correctement.

— C'est pas grave, concéda Le Hortec. Amenez tout en même temps, on se débrouillera. On se fera goûter et si c'est pipeau, on refilera au voisin. Vous avez des boyaux frits ?

Le Hortec voulait faire allusion à des bouts d'intestins de porc laqué, une spécialité délicieuse. Le scribe du "Dragon" finit par comprendre de quoi il s'agissait. Le Hortec commanda aussi des saucisses sucrées et de la bière chinoise, ce qui ne l'empêcha pas d'étudier la carte des vins et de commander un Côtes du Rhône. Enfin la commande fût complète. Le maître d'hôtel s'éclipsa.

— Il en a mis, un temps pour me les trouver, ses boudins ! Putainn', je lui demandais pas des nouvelles de sa santé !

— Eh Cortex, tu ne lui as pas demandé du râble de Siamois, observa Kraigut. Si ça se trouve, il t'aurait amené un bout de la réincarnation de Pol Pot...

— Ils n'en font pas, ici, du Birman, répondit Le Hortec, impérial. C'est simple, tu regardes la carte. S'ils ne font ni le singe, ni l'otarie, c'est simple, ils ne parlent pas tibétain. C'est un truc de connaisseur.

Cela débité sur un ton docte et assuré. Il n'y avait, dans ces moments de calme outrance Cortexienne, qu'à admirer l'acteur et son bagout, en se félicitant que le spectacle soit gratuit.

Le one-man-show du cabaret Le Hortec continua. Le chanteur les entretint de son passé, et spécialement de sa période politique. Pendant une campagne électorale, il avait collé des affiches et était resté copain-gros bras d'une huile provinciale. De là découlait une cascade d'aventures, recyclées, empruntées, enjolivées, attribuées, avec pour point commun Le Hortec, qui avait tout fait : détective privé d'investigation, prof d'arts martiaux, contrebandier d'armes, videur de boîte de nuit, contrebandier d'alcools, gorille, faussaire d'œuvres d'art, et même fonctionnaire de Mairie, ce qui l'avait amené au chant, et finalement à tomber dans le fichier de Symphorep.

— Tu pourrais pas m'avoir un obusier, un mortier ? demanda Balzah d'un ton tout à fait sérieux. En Suisse, ils en ont, ils les mettent dans leurs jardins pour décorer.

— Par moi ça serait trop cher, répondit Le Hortec avec le même aplomb. Le mieux, c'est que tu te fasses un voyage dans un endroit où il y en a plein. Là, tu l'achètes, tu le démontes, et tu l'envoies à ta famille en petits bouts par la poste. Une sculpture afghane à tantine, un brûle-parfum typique à la cousine, et tu fais gaffe avec le tube du canon, parce que les Postes ont des scanners, ils sont pas bornés, en plus le pays d'achat c'est souvent des pays à drogue... Armes et drogue c'est un cercle vicieux, ça ne va pas l'un sans l'autre, dès qu'on trouve une population qui a compris le sens du cycle et sa solution...

— A la poste ils ont des bergers belges qui repèrent la graisse à fusil, les épices, toutes les odeurs bizarres... objecta Balzah.

— En fait, des fois c'est même des bergères belges, précisa Kraigut.

— Et alors, tu ne passes pas à la douane...

Le Hortec discourait avec l'autorité de l'expert.

Les plats arrivèrent. Le Hortec s'occupa de la distribution et adressa un grand clin d'œil au maître d'hôtel.

— Emmenez toutes les fourchettes, s'il vous plaît. Ceux qui ne sauront pas se servir de baguettes n'auront qu'à apparaître sous leur vrai visage d'incultures du Kali Yuga.

L'option sans fourchette ne plaisait qu'à moitié au géant Slusherboot. Le batteur, doté d'énormes mains, semblait penser que des baguettes ne pouvaient être réservées qu'à un seul usage : taper sur des fûts.

Le Hortec goûta à la dizaine de mets servis et, ayant trouvé son bonheur, s'annexa un plat pour sa consommation exclusive. Les autres n'eurent même plus le droit d'y goûter. Il était le roi. Personne ne relevait ses ukases ou ses caprices. Il tenait comme d'habitude sa cour-auditoire à sa botte. Les contradictions n'étaient formulées que pour lui permettre de rebondir, faciles ou idiotes, dans une connivence l'invitant à la réponse attendue, au spectacle Le Hortec.

— Ça marche, le travail manuel ? taquinait Le Hortec. C'est du curry, ce poisson jaune ?... il est comment ?

— Fade, se plaignit Balzah avec applomb. C'est du poulet. Ce curry coréen ne vaut pas le bourbon mexicain.

— Dites-moi, s'enquit Gilby en se penchant vers Le Hortec... J'ai remarqué que pas mal des paroles des chansons étaient assez provocatrices...
— Dans un système mafieux, dire la vérité c'est manquer de respect, alors je manque de respect tout de suite pour conserver ma vérité.
— Mais tout de même, ce n'est pas parfois un peu gratuit ?
— Un exemple n'est jamais gratuit !
Le Hortec ne répondit pas davantage. Il s'occupait de proposer du Côtes du Rhône aux autres membres du groupe, qui avaient déjà commandé des bières. Gilby resta avec ses questions en l'air, persuadé que le chanteur ne voudrait plus lui répondre. La communication avait l'air établie à sens unique.

Le Hortec buvait son Vacqueyras comme un trou. Il avait demandé une omelette supplémentaire, et arrosé ses œufs d'une sauce soja salée qui, disait-il, lui donnait soif. Enfin, le vin l'aida à se lancer dans les confidences.
— La pire honte de ma vie, je l'ai eue avec le chien de Lestrade. Lestrade, c'est mon beau-frère...
— Raconte, Cortex ! Comme ça, on pourra confier ça à tes biographes !
— C'était à la montagne. Enfin, les Basses-Alpes, vous voyez... Bon, peu importe. Fallait prendre les télécabines. En été. Une belle balade, avec les Chevaliers du Tastevin qui faisaient une sortie. Bref, je sais plus comment toute la bande était arrivée sur le quai des télécabines, il faisait chaud, il n'y avait plus d'organisation, bref, tout à coup, une expression avec une intonation de surprise que j'entends encore : « Mais c'est pas le chien de Lestrade ? »
— Et c'était le chien de Lestrade ?
— Ouip, effectivement, une espèce de griffon à poil long et l'air navré, qui se tenait là avec nous sur le quai. Ceux qui ne peuvent pas bien se représenter la bête peuvent se référer à leur

souvenir de n'importe quel chien à la télé ou au cinéma. L'air universel du mouton qui pourrait devenir fou, avec ses crocs. Et un air réellement cornichon. De plus, Lestrade le nourrissait trop, et avec l'été le poil du chien prenait par endroit des allures de pelades.

— Qu'est ce qu'il faisait là, ce chien ? Il était pas prévu ?

— Bonne question. Lestrade aurait pu faire la balade de montagne avec nous, mais il n'était pas dans le groupe ! Lestrade les avait, soit précédés, soit semés, ou encore il avait disparu. Le chien les accompagnait de son propre chef, ce qui n'était pas une hypothèse délirante, après tout, au vu de certaines gâteries dont il était parfois entouré par des tontons et tatas d'adoption.

— Rien à voir avec toi ?

— Moi ? Je pouvais pas le voir en peinture. Alors de nos jours qu'il est empaillé... Mais ça c'est une autre histoire. Non, les Tastevins lui refilaient des croûtons, des têtes de sardines grillées, bref toutes les ordures possibles...

— Une confrérie pour nourrir les clebs ? Ça existe ?

— Non, non, je veux juste évoquer deux-trois cas qu'avaient rien compris du cas épineux : Le Vieux Pipeur, Mamie Yaourt et Le Spécialiste.

— Ce sont des grades de Chevaliers Tastevins ?

— Toi tu ne seras jamais initié, on dirait. Non, les gâteries procédaient souvent des mêmes personnes ; Le Vieux Pipeur, une espèce de caricature de vieux montagnard en short, grosses chaussettes et pipe puante ; Mamie Yaourt, une crème de bonne volonté, habillée d'une robe en sac ; et Le Spécialiste, dit spécialiste parce qu'énorme, de poil noir et transpirant constamment sous un T-shirt hideux à mention publicitaire pour un produit... pour assouplir la peau, on va dire pour ne pas être grossier.

— La publicité, faut pas en avoir honte, des fois c'est fédératif...

— L'inquiétude eût pu naître, mais il y eut adoption immédiate du chien par les trois personnes citées. Le Vieux Pipeur sortit même un gâteau génois fourré à la fraise de son sac à dos. Le

chien mâcha le gâteau mais ne l'absorba pas. Il le recracha sur le quai et reprit son air innocent, doucement abruti et béat, le fond de son expression habituelle, quoi. Et alors là :
« La pauvre bête est angoissée » se mit à gémir Mamie Yaourt ; « c'est peut être la première fois de son existence qu'elle prend des œufs ».
— C'était un gâteau chimique aux œufs ?
— Nan... Jusque là, il n'était pas encore établi, ni même apparu, que le chien voulait prendre les télécabines – les œufs – avec les Tastevins. Mais évidemment, après cette réflexion, il devenait évident qu'ils emmèneraient le chien pour la promenade. Et d'ailleurs, qui aurait voulu se priver de l'excursion pour ramener cette nouille de chien à l'hôtel ?
— Et alors, oui ou non, ce chien avait déjà pris le téléphérique ?
— On a pas eu le temps d'en débattre, ni de formuler des mises en garde au trio : les télécabines en forme d'œuf arrivaient.
Le Hortec fit une pause, lampa une gorgée de Côtes du Rhône. Tout le monde l'écoutait, faisant silence.
— Et pourtant, il aurait fallu y penser, et vite, reprit-il. Un animal pris de panique, ça peut devenir extrêmement problématique. Avec les chevaux, par exemple : ils sont dressés à courir en ligne pour le tiercé, mais ils ne font pas ça avec des ganglions nerveux... Aller tout droit, ce n'est pas une évidence.
— Oui, c'est dur à maintenir dans une attitude simplement décente, un animal, concéda Balzah.
— Il est vrai qu'ordinairement, en considérant à froid la physionomie amorphe du chien de Lestrade, on pouvait se demander si l'aile d'un quelconque sursaut dynamique risquait un jour de pouvoir l'effleurer. Je le concède. Il avait comme une sorte de perpétuelle apathie profonde affichée. Ça pouvait rassurer et d'ailleurs fortement induire en erreur sur le tonus potentiel de la bête...
Au milieu du silence, le Hortec descendit une nouvelle lampée de Côtes du Rhône et poursuivit :

— Ces télécabines allaient par groupe de cinq, chaque cabine d'environ un bon mètre carré étant close en partie supérieure de parois transparentes... Ce qui laissait le champ libre à la vision des monts rocailleux et des précipices, caillouteux eux aussi.
— Les sapins, y'en a moins que dans les Alpes du Nord, dans ton coin, là... observa Slusherboot.
— C'est parce que c'est plus beau. Davantage. Avec moins de sapins. Bon, remarquez que par une sorte de réflexe, ou par l'instinct, ou peut être une sorte de prudence élémentaire, le groupe se coupa en deux parenthèses. Ça isolait les trois adopteurs et leur proie, la victime à laquelle ils voulaient infliger le voyage en œuf. Les deux premières et les deux dernières cabines furent ainsi bondées, laissant celle du milieu à l'occupation exclusive du chien de Lestrade et de ses trois accompagnateurs. Notez que le personnel des télécabines aurait pu trouver à redire à cet arrangement, car il convient que la cabine centrale soit toujours peu ou prou la plus chargée, ainsi que voudraient l'indiquer plusieurs pancartes pour l'avis public...
— Ils ont rien vu ?
— Ledit personnel, moustachu, âgé et braillard, était très occupé, sur le quai, à pousser des piaillements à l'adresse de moutards inexistants. C'était au motif qu'il subsistait, là, par terre sur le quai, les restes vomis d'un répugnant gâteau génois fourré d'une pâte rose à la fraise. Ça baignait dans une flaque organique de salive ou quelque autre liquide digestif et c'était septiquement suspect.
— Comment tu expliques ces cris ? Il avait peur de se faire prendre par un responsable ?
— Nan... Je vois qu'il faut vous expliquer : En fait, toutes ces montagnes sont situées près de la Suisse. Sauf les Pyrénées qui ne touchent pas à la Suisse – tant pis pour elles –. La Suisse, c'est un pays renommé pour être le haut lieu d'une tradition de propreté totale et opiniâtre. Par mimétisme ou phénomène de mode, il en résulte pour les montagnards hospitaliers, dans la

proximité de cette Suisse, un souci superfétatoire de la propreté. Même chez ceux qui affrètent des télécabines. Cette obnubilation n'atteindrait par exemple aucun cadre responsable normal du métro parisien. Ou alors, ces voisins des Suisses ont l'angoisse du manque de nourriture, et la peur de manquer de gâteaux génois à la fraise, au cours des longs mois d'hiver. C'est alors que, coupés du monde par les frimas, ils se demandent si les réserves de fromage pour la fondue et la raclette, base de leur alimentation saine et frugale, dureront jusqu'au printemps.

— C'est bien expliqué. La propreté, c'est un souci de malnutrition. C'est évident, dit Kraigut.

— Après avoir poussé sa gueulante, et les restes du gâteau génois à la fraise sur une petite pelle à déchets, le personnel en question, le vieil indigène perclus et uniquement enchaîné au service des télécabines, daigna de remettre celles-ci en état d'effectuer leur ascension.

— Il a appuyé sur le bouton ?

— Ou alors un coup de téléphone à la station du haut pour signaler que ces bon sang de touristes étaient tous empaquetés. Les télécabines se mirent en mouvement et plongèrent donc dans le bref vide qui suit la télé-gare, avancée et petite chute qui traduisent immédiatement la propulsion et le mou conférés à la libre suspension au câble multi-kilométrique assurant la progression des appareils.

— On s'y croirait. C'est vrai que c'est assez "montagnes russes", toujours, ces trucs-là...

— Tout de suite, il sembla aux excursionnistes qu'une trépidation inquiétante, parasite et suspecte, agitait leur train de télécabines.

— Oh ?

— Cette vibration semblait d'origine non mécanique, car par ailleurs, pour l'ensemble des sens mis en éveil, les œufs semblaient fonctionner à merveille.

— Ah !

— Un bref examen à travers les fenêtres leur révéla que le troisième conteneur, celui du centre, était à l'origine de ces perturbations. Ils menaient un bal terrible, là-dedans, et leur cabine était agitée de mouvements pendulaires, horizontaux, latéraux et verticaux, d'une assez grande ampleur, traduisant l'agitation interne qui semblait y régner.
— Aaâh?
— Ils avaient du emmener discrètement quelque appareil pour distiller de la musique techno, ou peut-être se livraient-ils à des exercices d'échauffement, ou même la mamie pratiquait-elle une forme de yoga sexuel?
— Avec le chien pour regarder? s'étonna Kraigut.
— Quien sabe? comme on dit au Guatemala...
— Ah oui, l'aurait fallu demander à l'homme qui en savait trop, genre suspens... Hitchcock en a commis deux films...
— C'était, à la vérité, un assez curieux spectacle, ressemblant assez à celui du kaléidoscope, ou aux hublots des machines à laver visibles dans les launderettes. Un tourbillon de couleurs, formé de parties de coupe-vents, couvre-chefs et autres articles vestimentaires, qui tournoyait dans cette cabine. Un maelström. Des masses plus opaques se pressaient tantôt contre les parois vitrées, projetées par quelque effet musculaire dont le principe gymnique n'apparaissait pas.
— Alors là, c'est un autre film de Hitchcock...
— On ne distinguait précisément aucun occupant, ou plutôt on percevait qu'ils étaient tous très occupés à leur activité bondissante. Périodiquement, par à coups très brefs, un membre humain apparaissait par l'une des petites fenêtres ménagées pour l'aération. Pendant un moment de relatif répit, les Tastevins observateurs virent même la tête du chien de Lestrade s'encadrer dans cette ouverture: le chien semblait vouloir prendre l'air, ou même vouloir partir voler tout court, mais probablement pas de son propre chef, puisqu'il s'employa à rentrer dans la cabine, avec une vigueur démonstrative.

— Somme toute, ton chien calme, il avait l'air de commettre un barouf terrible.

— Un fichu foutu hooligan de sacré fauteur de trouble... D'ailleurs, le maelström recommença aussitôt à tourner de plus belle, comme une illustration du mouvement brownien observé dans la physique des corpuscules. Les Tastevins devinaient maintenant qu'il devait y avoir quelqu'un de malade dans cette cabine, en lieu et place du précédemment suspecté stretching ou bodybuilding, car ils percevaient de grand cris et des aboiements rageurs, qui leur parvenaient à travers l'espace. « Le chien est malade », commenta une voix - « Oui, il a une gastrite chronique », commenta une autre voix. Il le savait, celui-là, parce que le chien avait une haleine épouvantable, comme quand on a mangé des œufs de poissons, et il en avait parlé à Lestrade. Ils avaient eu un chien comme ça, ils étaient obligés de dormir toutes les fenêtres ouvertes ou de l'enfermer dans la salle de bains.

— Il aurait fallu qu'il lui mettent un peu d'eau de Javel dans son eau de gamelle, proposa Kraigut. Le chlore, ça désodorise bien.

— Combien d'eau de Javel tu proposes ? questionna Balzah.

— Pas plus d'un litre. Il y a des effets secondaires.

— Des effets secondaires ?

— Oui, ça décolore.

— Arrêtez, les gars. Y'avait assez de passagers pour donner leur propre avis. Y'en avait un, il avait connu un fox-terrier qui sentait terriblement, comme ça, mais lui, c'était des gencives, et il pensait que Lestrade lui donnait une nourriture trop riche... Et encore des « Vous croyez que c'est suffisamment aéré, une petite cabine comme ça, avec un chien malade ? » ... Ça n'avait aucune importance, ces remarques, puisque aussi bien les fanatiques étaient tous enfermés dans la cabine du centre, en compagnie de l'objet de leur adoration. Pas de jalousie...

— Ça s'est pas décroché ?

— Non. Finalement, le train de télécabines est entré dans la gare du haut, et un autre aborigène moustachu, centenaire, perclus et préposé est venu leur ouvrir les portes. Habités par la curiosité la plus élémentaire, tous l'ont regardé ouvrir la porte de la troisième cabine. Mais rien n'en sortit. Pas tout de suite.

— Oh, y'a des vrais bouts de suspens, dans ton yaourt, nota Balzah.

— Tu viens de faire un alexandrin, Mike, dit le Hortec.

— Continue ton récit, La Horte, demanda Kraigut.

— Epuisés par le combat, ils étaient, les passagers de l'œuf.

— Double octosyllabes, signala Slusherboot.

— Heureusement, ils s'étaient couverts de pulls et autres épais vêtements de montagne avant de monter, où ils auraient eu à arborer des blessures diverses. Leurs habits étaient lacérés. Le revêtement intérieur de la cabine, une sorte de peinture sur le gelcoat des parois en fibres de verre, était entièrement rayé, comme après le passage d'un poltergeist graveur. Mamy Yaourt montrait son panty au travers de sa robe déchirée. Le Spécialiste avait l'air hagard et totalement dépeigné. Seul Le Vieux Pipeur arborait un sourire légèrement soulagé, ou même vainqueur. Dans la bataille, il avait été déchaussé, mais – du moins c'est ce qu'il raconta – il s'était servi de ses lourdes godasses de marche comme d'un nunchaku amélioré pour arriver à prostrer la bête.

— Des godasses-nunchaku ? ...Ah oui, et le chien ?

— Lui, il sommeillait à présent de son air béat, calme et idiot, la mâchoire posée sur les deux pattes avant, bien au repos sur le sol de la cabine. Un adorable toutou. On voyait là, tout de suite, qu'il préférait l'immobilisme des gares au souci du transport entre celles-ci... le chien de Lestrade.

— Ah bon, il était intact...

— Pour cette fois-là, oui... Et ils se mirent en route pour la balade. Bien sûr, il assurèrent et soutinrent au montagnard en service à la station du haut que la cabine du centre était déjà dans cet état-là quand ils étaient montés dedans. Ce vieux moustachu ne râla pas trop : il était isolé, seul contre deux dou-

zaines de Tastevins solidaires et armés d'alpenstocks. Il est aussi probable que ces œufs pas neufs étaient déjà un peu pourris : n'oublions pas que de temps à autre, des cabines se détachent toutes seules pour tomber dans un ravin comme il faut...
    Le Hortec s'interrompit, leva le doigt et poursuivit :
— Et ce coup-là, c'est perte sèche... Puisqu'il faut bien les remplacer, ces œufs.
    Les membres de Forte Savane hochèrent la tête, appréciateurs. Il y a des faits comptables qui tombent sous le sens.
— Il a de toute évidence, parfois une nette prédilection pour l'octosyllabe simple, glissa Eric à l'adresse de Gilby.
— Ce chien n'avait pas fini de faire suer ses protecteurs. Après, il sauta partout et tenta d'égorger une chèvre domestique, posée avec son troupeau près du restaurant d'altitude pour faire joli, parce que ça décore. Et puis ça légitime la vente du fromage de chèvre bio dans les fermes de la vallée... Il faut signaler que tout troupeau rencontré à deux mille mètres d'altitude est entièrement factice et déposé là par le syndicat d'initiative pour faire biotifule : en effet, la pratique du fromage de chèvre passé mille mètres est non rentable, car le fromage une fois redescendu dans la vallée y est écrabouillé par la pression atmosphérique supérieure qui y règne. En altitude, à pression moindre, le vrai fromage est mousseux, bien entendu. Rassurez-vous, il reste blanc et insipide, on peut en mettre dans les salades.
— Je ne savais pas ça, confessa Gilby à mi-voix, ébahi par tant de science du fromage bio.
— Au cours de la promenade en descente, le chien fut fatigué et menaça de faire une syncope, aussi le Vieux Pipeur et Le Spécialiste se relayèrent-ils pour le porter, et y attrapèrent une espèce d'odeur tenace qui les poursuivit pendant quelques jours, malgré de multiples douches.
— Eau de Javel, appécia laconiquement Kraigut.
— Enfin, ce canidé révéla un appétit tardif pour les gâteaux génois parfumés au coulis chimique de fraise, et dévora toute la

réserve du Vieux Pipeur, ce qui obligea celui-ci à partager les sandwiches au fromage de chèvre de mamy yaourt, un mauvais échange, donc, puisque le Vieux Pipeur fut ce soir là, en plus, malade comme un chien (c'est le cas de le dire).

— C'est un peu ça, l'odeur des chiens, annonça Kraigut d'une voix ferme... ça attaque aussi le foie, mais subrepticement.

— Le clou final leur fut offert à la fin de l'excursion, lorsque parvenant quasi dans la vallée, la troupe longea le terrain de golf. Repris par une soudaine excitation, le chien de Lestrade dégringola des épaules du Spécialiste et se précipita à travers la mince – à cet endroit – clôture du golf. Nous le vîmes pourchasser une balle qui ne lui avait rien fait, et gober celle-ci tout de go. Toujours très excité, il se précipita encore sur deux autres balles qui n'avaient commis, comme faute, que d'avoir fini de rouler et d'être à portée de la gueule du monstre. Puis, devant le mécontentement lointain mais vraiment démonstratif et gesticulatoire de certains golfeurs, la vedette replongea à travers la clôture.

— Il avait eu peur ?

— Normalement c'était comme des déguisés négligeables, mais il y avait trois porteurs de clubs qui couraient, qu'il a dû interpréter comme des porteurs de matraques pour chiens gloutons. Il a fait retraite dans les rangs resserrés et inquiets de ses protecteurs. Ceux-ci n'attendirent pas l'averse ou les transporteurs de clubs, et ils avancèrent derechef pour se masquer dans les sapins.

Dans Forte Savane, la discussion redevint dense et nourrie, portant sur les chances d'occlusion intestinale du cabot par fermeture du pylore. Slush, tenant de l'étroitesse du duodénum, affirma que les balles pouvaient rester dans l'estomac d'un Médor pendant une assez longue période, où elles finiraient, ou ne finiraient pas, par être digérées par l'effet constant des acides. Blazah affirma que la composition des balles de golf leur interdisait semblable dégradation, et que le chien mourrait un jour de sa belle mort, sans avoir rendu ses proies, ni les avoir dégradées ou gâtées, et qu'à l'autopsie les héritiers du chien auraient les balles pour leur entière propriété, et pour jouer avec, si le désir en venait aux fils de Lestrade.

— Nan, nan, même si une autre fois on aurait pu vérifier ce qu'il avait dans le bide, en tout cas elles n'y étaient plus, annonça sobrement Le Hortec.

— Disparues totalement ?

— Je vous raconterai une autre fois. Mais pourquoi elles n'y étaient plus, voici les circonstances : le chien voulut bien procéder à leur restitution, pour vous mettre tous d'accord. Arrivé à l'hôtel, il se posa devant la réception et régurgita sur la moquette les trois balles, intactes et nappées d'un coulis de gâteaux génois fourrés à la fraise.

— Et Lestrade a récupéré son chien ?

— Ses adopteurs étaient las d'avoir veillé au bien-être du chien, et ils furent d'avis que, puisqu'ils étaient dans l'enceinte de l'hôtel, il revenait à Lestrade, maître légitime, de s'occuper des suites, y compris de la tâche sur la moquette claire... de la moquette crème dans un hôtel pour Tastevins, faut être fada, c'est vrai. D'ailleurs le chien avait commencé à la reteindre. C'était du coulis de fraises chimiques condensé.

— Faut bien faire bosser les assurances, comme dirait Gilby.

Celui-ci ne tiqua pas.

— En conséquence, reprit Le Hortec, ils abandonnèrent le chien et sa flaque et se séparèrent, l'un pour aller se coucher avant de vomir, l'autre pour prendre la première d'une longue série de douche, et la troisième pour aller se taper des gin-tonics réparateurs et bien tassés.

— Et Lestrade a récupéré son chien ?

— Le chien alla à la piscine, où un maître nageur luttait d'obstination avec lui depuis une semaine. Il s'armait d'une épuisette à long manche en aluminium, pour l'empêcher de se baigner, ce qui aurait trop copieusement sali le bassin dont il avait la garde. L'infusion des chiens, comme pour les sachets de thé, doit être en effet réservée à des récipients appropriés, capables de retenir et filtrer le jus coloré qui doit résulter avec force de l'imprégnation par l'eau, agent diluant.

— Et Lestrade a récupéré son chien ?

— Il faut signaler qu'il était déjà tard, et que le gardien de nuit chargé de nettoyer les restes finaux de gâteaux génois fourrés à la fraise y gagna trois balles de golf. C'est pas négligeable. Il a dû les revendre à un golfeur et se payer un canon. La journée n'était pas perdue pour tout le monde...

— Et Lestrade a récupéré son chien ?

— Quant à Lestrade, il n'a jamais été mis au courant du comportement outrageant de son chien. Il n'était pas responsable, alors pourquoi lui faire perdre la face ? Réfléchissez bien à ça ! Les Japonais non plus ne font jamais gratuitement outrage à quelqu'un. Ce n'est pas de la politesse, mais de la correction. Non, il continua de se balader, l'air serein et le front pur. Quand des petits finauds demandaient à Lestrade comment allait le chien, il les regardait, étonné, et répondait : "Il est à la piscine".

Le Hortec hocha la tête et ajouta :

— Tu parles qu'il se repose, à l'heure actuelle tu vois. Las, de conter j'ai ma dose. Ça sera pour une autre fois.

— Octosyllabes, quatrain, bravo, apprécia Slusherboot.

Lorsque le moment de l'addition arriva, Le Hortec bon prince proclama bien haut qu'il allait payer les apéritifs. On lui fit observer que personne n'en avait pris, aussi paya-t-il toutes les boissons, royal, c'est-à-dire qu'il s'acquitta de la bouteille de vin qu'il avait descendue, des bières de Forte Savane, de l'eau minérale et du thé vert de Eric et Gilby, cette « tisane de Bouddhiste » .

Il avait aussi objectivement dévoré trois fois plus que les autres, mais l'addition n'était pas strictement divisée par le nombre de participants : elle était prise en charge par le chéquier Symphorep à hauteur de dix euros par personne ; il n'y eut plus qu'à se partager une soulte.

Le car fut réinvesti par les rockers braillards, après une dernière tournée d'alcool de riz. Le chauffeur, examinant l'intérieur du restaurant, avait jugé de l'avancée du dîner, redémarrant le chauffage et tenant le véhicule fin prêt. Hortec déclara, sur le chemin du retour à l'hôtel, que le restaurant valait neuf sur vingt, et qu'il était indulgent, parce que le lendemain au réveil, il ne donnerait plus que cinq points, le bonus pour le soir venant du fait que le concert avait été professionnel et hautement digne des meilleurs moments de Forte Savane. Ce compliment fut applaudi, et la cour fut contente que le roi soit satisfait.

Arrivé dans le hall de l'hôtel, Gilby prévint que le départ du lendemain avait été fixé à neuf heures, car toute la troupe devait arriver à Prussy à quinze heures pour avoir le temps de visiter le Musée de la Seine et ses curiosités.

— Et la Jaffe ? interrogea une voix. A quelle heure la becte, demain midi ?

Gilby fit semblant de ne pas avoir entendu cette interpellation argotique. Il ne conduisait pas une troupe de malappris et attendit que la question lui fut reformulée en langage acceptable.

— Le petit-déjeuner sera servi à partir de 7h30 dans le petit salon. Le déjeuner aura lieu dans un relais sur le bord de la Nationale.

— Ouais, un Grill, quoi, reprit la voix.

Chacun récupéra la clef de sa chambre. Le Hortec voulait maintenant faire un tarot, mais l'affaire échoua, car personne n'avait de cartes. Le gardien de nuit de l'hôtel proclama qu'il ne savait même pas où l'on remisait la piste de dés, ce qui faillit déclencher des fureurs cortexquiennes. Finalement, tout le monde monta à l'étage pour rejoindre son lit, malgré la solution de rechange proposée par l'Increvable, qui proposait ni plus ni moins que de "bien fêter ça", puis de faire une sortie en ville. Blattigny ne sut jamais qu'elle avait réchappé à la dévastation sous la forme d'une réincarnation de Attila.

Mais, avant d'essayer de dormir, les rockers se retrouvèrent tous les quatre dans la chambre de Le Hortec. Slush déplora que personne n'ait un talent de tagueur et assez de style pour aller bomber un superbe graffiti, laissant une trace de leur passage à Blattigny. Mais non, personne n'avait de bombe dans son sac.
— Pour faire un beau graffiti, faudrait du temps, objecta une voix.
— Eh bien juste avec le pochoir, alors. On aurait pu prendre le pochoir, ça faisait un petit graffiti, sobre, et c'était bon, on avait signé le passage, insista Slush.
— Je vais le signer tout de suite, déclara Balzah. Quelqu'un sait où sont les toilettes ?
— Au bout du couloir, ou à l'étage, ou au grenier...

Balzah sortit et ne revint pas tout de suite. Après être remonté, il avoua qu'il n'avait rien trouvé, que le veilleur de nuit ne parlait qu'un langage incompréhensible, peut-être même pas européen, et qu'il s'était soulagé dans le bidet qu'on avait oublié dans sa chambre.

En attendant, Le Hortec avait tiré son couvre-lit pour savoir s'il dormirait dans des pois ou des rayures. Plusieurs surprises l'attendaient.
— C'est quoi, cette odeur ?

Les étoffes conservaient une odeur horrible et, sous le drap du dessous, les matelas étaient entièrement enveloppés de plastique.
— Ça sent la cave, ou quoi ? On dirait du moisi, mais en plus véhément ? s'insurgea t-il.
— Y'a un relent de Javel, observa Slush, ce qui prouve que ça devait être pire, avant.

— Botrytis, observa seulement Kraigut.
— Quoi, Botrytis ? s'étonna Le Hortec. La pourriture grise ? Tu rigoles, pourri oui, mais gris, non, et noble, certainement pas !
— C'est parce que les vignerons font au lit, c'est bien connu, insista Slush. T'as jamais été chez les Tastevins ? Une fois sur deux, quand ils vont aux toilettes, ils oublient qu'ils ont pas ouvert leur froc d'abord.
— Tu m'as l'air spécialiste ?
— Mon père a enduré son service militaire à Mourmelon, dans les chars, et il m'a confié des vérités générales sur l'homme.
— Mais non, l'urine ils s'en tapent, ils pissent même dans des sacs pour les légumes, dans le camion sans ouvrir la portière ; non, le plastique c'est à cause des parties fines, corrigea Balzah.
Il fut prié de s'expliquer et de développer cette remarque sibylline.
— Très clair ! Ici, avec toutes leurs bêtes, ils ne sont pas raffinés, alors le comble du vice érotique, c'est le crade, à l'allemande, puisqu'on est à l'Est de Paris, leur expliqua-t-il. Mais tu vois le veilleur de nuit, le lendemain, en train de racler les toiles au couteau ? C'est pour ça qu'ils enveloppent la literie.
— Nan, nan, c'est du renfermé simple, trancha Le Hortec. Ils m'ont confié la chambre nuptiale de Maurice Chevalier et Mistinguett. Depuis 1910, ils n'ont pas aéré, c'est tout, pour conserver une sorte d'atmosphère.
— Visez un peu, les gars, un Gallé, interrompit Balzah.
Il désignait la lampe de chevet, un chou en verre tacheté, marron et rachitique. L'objet fut observé de près, et, vraisemblablement, cette copie aurait pu faire très bonne figure dans un dépôt-vente, une fois bien nettoyé. Il y avait même comme une espèce de signature, ou de déchet noir, sur un bord.
— On se l'emporte, les gars ?
— Demain, patate ! Sinon, avec quoi veux-tu qu'on s'éclaire ?
— Il ne faudra pas l'oublier !

Oublié, ce fut cependant la destinée du prétendu Gallé, trop abrutis qu'ils furent par le passage des trains pour penser à autre chose que se sauver.

Car toute la nuit, des Express passèrent derrière l'annexe de l' "Hôtel du Grand Dauphin Couronné".

Si le train de banlieue s'arrêtait bien à Boudigny, les grandes lignes, elles, se poursuivaient bien au-delà, par un étroit tunnel les laissant s'échapper.

Ca commençait par une explosion : un grand "Wouf", tout soudain, alors que le train pour la Hongrie ou la Roumanie sortait de la butte coinçant Blattigny. Ensuite, les bidets se mettaient à trembler et les lavabos à tinter de leurs porte-savons et serviettes déchromés, au milieu du vacarme glorieux de l'Express secouant les vieilles pierres de cette ville maudite. Le plancher tremblait aussi, et un rocker criait des imprécations, perceptibles à travers les cloisons minces...

Toutes les heures, sauf entre deux et quatre, où ils en intercalèrent des surnuméraires dans les demi-heures.

Donc, ce fut une nuit abominable. Certains eurent horriblement froid, mais l'un eut trop chaud. Le parquet était en pente, couvert d'un vieux linoléum bleu et spongieux, et un rocker finit même par dormir par terre, plus à l'aise que sur le plastique de son matelas.

Enfin le jour rampa pour se lever. Pas un oiseau ne chantait, il régnait un vague boucan de moteurs de tracteurs dans la brume, répercuté par les vallons. Une ambiance infâme, pire qu'à Tchernobyl.

Les rockers se levèrent et allèrent s'entre-visiter dans leurs chambres, pour constater qu'ils s'étaient tous complètement rhabillés au cours de la nuit, à cause du froid. Ils n'essayèrent pas de trop prolonger leurs toilettes sommaires, toute tentative de confort faisant grincer et trembler les tuyaux d'eau chaude. Et puis, ils étaient pressés de s'évader de leurs chambres.

CINQ
Dame pipi & pisciculture - Mode diminué
Les croissants empoisonnés - Délivrance d'aquarium -
A boire pour les petits poissons
Ils ne chantent pas !

Le fantôme d'Attila commença donc sa journée sur un mode mineur et effacé. Plus rien ne subsistait du dévoreur de tripes grillées à l'ail et à la citronnelle. Le responsable de chez Symphorep put un moment penser et espérer que le chanteur de Forte Savane s'était présenté la veille dans un accès de démence rare. La suite du jour devait, hélas, lui démontrer que la première impression est souvent la bonne.

Gilby passa derrière le garçon du petit-déjeuner, à huit heure vingt-six, pour se manifester debout derrière chaque table du petit salon où on avait servi des croissants secs et du café brûlé. Il prévenait ainsi qu'il ne restait plus que quatre minutes avant le rassemblement, réunion générale que Gilby voulait transformer en opération "Grand Stress", pour récupérer de l'ascendance et une domination organisationnelle.

Cette terrible opération de maîtrise psychologique devrait se compléter avec le compte à rebours officiel de Gilby, debout dans le hall de l'hôtel, un œil rivé sur sa montre-bracelet, l'autre sur la sortie du petit salon, pour photographier l'ordre d'arrivée des bagages et des retardataires. Ceux-ci seraient immanquablement toisés et notés dans la mémoire Gilbienne, porteurs d'un mauvais point latent, au nom du groupe Symphorep. Gilby envisageait même, après sa nuit de repos, de recourir à son tour à des accroissements de mises en garde, sollicitudes vexantes et observations discrètes, jusqu'à ce que, à leur tour en ce nouveau jour, les rockers se sentent gênés, déplacés et vraiment pleins de honte. Gilby s'était rodé dans d'autres voyages Symphorep, et se sentait capable de mettre en œuvre ces agissements de mauvais pandore rancunier.

Impeccable comme un représentant en pompes funèbres, rasé, tamponné, coiffé, désodorisé, after-shavisé, Gilby raide comme la justice regarda défiler les quatre rockers, bardés de leurs sacs de voyage. Le Hortec fermant la marche était dernier au classement, muet, la mine discrète et fermée.

En fait, Le Hortec avait seulement la gueule de bois, car il avait extirpé une bouteille de vieux rhum ambré de son sac et avait continué à fêter le concert avec Balzah, après l'extinction des feux, comme il s'en vanta deux heures plus tard, après l'épisode de la libération de son estomac.

D'ailleurs, tout de suite, dans le car, il commença à se plaindre à Gilby de la mauvaise qualité des croissants. Il le fit en termes si ordurier qu'il est impossible d'en rapporter la moindre bribe. Gilby en était tout chose, car il y a des mots qu'un homme normal n'est pas capable d'entendre avant dix heures du matin. C'est une question d'équilibre, comme pour le calvados ou le vin blanc ; certaines personnes ne peuvent pas en voir avant d'être complètement hors de leur nuit.

Ensuite, dans son fauteuil, Le Hortec étudia la généalogie de ces croissants au saindoux pur cholestérol et disséqua leur anatomie pour l'enseignement des voyageurs. Il se plaignait d'avoir de nombreux renvois acides et profitait de chacun de ses rots pour procéder à une analyse de cheminée. Ainsi, tous furent avertis que le mammifère qui avait secrété le gras des croissants était atteint des stades finaux de la tuberculose et de la syphilis ; au tournant suivant, les croissants n'avaient jamais contenu de gras de poulet bubonesque, excusez l'erreur, mais avaient été pétris à l'aide de déchets ultimes, genre dioxines. Au panneau de stop qui suivit, il fut spécifié que ces croissants-là avaient déjà été servis au roi Louis XVI, avant d'être mis en conserve un peu avant 1871, ou même le Jurassique, et qu'ils auraient dû tous se méfier, mais qu'il était déjà trop tard. Le mot "botulisme" gage d'empoisonnement fatal pour tout le car, fut lâché au cahot suivant.

Gilby en avait assez et il engagea discrètement le chauffeur à s'arrêter à la première station-service qui se présenterait. Cet événement survint assez vite et Gilby annonça que tout le car pratiquerait une pause pipi.

La moitié des passagers descendit, y compris un Le Hortec vacillant et blême. Une première députation, vessie chargée, pénétra dans l'édicule du pompiste, à la recherche d'urinoirs bien blancs sentant le chlore et le désodorisant camphré. Kraigut, lui, prit le temps d'acheter un jeu de tarot.

La députation ressortit presque aussitôt de l'aile réservée aux toilettes. Il apparut qu'elle avait gardé ses vessies chargées, car Bahlza et Slusherboot, débraguettés, firent face à une haie de troènes pour prodiguer à ces buissons une fumure exclusive et directe.

— Mais qu'est ce qui se passe ? s'emporta Gilby. Qu'est-ce que c'est que ce laisser-aller incroyable ?

— Je te paye pas pour me la tenir, et même je paye personne pour se pencher dessus, répondit seulement Bahlza, laconique.

— T'occupe pas de la mienne, elle est pas candidate pour que t'en aies deux par devant, lui lança Slusherboot.

Gilby, intrigué, voulut opérer une vérification après cette déclaration sibylline. Il pénétra dans l'édicule de la station-service. Le pompiste avait posté sa femme devant la porte des toilettes, avec une petite table, une nappe et deux soucoupes, une pour les messieurs, l'autre pour les dames.

La pompiste en question était une beauté, une femme superbe au port de statue, dotée d'un visage régulier et adorable, aux traits fins, doux et calmes, plus de beaux cheveux.

— Y'a pas de raison, expliqua le pompiste. C'est dégueulasse et infect de tenir ça propre. En été, avec le passage des touristes, on est obligé de nettoyer au jet, à deux mètres. En Juillet, les cars qui descendent du Nord ne sont pas trop affreux. Mais après s'être gavés de pêches et de melons acides, quand ils remontent, c'est carrément l'iceberg du Titanic qui pourrait couler, tellement la fosse déborde.

— On n'est pas des touristes lapons ou finnois, on est Forte Savane, lui rétorqua Kraigut, hautain.

Ce pompiste saurait tôt ou tard que Forte Savane était passé à Blattigny, puis à Prussy, y montrant ce que c'était que le vrai rock. Et le pompiste aurait honte.

— Et le désinfectant, ça coûte. A la télé, ils ont dit qu'on était dans l'ère du service, eh bien ici, c'est une station-service, alors pour le service, on paye, continua le pompiste sur sa lancée.

— Tu vois, mon pote, lui fit observer Le Hortec, si Bernadette Soubirous était venue dans ta taule, visiter ta source miraculeuse gardée par ton dragon, je parie que depuis 1955 t'aurais vendu plusieurs hectolitres de sauce, repompés après le passage de la Bernadette. Tu devrais prendre modèle sur Lourdes, ils ont le flacon qu'il faut, pour quand y'a une idole qui débarque.

— Bernadette, c'était en 1858, lui fit observer Balzah.

Négligeant cette observation, Le Hortec, la tête haute, l'air bloqué, fonça droit vers la femelle du pompiste et ses soucoupes.

— Combien je paye, pour te larguer le fruit de mes entrailles par le haut ?

Il semblait respirer difficilement.

— Ca sera un Euro, Monsieur. Par le haut ? Ce qui veut dire ?

— Ouais ! Et pour du pur produit à décaper les cuivres, tu donnes combien ?

Le Hortec se retint des deux mains au bord de la table, se pencha en avant, eut un hoquet, et il rendit ses croissants bloqués, sur les soucoupes, la table et les pieds de la superbe pompiste.

Pour échapper aux fureurs des pompistes, les voyageurs firent vite retraite dans le car, avec compréhension et unanimité. Le pompiste avait disparu, sans doute pour aller chercher son fusil, et appeler les pompiers, ou son club de chasse. Le chauffeur démarra et fit avancer la charrette sans attendre la morale de l'histoire. Ce fut un décollage vraiment rapide.

Le Hortec reniflait encore, alors que le véhicule filait juste à la limite de la vitesse possible.

— Eh, Angus, tu as vu si je l'ai mouchée, la groupie ? Oh là là, bien visé, je lui ai repeint les deux escarpins. Ma parole, j'ai jamais pu supporter les nougats en pompes vernies, ça fait première communiante.

Cette sortie, si l'on peut retenir une telle expression, marquait le retour d'un Le Hortec en grande forme. En cinq minutes, estomac libéré, foie refait, il regonfla toutes ses plumes. Il paraissait évident que, pour avoir la paix à l'avenir, il faudrait tenter de le maintenir constamment dans un état de mauvaise digestion, ou éventuellement ivre mort. Cette dernière solution étant peu recommandable, car avant d'atteindre ce pallier, les nuisances annexes semblaient surmultipliées.

Comme annoncé la veille par Gilby, le car stoppa dans le parking d'un petit relais sur le bord de la nationale. L'aspect de l'auberge était honnête et ne ressemblait absolument pas à une cantine de distribution de congelés et autres hamburgers industriels. En fait, au-delà de cette non-ressemblance, la nourriture était bien, là aussi, de provenance surgelée, mais elle s'entourait d'un décorum pour bourgeois provinciaux qui viennent au restaurant aérer leur famille le dimanche.

Dans la salle à manger, un énorme aquarium s'offrait la contemplation réciproque des clients et de trois espèces de petits poissons tropicaux, placides, fragiles, et colorés.

Le Hortec alla se coller le nez contre la vitre de l'aquarium. Ce geste détermina la fraction nerveuse de la population aquatique à aller se cacher dans divers refuges du décor de gros cailloux et de plantes d'eau.

— Elles ne sont pas grasses, leurs carpes, observa-t-il.

— T'es fou, intervint Bahlza qui l'avait rejoint. C'est pas pour manger, c'est pour faire joli. Il paraît même que c'est un spectacle bon pour les cardiaques, ça calme, cette contemplation.

— Tu n'y connais rien, corrigea Le Hortec. Ici nous sommes dans un restaurant. Tout ce qu'ils servent doit être comestible, c'est une obligation légale. S'ils mettent une fleur dans ton assiette pour faire joli, tu peux déguster la fleur, elle est comestible parce que c'est la loi. Idem pour les poissons.

— Mais ils ne seront pas servis, ces poissons, objecta Eric qui passait à proximité.

— Oh, par le Grand Micro ! rugit Le Hortec en le retenant par le bras. Et quand tu rentres dans un restaurant qui te sert de la langouste, tu n'as jamais vu un aquarium comme ça ? Eh bien alors je t'explique : voici, tu t'installes avec ta groupie à table, et le salarié pêche et t'apporte une langouste style zeppelin sur une planche pour te la faire voir dans son emballage, c'est comme pour le vin. Alors tu dis très bien, et O.K., et elle a pas l'air bouchonnée, et ils l'emportent en cuisine. Là, ils la collent dans un deuxième aquarium, et ils te sortent une portion surgelée toute petite qu'ils te réchauffent. Tu suces la carcasse minuscule, tu leur donnes plein d'images de ponts, pas des bleus à vingt mais des marron à cinquante, tu rentres t'occuper de ta groupie et pendant ce temps ils remettent la première langouste balaise genre schwartzenegger en vitrine, dans le récipient du devant, pour piéger un autre jobard le lendemain. Voilà à quoi ça sert, un aquarium dans un restaurant.

— Mais là, ils sont tout petits, plaida Eric.

— Ce n'est pas grave, je parie que c'est des poissons très forts, quasi médicaux. Ça se voit à leur couleur. Ils sont pleins de bons alcaloïdes. Un cardiaque en prend un, il te fait le poirier. N'est-ce pas Mick ? Où est Mick ?

Bahlza était parti s'asseoir, pour mieux lire le menu.

Le Hortec prit lui aussi place à table, mais il ne cessait de lancer des regard obliques vers l'aquarium. Une fois qu'il eût la carte entre les mains, il fronça les sourcils, et se plaignit qu'il n'y voyait aucune mention d'une quelconque friture.

A un moment, Gilby se leva et quitta la salle pour aller corriger un détail concernant les boissons, le vin servi ne correspondant pas à celui marqué sur sa feuille de route. Le Hortec se leva aussitôt, comme un potache profitant de l'absence du prof, et il retourna se coller le nez contre la vitre de l'aquarium.

— Si j'en pêche un, je le grille sur ma fourchette avec mon briquet, prévint-il. Les poissons topicaux, c'est délicieux.

Cette sortie n'amusa personne, aussi il cessa de faire l'andouille et revint à table pour s'emparer d'une des bouteilles du vin contesté.

— Je parie qu'ils n'ont pas souvent l'occasion de s'amuser, dans leur bocal, lança-t'il à l'assistance.

Il refit la distance le séparant de l'aquarium et souleva la corniche supérieure. Ce décor en bandeau faisait le tour du récipient, masquant ses accès supérieurs. Il en approcha le goulot de la bouteille qu'il tenait et fit calmement glouglouter le contenu d'icelle dans l'eau.

— Arrêtez, arrêtez, protestèrent deux ou trois voix sorties des rangs des salariés de Symphrep.

— Sous les Tropiques, on a très soif, commenta Le Hortec.

Un nuage de précipité rouge se forma et commença à dériver sous l'effet des convections et des différences de température, pour aller se mêler complètement dans le jet de bulles de l'oxygénation. Les poissons furent d'abord attirés par ce qu'ils croyaient être une nouvelle sorte de pitance, mais ayant absorbé avec prudence des effluves et rameaux du précipité rouge, ils firent retraite dans leurs caches précédentes, comme dégoûtés.

— Petits délicats! Les voici qui boudent du Cahors supérieur de l'année dernière, se moqua Le Hortec.

Le nuage rouge continuait de se dissiper dans l'aquarium, à présent légèrement troublé. Gilby revint, la mine satisfaite, ayant obtenu l'échange des bouteilles inentamées.

— Le Cahors, une fois aéré, c'est très buvable. Il suffit d'y faire circuler un chapelet de bulles d'air, observa Balzah.
— D'ailleurs, sans les bulles, que vaudrait le Champagne ? apprécia Slusherboot.

Au moment de servir le dessert, le garçon s'aperçut que les poissons de l'aquarium commençaient à flotter le ventre en l'air. Un sauvetage de dernière minute fut entrepris pour transvaser les survivants dans de l'eau fraîche. Appelé à la rescousse pour superviser cette opération, le Directeur s'en prit véhémentement à Gilby :
— On y a déjà jeté des médicaments ou vidé des salières ! Et ce sont des poissons d'eau douce ! Je trouve honteux de maltraiter des êtres vivants de cette façon, ce sont des agissements qui ne sont pas inconscients mais malveillants. Généralement, nous avons des problème avec les enfants, mais dans votre cas je suis confondu par autant de niaiserie !

Encaissant la mercuriale de plein fouet, Gilby dégaina son chéquier et paya les poissons avant même de connaître l'issue de leur malaise, ou de commencer son enquête dans le groupe. De toute façon, il était déjà résigné à ne jamais connaître le fond de certaines péripéties. Plus tard, Eric lui exposa d'ailleurs succinctement la clé de l'affaire. En attendant, les interrogations posées à la cantonade n'eurent aucun rendement, personne n'estimant digne de cafarder la fâcheuse incongruité qui avait parasité Le Hortec.

SIX

Double cale - Prussy - le Musée de la Seine
La sapinasse - Naufrage à sec - Pauchouse
Call-girls - Gilby passe une bonne nuit

En plus du Cahors non-absorbé à table, Le Hortec s'était procuré une bouteille de Côtes du Rhône qu'il éclusa en route, affalé dans son siège. Gilby ne s'en aperçut qu'en voyant le cadavre, encore garni de fraîches gouttes rouges accusatrices, rouler dans l'allée centrale tandis que Le Hortec, réjoui, essayait de faire une courte sieste dans le fond du car.

Gilby ne proféra aucun son, car il ne voulait pas réveiller le Minotaure rock. Il récupéra la bouteille vide et la coinça sur le côté de son fauteuil. Puis il osa faire ce qu'il n'osait faire depuis la veille : foudroyer Le Hortec du regard. Il est vrai que cette performance devenait facile, l'antagoniste gisant écroulé, roupillant, la bouche ouverte et les paupières plombées.

A propos de Prussy, le *Guide Alternatif Armand Auzymandias* dit à peu près ceci :

« Prussy fut fondé par les Binobates, tribu vassale des Parisy ou Parisii. César en parle dans ses *Autorisations Supplémentaires* et ajoute : "C'est là qu'on trouve ce petit fromage des bords de Seine qui, faisant la joie du tribun Bélisarius Calburnus, déchaîna son appétit au point de lui faire presque perdre la vie" (Traduction Vallade et Boudis, Lornet, 1948). La tradition du petit fromage s'y est perdue, mais les illustres visites guerrières ne cessèrent pas pour Prussy. Presque rasée par Attila, elle fut relevée sous le règne de Sigismond VI, fainéant mérovingien, par la construction d'une abbaye de style néo-byzantin, appareillée en énormes blocs de molybdénite noire, pierre qui ne résiste malheureusement pas aux outrages du temps. »

Qu'il nous soit permis d'ouvrir un aparté dans la citation du *Guide Alternatif Armand Auzymandias* pour ajouter à ce qui précède : "Et pour cause, la molybdénite étant extrêmement friable, grasse et tendre." Mais poursuivons l'étude de ces pages riches de renseignements.

« Au XIIe siècle, la ville de Prussy atteignit le statut de ville franche, fut assiégée par Guy d'Amaury de Montfort et édifia la magnifique abbatiale St Benoît. Dévastée par les Anglois pendant la Guerre de Cent Ans, Prussy ne retrouva la postérité qu'au XVIe siècle. Connue pour être une place forte protestante, Maurice de Lorraine y passa pourtant une nuit quelque temps avant la bataille d'Ivry. Louis XIV vint aussi y dormir, un soir qu'une indigestion le forçait à prolonger au loin une partie de chasse pourtant bien commencée. Le pot de chambre qui avait été conservé de cette occasion disparut à la fin du XVIIIe siècle.

Napoléon faillit aussi y passer une nuit en 1814. Alors qu'il était déjà couché à l'auberge du Grand Lapin Couronné, la nouvelle que les Russes étaient signalés à Bironay le fit se relever et monter dans sa berline tout débotté. Charles X vint chasser la sarcelle à Prussy. A cette occasion, les commerçants de la ville lui offrirent un appeau en argent pour pouvoir imiter le cri de cette charmante sorte de petit canard étriqué. Plus récemment, René Coty faillit y décéder, au cours d'un empoisonnement aigu, pour y avoir trop mangé d'andouillettes mal lavées. Le Général de Gaulle y a prononcé un discours en 1962. »

« Prussy n'est pas encore desservi par l'autoroute, mais cela ne saurait tarder, puisque le projet en est inscrit au vingt-deuxième plan régional, grâce aux efforts de Patrick Truffion, Conseiller Général et Maire. »

Cette dernière mention était portée sur le "Guide de Vironay", un dépliant arborant sur la moitié de sa surface un visuel légendé vantant la "Quincaillerie Audubon, matériel agricole et articles de chasse et pêche".

Comme prévu par Gilby, minuteur chef, l'arrivée à Prussy se fit sur le coup des quinze heures. La bretelle de l'autoroute A73 passera à Vironay, car Prussy est située trop haut sur la butte. Un courageux entrepreneur a déjà installé à Vironay un Hôtel Paritel tout neuf. C'est dans ce lieu qu'ils devaient loger, et non pas au "Grand Lapin Couronné" de Prussy, qui brûla en 1814, incendié par les coalisés, ainsi qu'une note rédigée au musée le leur apprit.

Car si Prussy n'abritait plus d'hostellerie digne de ce nom, elle abritait encore en son sein le Musée de la Seine, volé à Vironay, et aussi le restaurant du "Jade Céleste". Le groupe passa devant ce dernier en se rendant à pied au musée, et Le Hortec y entra pour réserver une seule table. Ayant procédé à un sondage express, il savait que ses inconditionnels seraient moins nombreux à le suivre, ce soir-là.

Gilby, nourri des références du Guide, leur expliqua que Prussy avait été fondé longtemps avant Vironay, sur la butte, qui était facilement fortifiable, et que Vironay s'était développée comme une verrue ou comme un port de la cité, en bas sur la Seine, et qu'il était donc logique que le Musée se soit logé en haut, à proximité de l'antique oppidum supposé des Vinobates.

Gilby exagérait un tantinet, car si le Musée était effectivement logé dans le château, celui-ci ne remontait pas jusqu'aux Gaulois, mais à un baronnet des boucles de la Seine. L'édifice avait été successivement démantelé par Charles VII, Charles VIII, et Louis XI, qui gardaient le souvenir des Anglois accrochés dans la citadelle, et surtout Louis XIV, qui en gardait le souvenir d'une digestion pénible.

Prussy étant logé sur la butte, ce fut là l'occasion d'une bonne promenade d'un kilomètre, bien montante, pour parvenir au Musée. Pour se désaltérer, Le Hortec entra derechef dans la buvette sise sur la place du château, tandis que Gilby autopsiait son attaché-case pour y retrouver les billets d'entrée. Puis il courut après Le Hortec, qui avait quand même eu le temps de se jeter un café-cognac derrière la cravate pour, disait-il, « compléter le niveau ».

Le groupe entra dans le musée. Il n'y avait pas de guide salarié, pour cause de budget muséo-économique minuscule, mais une enfilade de quatre salles bien éclairées. Celles-ci étaient meublées de longues vitrines et munies de toutes les photos, panneaux et étiquettes didactiques possibles, accessoires indispensables destinés à l'identification des artefacts racornis exposés.

L'exposition commençait par quelques pointes de harpons et les vestiges d'un canot, en roseau et cuir, extirpé d'une tourbière.

— C'est un canot, ça? demanda Le Hortec. On dirait un vieux string de jazzman!

— Il est vaste, ton string, je penche pour le slip gaulois! observa poétiquement Kraigut.

— Avec bretelles, alors. T'as vu le nombre de courroies? Ça devait faire à la fois suspensoir et accessoire sadomaze!

— Y'en a marre, des clichés sur les Gaulois pour les faire passer pour des attardés, expliqua Le Hortec à la cantonade; Ils savaient s'organiser comme des civilisés.

Il faut passer sur les autres développements, critiques et commentaires qui saluèrent la parure en plumes de l'Indien de l'Amazone, ramené par Anatole Calomy...

— Qu'est-ce que ça fiche dans un Musée de la Seine, nom d'un chien? protesta Le Horetc.

... La gravure d'Honoré-Théodore Bonnet, représentant une pêche au Saumon en 1868...

— Personne ne l'avait dit, qu'on pouvait pêcher du saumon fumé dans la Seine! Tu savais ça, toi, Kraigut?... Oui, à fumer, à fumer... C'est égal.

...Le daguerréotype montrant Gustave Eiffel en visite aux comices agricoles de Prussy en 1902....
— Qu'est-ce que ça fiche dans un Musée de la Seine, nom d'un chien?...
...Le plus gros hareng, reproduction en plâtre par Jean-Patrick Loué, artiste, en 1955...
— Nom d'un chien! C'est un poisson d'eau douce, le hareng, maintenant?

Enfin, la visite débouchait dans la quatrième salle, où une toute petite péniche était exposée. La pancarte dédiée au renseignement indiquait que:

"Cette sapinasse était utilisée pour le transport du vin entre la Bourgogne et Bercy, faubourg de Paris qui resta longtemps le port au vin de la capitale."

— Oh, putainn', la pinasse au pinard, admira Le Hortec. Si ça se trouve, ils ont oublié une bouteille à bord.

Gilby n'était pas là, occupé à admirer une remarquable foëne, dite aussi fourche à anguilles dans la salle précédente. La foëne se présentait comme une espèce de pelle découpée en dentelures, pour pêcher les anguilles, ces poissons serpents.

Ce qui explique qu'il ne ne vit rien arriver de l'épisode du bâteau, ni Le Hortec grimper sur la sapinasse, et qu'il ne put le retenir, le persuader, ou appeler à l'aide.

Eric raconta qu'il était arrivé pour voir une silhouette debout sur le pont de la péniche. Mais il était à contre-jour et avait cru que c'était un gardien qui expliquait quelque chose.

Le Hortec trouva une écoutille ou un moyen de descendre dans la péniche. Les membres de Forte Savane se retenaient de rire et attendaient la suite. Eric aurait dû se méfier: ils semblaient beaucoup trop gais et attentifs pour assister vraisemblablement à un spectacle normal.

Eric entendit des hurlements absurdes et rauques sortir de la péniche. A ces braiements d'âne, proférant un couplet de la chanson Refférnazi, les autres avaient répondu par une surenchère de joie générale. La péniche s'était mise à trembler. A l'intérieur, Le Hortec dansait un cake-walk ou une marche de triomphe, émettant un bruit de basse sourd et continu.

Soudain, il y eut un craquement à peine audible, un peu comme un fond de pantalon qu'on déchire. Deux jambes apparurent sous la péniche. A force de danser, Le Hortec était passé à travers le fond.

Le spectacle de ces deux guiboles dépassant dans le vide était sidérant. Le pantalon était remonté à mi-mollet, laissant voir des cannes couvertes de poils roux et des chaussettes en accordéon sur les chevilles. Personne ne riait plus.

Des jurons abominables se frayèrent eux aussi un chemin à travers la coque et Le Hortec se mit en peine de récupérer ses membres inférieurs. Il y parvint sans agrandir le trou ou effriter davantage la coque vétuste, au travers de laquelle il aurait pu passer tout entier, et il refit apparition sur le pont, la bouche de travers.

— Il y a une double cale sous la cave, annonça-t'il. Je sais pas comment on descend encore en dessous, mais en tous cas, ça à l'air d'être vachement profond !

Forte Savane accueillit cette sortie avec une hilarité forcenée. Le Hortec saoul descendit laborieusement de la péniche, en achevant de l'ébranler. Quand il fut sur le sol de la salle, il donna une tape du plat de la main contre la coque, et ceci fut le coup de grâce.

La péniche chancela juste un peu ses cales, puis elle glissa sur le côté et n'alla pas loin, car au bout de vingt centimètres, elle rencontra le mur, mais elle opéra cet abordage avec un craquement réellement horrible et déchirant.

— Pouffiasse de pinasse, affirma Le Hortec.

Puis la péniche commença à glisser le long du mur en produisant des crissements qui indiquaient à quel point plâtre et peinture, sur le mur, souffraient de la caresse des bouts de fer saillant du bordé. La péniche finit par s'immobiliser, et l'on entendit alors comme un gong ou le déclenchement d'une pièce de fer qui sonnait dans ses entrailles. Tout le monde comprit à ce moment qu'elle venait de mourir pour de bon. C'était très triste, pitoyable.

La suite de la visite ne fut plus aussi gaie. Forte Savane portait le deuil de la péniche et le fardeau du lourd secret de ce qui s'était passé dans la salle quatre, événement qu'il valait mieux cacher au monde, et au Conservateur du Musée de Prussy en particulier. Le groupe évacua les lieux en rasant les murs. Gilby, qui n'était, quant à lui, au courant de rien, trouva étrange cette fuite à pas lents. Personne n'eut le courage de l'informer, et d'ailleurs à quoi bon ? Si un jour un gardien est entré dans la salle quatre, c'est peut être après un laps de temps aussi important que celui écoulé depuis l'enfouissement jusqu'à la résurrection du harpon néolithique de la salle un. D'ailleurs, comment et pourquoi incriminer précisément Forte Savane ou le groupe Symphorep ?

Gilby et son chéquier s'en tiraient à bon compte.

— Bon, c'est pas tout, trancha Kraigut en sortant du Musée, mais où est ce qu'on va coucher ?

Gilby se tapa sur le front, un peu théâtralement, puis il ouvrit son attaché-case, et en sortit une liasse qu'il feuilleta. Il s'arrêta à une ligne, ouvrit puis ferma la bouche. Tous pouvaient voir qu'il avait l'air comme affecté.

— Bon, allez, vas-y, annonce, l'encouragea Balzah... Tant qu'il s'agit pas de la morgue du coin...

— Le nom de l'hôtel, c'est... l'Hôtel de la Gare !

Certains des rockers poussèrent un gémissement. D'autres lancèrent des imprécations. Gilby s'isola à l'écart pour téléphoner à l'hôtel.

Il revint radieux...

— J'ai demandé à Madame Vénusté, annonça-t-il. La gare a été désaffectée en 1968. Il ne passe plus aucun train dans le patelin ! Elle m'a indiqué le chemin, nous ne pouvons pas nous perdre.

En effet, ils ne se perdirent pas, et trouvèrent sans peine l'Hôtel de la Gare, une grosse bâtisse carrée faisant de l'ombre à une petite place bordée d'une demi-douzaine d'arbres aux branches récemment taillées, qui luttaient dans le crépuscule pour faire éclore des bourgeons rescapés.

Sacs en bandoulière, les voyageurs descendirent du car. Le silence était total, pour ceux du moins qui n'étaient pas affectés par quelques bourdonnements d'oreille, rock et résiduels. Un immobilisme total régnait dans le paysage. Ils se dirigèrent vers l'Hôtel de la Gare. Le vantail de la porte en fut poussé, qui par miracle céda et s'ouvrit.

Là-dedans, on pouvait renifler des odeurs de vieux paletots de garçons vachers ; poussières, vieille bottines, moisis divers, et encore d'autres effluves, s'ils avaient eu le courage masochiste de continuer d'inspirer pour identifier ces horreurs.

Ils stoppèrent devant la table avec lumière allumée coinçant l'accès au panneau des clés. Une petite dame à cheveux gris arriva trottante, tout sourire, et leur demanda ce qu'ils voulaient.

— Il y a eu des réservations d'opérées, annonça Gilby.

— Oui, mais combien ?

Certes, mais combien ? Gilby n'avait pas encore réfléchi à cela. Le chauffeur, Eric, lui-même, les trois roadies, plus Forte Savane... Total, dix. Il ouvrit son attaché-case, vérifia, sous l'oeil goguenard des rockers.

— Dix, Madame.

— C'est bien ça, nous avions fait le ménage pour dix, confirma la petite dame.

— T'imagines, le ménage pour neuf ? glissa Balzah à Slush.

— En cas de fin du monde, une seule chambre suffirait amplement, annonça Le Hortec.

— Pourvu qu'on ait le clos et le couvert, précisa Kraigut.

— Et pourvu qu'il s'y trouve au moins deux grands lits composés normalement de sommiers et de matelas dléclouplables, ajouta Balzah.

La petite vieille dame n'en eût l'air aucunement surprise. Elle ne pratiqua ni grands yeux, ni réflexion déplacée ou gratuite, et confirma :
— En été, certains touristes font des économies de cet ordre... Mais il faut avouer que ça ne sert à rien de les critiquer.

Elle s'empara de dix clés sur le tableau, qui arborait une vingtaine de crochets, presque tous adornés d'une clé.
— Qu'est ce que tu veux dire, avec dléclouplables ? C'est coupable et découpable, c'est ça ? demanda Le Hortec à Balzah.
— Nan... Tu dis bien un blouson clouté, un passage clouté, alors que tu as un panneau cloué ou une planche clouée ?
— Les planches cloutées, ça existe aussi.
— Bon, je reprends... T'as de l'eau bénie qui est en fait de l'eau bénite ?
— T'es de plus en plus genre Gilby... T'as soif ou quoi ?
— C'était découplables, que je voulais dire, si t'avais pas relevé... Mais j'ai pensé aux clous... Alors j'ai pauvrement articulé, et miséreusement prononcé.
— Il vous faudra monter vos bagages vous même, Messieurs, précisa la petite vieille. Excusez-moi, mais je suis toute seule, et mon mari est aux fourneaux... Je vais vous montrer vos chambres...

Ils la suivirent au premier étage, qui semblait leur avoir été réservé, à l'exception de la chambre d'angle. Elle leur montra des carrées de formes carrées, meublées chacune d'un grand lit couvert d'une peluche tendant vers le blanc, plus une armoire de style dit indéfinissable, un bidet et un lavabo dans un coin, sans même un paravent pour cacher ces ustensiles.
— Rentrerez vous tard, Messieurs ? Il y a bien un veilleur de nuit, mais je voudrais le prévenir, il est parfois un peu rude...
— Moi, je vais au "Jade Céleste"... Qui m'accompagne ? déclara Le Hortec.
— Vous avez tort, Monsieur, le dîner sera excellent, déclara la vieille dame en levant un doigt pour bien souligner cette proclamation.

— Sortir? Quelqu'un voulait ressortir? Personne n'est fatigué? questionna Gilby.
— Ca dépend, qu'est-ce qu'il y a à faire, le soir, dans la région? demanda Eric.

La vieille convint très rapidement qu'il n'y avait rien à faire. Même en abattant vingt kilomètres vers Balbigny, elle n'était pas certaine qu'aucun établissement public de quelque type ne garde ses portes ouvertes, passé dix-neuf heures.

— Il n'y a pas un scope, dans le bled? demanda Kraigut.

Il fallut traduire à la vieille dame que le Monsieur lui demandait s'il existait un cinéma proche de la localité.

A cette question, Madame Vénusté eut vraiment l'air perdu. Elle répondit qu'elle allait regarder dans le quotidien.

Elle redescendit aussitôt, pour consulter un journal local, une maigre publication polychrome qui collait aux mains. Elle déclara en fin de compte que le seul cinéma, à dix kilomètres, faisait relâche, que de toute façon il était aussi en travaux et que sinon, c'était *Le Roi Lion* qui était au programme depuis huitsemaines.

Balzah expliqua aux autres que *Le Roi Lion* était un remake de *Bambi*, excepté que c'était le père qui y passait au lieu de la maman. Il insista sur l'emphase du grand cerf que le faon admire, alors que *Le Roi Lion* exposerait aussi la majesté, mais beaucoup moins bien. Puis il leur expliqua le sens de cette majesté: plus c'est grand, le cerf, plus il y en a à manger.

La vieille les invita à dîner tôt, vu que c'est elle qui faisait le service et qu'ensuite elle irait regarder une émission de feuilleton en Omsinéma, chez une voisine qui possédait un matériel vidéo très perfectionné.

Slush conservait par devers lui la cochonnerie qui collait et tachait les mains, mais la vieille s'en aperçut et lui redemanda les mots croisés, ce qui fait qu'il ne lui en resta que deux pages, les deux plus vaines, il faut bien croire. Balzah avait remarqué qu'il n'y avait pas de savon sur les lavabos et leva le doigt pour demander s'il pourrait avoir du savon, mais cette tentative hygiénique déclencha une folle hilarité chez la petite vieille. Ils ne comprirent jamais pourquoi elle riait autant. Finalement, ils l'abandonnèrent en train de rigoler sous son panneau à clés, pour ressortir de l'Hôtel.

Ils remontèrent dans le car pour se rendre sur le lieu du concert. Madame Vénusté leur avait indiqué le chemin. Comme le silence régnait dans le car, le chauffeur alluma la radio. Mais ils étaient dans un trou et ne captaient qu'un seul émetteur. C'était l'interview d'un obscur vieux pianiste de jazz originaire de Dijon, capitale de la moutarde, ce produit jaune pâteux, et c'était incommensurablement nul, absurde, pompeux et stupide par-dessus le marché. L'interviewé avait un titre de gloire remarquable : avoir tout traversé et tout raté, mais même ses témoignages approximatifs sonnaient faux, y compris quand il soutenait avoir failli coucher avec un ami de jeunesse de Pompidou, un tzigane homosexuel réfugié en Bourgogne.

— Écoutable comme échantillon de délire, jugea Le Hortec, avant de demander au chauffeur de couper le son, sous prétexte qu'il devait se concentrer sur des rimes.

Forte Savane n'avait pas envie de foncer dans le tas et d'à nouveau enfoncer le clou comme la veille : Slusherboot expliqua calmement à Eric que ce soir-là, ils voulaient être enchanteurs, déliés et sensibles. Il n'était plus question de privilégier l'énergie, le sursaut et l'anathème. En effet, le groupe flageola pendant deux morceaux dans une interprétation de son répertoire en tempo diminué. A l'inverse du barrage sonore pratiqué la veille, on arrivait même à distinguer qui jouait quoi.

Le troisième morceau fut encore plus étiré. Les musiciens se regardaient, se priaient implicitement de procéder à un solo à la fin du couplet ; en effet, quelques fioritures furent rajoutées et arpégées délicatement, et Slush prit aussi son solo quand son tour arriva, sobrement accompagné de quelques vrombissements de basse... Ce troisième morceau s'acheva dans un glissando sur le manche du Cortex. Mais au lieu de cogner un "papapoum" final attendu, Slusherboot continua de faire pulser ses fûts. Kraigut lança encore quatre notes jouées au pipeau, sur l'un de ses claviers, et le Cortex se rapprocha du micro.

— Bon, y'en a marre de la soupe et du délayage, déclara-t-il. Je parie que vous avez envie d'entendre du Rock n'roll ?

Quelques deux cent spectateurs poussèrent un hurlement frénétique d'approbation.

— Ce morceau s'appelle "Raiffe et Nazi"...

Il y eut un large regard panoramique du Cortex vers les trois autres, et Slusherboot appuya à nouveau le quatrième temps. Le Hortec s'arc-bouta, Balzah vit arriver le départ de la première mesure du nouveau morceau, et sur un hurlement du chanteur, Forte Savane recommença à se déchaîner. Le groupe était pour de bon reparti dans un bruitisme absolu.

Le reste du concert se déroula en décalque de la veille.

— On dirait qu'ils ont fait ça toute leur vie, confia Eric à l'oreille de Gilby, en haussant fortement la voix.

— Oui, c'est le seul morceau qu'ils ont joué de toute leur vie, plaisanta Gilby en retour.

Il est exact que le style de Forte Savane n'était pas tout à fait ce qu'on peut appeler varié. Ce n'était ni de l'accompagnement de chansons, ni du hard, ni du punk riffé en gadoue avec braillements, ni de la sobre reprise de classiques... Non, il y a avait de la réelle structure, mais toujours un débordement d'un musicien ou l'autre, puis un épisode de bravoure qui rallongeait la structure, cassait le thème... Ce que que le groupe gagnait en caractère, il le perdait en distinctions. Et à l'inverse du jazz, où on se laisse poliment la possibilité d'une promenade, chaque liberté laissée à un instrumentiste se traduisait par une surenchère véhémente.

Gilby soupçonnait les quatre comparses d'être tout à fait conscients de ce qu'ils faisaient, mais d'être décidés à s'amuser. Après tout, ils savaient bien que Symphorep n'aurait jamais les moyens de les pousser dans les charts. La réelle reconnaissance médiatique, les limites du jeu, n'étaient pas le fait des joueurs, mais du marché n'accueillant que des succès blockbusters avec sorties prévues sur plannings calés entre Grands Responsables. Jouer tous les jours d'un instrument vous rend apte à le maîtriser, mais ne vous ouvre pas forcément l'oreille des décideurs qui font pencher le destin...

De retour à l'hôtel, chacun se précipita sur le menu affiché. Ils devaient manger : une pauchouse de la Seine, une salade Polyeucte, un filet Vinobate. Le Hortec continua de mener une grande propagande contre ce menu, jusqu'à décider deux autres convives à l'accompagner au "Jade Céleste".

La Pauchouse est une sorte de meurette, mais les poissons sont cuits au vin blanc pur, flambés à l'eau de vie, et la sauce est liée pratiquement quatre fois, à la farine, au beurre, aux œufs et à la crème. C'est un plat solide, qui ferait tenir debout un Terre-Neuva ayant sorti sa tonne de morue, mais c'est aussi un plat rare, puisque la recette originale compte exclusivement du brochet et de l'anguille, poissons carnassiers peu répandus de nos jours. Des espèces plus triviales avaient ce soir-là pris leur dernier bain dans la pauchouse.

La salade Polyeucte justifiait son nom grec par sa composition : olives, tomates, fromage de brebis, chicon, sans rien de surprenant : une variante de niçoise. Le filet Vinobate devait par contre leur apporter une nouvelle ration d'étonnement.

Ce rosbiffe avait mariné longtemps dans un vinaigre aux herbes, et il avait été piqué menu, de petits bouts pré-cuits de lard et d'oignons, au point d'en doubler quasiment sa taille. Symphorep et ceux de Forte Savane qui n'avaient pas filé au "Jade Céleste" furent agréablement surpris par les efforts de la "brigade de cuisine", le jus et les petits légumes frais tournés accompagnant ce plat ayant, eux aussi, été l'objet de peines et soins. La viande et ses accompagnements étaient frais et tendres. Quelle surprise que cette sophistication à l'Hôtel de la Gare ! En somme, ils dînèrent presque comme des Papes en Avignon. A la fin du repas, Gilby se leva et leur annonça le programme du lendemain : ils devaient rejoindre Coulommines ce jour-là, et visiter... Gilby fit une halte avant d'annoncer le sujet de la visite : le Musée de la Marne, à Coulommines.

Nul doute que si Le Hortec avait été parmi eux, il eut sévèrement brocardé Gilby et les organisateurs sur ce coup double.

Mais Le Hortec se gobergeait au "Jade Céleste". Ce soir là, il s'était mis en tête de se faire servir du canard, et il n'en eût pas. Il en retira une telle contrariété acrimonieuse qu'il en perdit toute combativité. Lorsqu'il revint, il ne la ramena pas davantage. Kraigut tenait prêt son nouveau jeu de tarot et il lui proposa de faire une partie, ce que le chanteur refusa, en prétendant que les croissants du matin, joints à son mauvais dîner, l'obligeaient à aller se coucher de bonne heure. Devant cette défection, c'est effectivement ce que firent les autres. Le lendemain matin, ils devaient afficher le teint rose et frais des bonnes consciences qui ont bien dormi d'un sommeil complet, hormis l'épisode des groupies, qui réveilla tout le monde.

En effet, tout le monde était couché et endormi lorsqu'un barouf s'éleva dans l'hôtel quelque part vers la réception : l'absence de canard avait eu un effet sur la consommation de vin de Le Hortec. Celui-ci, ne s'étant rabattu que sur quelques bières, avait décidé de compenser sa soirée manquée au moyen d'un autre dérivatif.

Le chanteur avait réussi à persuader deux natives du cru de venir le rejoindre. C'est à la fin du concert qu'il avait récolté leurs numéro de téléphone, et de retour du "Jade

Céleste", il s'était décidé à inviter ces deux peu farouches demoiselles à venir boire du champagne avec lui à l'hôtel. Faute de champagne, il avait déniché un pack de bière par on ne sait quel miracle, probablement en les achetant au restaurant. Il se chamailla hautement et violemment avec le gardien de nuit, en prétendant que ses groupies venaient lui faire pédicure et manucure et qu'elles ne resteraient qu'un moment. Les invitées n'entrèrent donc pas dans le hall, dont la porte avait été verrouillée.

Malgré la série de hurlement de son client, le gardien de nuit eut finalement gain de cause, en restant incorruptible et inébranlable : il menaçait d'appeler immédiatement son frère, CRS dans une compagnie toute proche, et comme pour l'affaire du canard, Le Hortec baissa finalement pavillon.

Le lendemain, le chanteur se vanta que cette aventure lui avait coûté cher de taxi pour véhiculer les filles. Il ajouta, mesquin, qu'il avait économisé sur le champagne promis, même s'il n'avait pas non plus consommé les turpitudes qu'il se promettait de proposer à ses invitées nocturnes.

— Direction, le Musée de la Marne, se plaignit-il seulement le lendemain, apprenant le but de l'excursion du jour. Oh que c'est couillon ! Oh que c'est couillon ! Et dire que je n'ai pas un seul Musée du Rhône dans mes relations ! Oh bon sang que c'est crétin !

Gilby arborait un air radieux. Il avait dormi comme une masse, et n'avait rien entendu du combat avec le veilleur de nuit. Il avait ainsi raté la démonstration d'une possible lutte victorieuse contre le rouquin. Sourd et aveugle, il avait subséquemment l'impression de retomber dans ses marques, d'avoir la situation bien en main. Comment aurait-il pu intuitionner qu'il était en fait, comme on dit, loin à côté de ses pompes ?

SEPT

Borax et TGV
L'auberge du Grand Cerf - Un sous-marin orange
Daube sur le magret - Un chauffeur poivré
Coulommines sur Clapant

Le car quitta Vironay et Prussy sans que personne n'émette un regret ni ne coule un regard en arrière. Gilby avait ce jour-là le choix entre deux arrêts pour déjeuner, et ne s'était décidé au dernier moment, dans le hall de l'hôtel, en téléphonant au patron de l'heureuse auberge élue.

Le car roulait dans la Brie sous un ciel gris. Le paysage de l'Ile de France déployait ses plaines et le car sussurait la morne plainte de son échappement altéré. Au loin et au long des rivières, des rangées de peupliers rompaient la platitude monotone du spectacle. Pour un peu, l'atmosphère eut été froide. En fait, personne ne contemplait le paysage. Une partie de tarot avait été organisée à l'arrière, et avait été mollement animée jusqu'à ce que Le Hortec veuille intéresser le jeu. Le point avait été fixé à dix centimes : ceci suffisait pour amuser nos gaillards.

Cela les occupa jusqu'à l'arrêt déjeuner. Le planning et Gilby avaient une fois de plus choisi un restaurant "bord de route", situé parallèlement à celle-ci et muni d'un parking en gravillons pour se séparer un peu de la chaussée proprement dite.

La compagnie pénétra donc à l'auberge du "Grand Cerf", et fut dirigée vers un salon de réception transformé en salle à manger. Il n'y avait pas de fenêtre dans cette salle et, toutes lumières éteinte, le jour ne venait qu'à travers la porte ouverte et le judas d'un placard de projectionniste. Ce réduit seul comportait une lucarne sur l'extérieur.

La lumière allumée ne mettait pas en valeur un tissu mural orange, assorti aux cheveux de Le Hortec, mais beaucoup moins vigoureux que ceux-ci dans sa fraîcheur.

— Zéro pour le paysage, la vue est plutôt nulle, commenta la voix de Slusherboot.

— Bravo pour le choix du restau, commenta un autre. C'est quoi, le plan B ? Un sandwich dans un bunker ? ironisa Balzah.

— Pour le groupe, nous avons réservé la grande salle, quand vous avez téléphoné, plaida le patron. Elle sert aussi pour les séminaires et est aménagée pour l'incentive...

— L'incentive ?

— Les projections de diagrammes. Au besoin, on peut également projeter des films.

— Ça vous dirait, qu'on revienne donner un concert ? se renseigna Le Hortec.

Le menu prévu par la commande Symphorep prévoyait du bœuf en daube pour tout le monde. Mais la carte comportait aussi du canard, et Kraigut tanna discrètement Gilby pour faire remplacer le plat principal de l'un des menus au profit de l'une des personnes du groupe.

On devine à qui voulait s'adresser cette surprise. Lorsque le plat principal arriva, une daube paysanne tout à fait classique, Le Hortec, lui, se vit servir un magret en tranches. Il crut à une blague, attendit que tout le monde soit servi, et ayant vérifié que son cas constituait l'exception, il rappela le serveur d'un glapissement excédé. Le Hortec lui réclama ensuite immédiatement à manger. La scène était digne d'une troupe de théâtre amateur.

S'ensuivirent quelques échanges tendus, le chanteur réclamant du bœuf en sauce de manière très crue, et le garçon plaidant l'irresponsabilité.

— Mais je n'en veux pas, de ce putainnn' de canard pustuleux, je veux de la daube ! hurlait Le Hortec. J'ai rien demandé, alors tu m'apportes de la dauôôô-haube !

— C'était pour te faire plaisir, intervint Kraigut avant que le garçon ne quitte la salle, accompagné de Gilby. Tu voulais du canard hier soir, alors j'ai pensé...

— Tu as pensé une couillonnade. C'est hier soir, que j'avais une envie de canard vietcong. Ce midi-ci, j'ai une envie de daube. Passe-moi ta daube, si c'est toi qui a demandé le canard !

Kraigut se retrouva la mine basse devant son assiette de magrets roses. Le Hortec commença aussitôt à baffrer la daube de Kraigut en émettant, pour clôturer l'affaire : « On ne me la fait pas, à moi, bande de blagueurs ».

Gilby, revenu après avoir calmé le garçon, remarqua la mine triste de Kraigut et lui proposa aimablement de faire l'échange. Kraigut retrouva immédiatement des couleurs et une assiette de daube intacte.

— Qui aime le canard ? demanda alors Gilby d'une voix enrouée.

Sur neuf convives, personne n'aimait le canard. Gilby coula un regard vers le chauffeur, mais celui-ci s'était dépêché d'entamer son plat, le nez à ras du rebord de son assiette, et Gilby ne parvint pas à capter son attention.

Gilby se mit à mâchouiller ses tranches de canard. Elles étaient d'un rose malsain, toutes fines et bordées d'un gros trait de couenne.

— Je n'ai pas l'impression de manger de la viande, prononça-t-il.

Remarque qui était parfaitement vaine : le comportement de Gilby ressortait du psychosomatique suggestionné le plus avéré. Parce qu'il s'était fait refiler quelque chose dont personne ne voulait, il fallait nécessairement que cela rejaillisse sur la qualité de l'aliment.

Le Hortec commanda des pousse-café.

— On pourrait descendre les boire à la cave, comme ça on serait pas dépaysés, lança t-il à l'adresse du serveur.

— Il n'y a pas de cave dans les maisons briardes, Monsieur. C'est la tradition.

— Pas de cave ? Et ici, où on mange, ça s'appelle comment ? Oh bon sang, les Briards viennent d'inventer la cave ! Au secours !
— Le Hortec, c'est princier à toi de nous offrir le coup, applaudit Balzah.
— C'est pour se faire pardonner le coup d'éclat des magrets de canard, observa Kraigut avec nonchalance.
— Vous savez ce que c'est, expliqua Le Hortec. C'est l'angoisse de la nourriture. C'est ancestral. Si on vous retire une daube de dessous le bec, vous devenez au-to-ma-ti-que-ment furieux. D'ailleurs, c'est scientifique, ils ont fait ça avec des poulets, eh bien, il y'en a un qui a bouffé l'autre.
— J'en ai entendu parler, mais c'était avec des rats, dit le chauffeur. Mais je suis pas sûr non plus que c'était avec de la daube.
— Oh ! Avec des poules, il faut bien préciser ! corrigea Le Hortec. Même que c'était en Norvège. On voit qu'ils ont du temps à perdre, dans les fjords. Mais toi tu n'as pas lu Konrad Lorentz, c'est tout...

Pour se venger de ce désaccord, le chauffeur demanda un pousse-café supplémentaire. Gilby le menaça du doigt pour le ramener à la tempérance.

Une fois dans le couloir, prêt à aller signer le chèque de l'addition, Gilby captura le chauffeur par la manche pour lui préciser en privé ses observations.
— Boire, c'est rien, se justifia le chauffeur. Ce qu'il faut, c'est digérer. Moi je digère très vite, je pisse tout de suite.

Et il traça effectivement vers les toilettes.
— Ce zèbre est inconscient, rumina Gilby. Il va falloir que je le surveille, il est capable de picoler en cachette.
— Ne dites pas ça, vous me faites froid dans le dos, fayota Eric qui était à proximité.

L'air du jour les éblouit. Gilby consulta la carte et conseilla au chauffeur de ne pas se presser en prenant des risques, car ils n'étaient plus qu'à vingt kilomètres de Coulommines et du Musée de la Marne.

A propos de Coulommines, le *Guide Alternatif Armand Auzymandias* dit à peu près ceci :

« Coulommines fut fondé par les Dégulaves, tribu vassale des Parisy. César en parle dans ses Commentaires et ajoute : "C'est là qu'on y trouve ces anchois des bords de Marne qui, faisant la joie du tribun Bélisarius Calburnus, déchaînèrent son appétit au point de lui faire presque perdre la vie" (Traduction Vallade et Tamaris, Genève, 1948). La tradition des anchois s'y est perdue, mais les illustres visites guerrières ne cessèrent pas pour Coulommines. Presque rasée par Attila, elle fut relevée sous le règne de Bohémond IV, fainéant mérovingien, par la construction d'une première abbaye de style néo-byzantin, appareillée en énormes blocs de borax blanc, pierre qui ne résiste malheureusement pas aux outrages du temps. »

Qu'il nous soit permis d'ouvrir deux apartés dans la citation du *Guide Alternatif Armand Auzymandias* pour ajouter à ce qui précède : "Et pour cause, le borax étant, non seulement extrêmement friable, mais surtout soluble dans l'eau." Le second aparté s'étonnera que l'anchois remontant les rivières pour frayer, on ait pu en trouver jusque dans la Marne. Mais poursuivons la citation du Guide.

« Au XIIe siècle, la ville de Coulommines atteignit le statut de ville franche, fut assiégée par Guy d'Amaury de Montfort et fit construire la magnifique abbatiale St Jacques. Dévastée par les Anglois pendant la Guerre de Cent Ans, Coulommines ne retrouva la prospérité qu'au XVIe siècle. Connue pour être une place forte de la Ligue, La Rochefoucauld père y passa pourtant une nuit quelque temps avant la bataille d'Ivry. Louis XIV vint aussi y dormir, un soir qu'une indigestion le forçait à prolonger au loin une partie de chasse pourtant bien commencée. Le vase de nuit qui avait été conservé à cette occasion disparut à l'époque de la Révolution.

Napoléon faillit aussi y passer une nuit en 1814. Alors qu'il était déjà couché à l'auberge du "Grand Cheval Couronné", la nouvelle que les Russes étaient signalés à Clapant le fit se relever et monter dans sa berline tout débotté. Charles X vint chasser la sarcelle à Coulommines. A cette occasion, les commerçants de la ville lui offrirent un appeau en argent pour pouvoir imiter le cri de cette charmante sorte de petit canard étriqué. Récemment, René Coty faillit y décéder, au cours d'un empoisonnement aigu, pour y avoir trop mangé d'andouillettes mal lavées. Le Général de Gaulle y a dit quelques mots en 1961. »

« Coulommines n'a pas encore le TGV, mais cela ne saurait tarder, puisque le projet en est inscrit au vingt-deuxième plan, grâce aux efforts de Jean-Denis Aloumar, Sénateur-Maire. »

Le *Guide Alternatif Armand Auzymandias* a une tournure bien à lui pour présenter les choses. Il apparaît impossible que Charles X se soit fait offrir des appeaux à sarcelles un peu partout en Ile-de-France sans en constituer un musée ou au moins un dépôt spécial aux Tuileries, ou au Louvre. A moins que tout cela n'ait disparu comme le pot de chambre de Coty. Quant à la mention portée au chapitre des grands projets ferroviaires, elle ressort de l'étude d'un prospectus : "Prospectives et aspects de l'immobilier commercial dans notre zone urbaine".

On ne peut, sur la carte, voir Clapant à proximité de Coulommines. Le réceptionniste du "Grand Cheval Couronné", hôtel qui ne fut pas brûlé par les coalisés, leur confia que Clapant se situait à côté d'Oxford, dans le Cheschire, donc en Angleterre.

A vrai dire, une simple observation montre qu'aucune raison ne pourrait faire que Coulommines soit un jour desservie par le TGV. Cette ville de quinze mille habitants compte une jolie abbatiale Saint-René (l'abbatiale romane Saint-Jacques ayant brûlé au XIIe siècle), et n'est située sur aucun tracé de TGV, train qui ne pourrait donc même pas traverser la localité sans s'arrêter, solution désagréable qui ne serait à tout prendre qu'un pis-aller.

L'entrée du Musée de la Marne est située au-dessus de la Marne, qui traverse Coulommines, dans un bâtiment d'apparence magnifique, en verre et bois lamellé-collé précontraint. La Marne coule donc en partie sous cet édicule, qui s'appuie aussi, d'un côté, sur un bâtiment assez sale et vétuste qui n'est autre que l'ancien hospice Saint-Vincent. Celui-ci, désaffecté en 1848, prête quelques unes de ses salles "rénovées" à l'extension du musée. En fait, un cube moderne fait l'entée par devant, et le reste, c'est l'ancien hospice.

Le car les amena à l'Hôtel du "Grand Cheval Couronné", mais il fut ralenti par un embouteillage provoqué par une manifestation municipale d'origine inconnue. Le Hortec, lui, poussa de grand cris en repérant le restaurant du "Jardin Céleste".

Gilby voulut faire plaisir au chanteur de Forte Savane. Il traversait un moment de doute et d'illusion, s'imaginant qu'il pourrait tenter de se concilier ses grâces.

— Vous avez plaidé ce midi pour établir que vous étiez un gourmet, Monsieur Le Hortec. Voulez-vous que le groupe tout entier vous accompagne ce soir à votre dîner ? Symphorep se fera un plaisir d'entériner ce changement de programme, si tout le monde est d'accord.

— Entérinez, entérinez, aboya Le Hortec. Il faut qu'ils apprennent à bouffer autre chose que de la daube ! On ne peut pas se nourrir de daube toute sa vie !

Le changement de programme fut donc ainsi décidé, et approuvé à la quasi unanimité, dans un enthousiasme communicatif.

Une fois redescendus de leurs chambres, les membres de Forte Savane et Symphorep allaient partir pour le Musée de la Marne lorsque Balzah se lança dans un scandale.

— Pourquoi est-ce que je n'ai qu'une savonnette dans ma chambre, protesta-t'il. Qu'est-ce que c'est que ces économies ?

— Mais vous êtes en single, fit observer la réceptionniste.

— Single rien du tout. J'ai un lit à deux places, alors pourquoi est-ce que je n'ai pas deux savonnettes ?

Et il brandissait une savonnette emballée dans un papier aux armes du 'Grand Cheval Couronné". On lui amena une deuxième savonnette et il se tint tranquille.

HUIT

**Un édicule ridicule - Pyramide et pyrotechnie
Baleine de Marne - Mise à feu - Emotions et
quiproquo - Négociations à la supérette**

Enquête réalisée, il apparut que Bahlza faisait partie d'un club de collectionneurs de savonnettes, ce qui expliquait ce soudain coup de folie. Bahlza ne se servait pas des savonnettes ; il les archivait dans son sac et utilisait pour son usage personnel un flacon de gel douche neutre multi-usages.

Changé et rafraîchi, le groupe marcha jusqu'à la Marne et son Musée. Vu de près, le bâtiment d'entrée était un peu moins pimpant et un peu plus vétuste, pour ne pas dire sale, le bois lamellé ayant perdu son vernis cloqué, et ayant gagné des plaques de lichens grisâtres. Deux pilotis dépassaient sous un de ses bords pour s'appuyer sur le bord de la rivière, justifiant ainsi sa prétention à surplomber la Marne. L'édifice, en forme de cube, était coiffé d'une toiture à quatre pans égaux.

— Cette pyramide a été conçue et bâtie en 1976, sous l'égide de Monsieur Jean-Christophe Aloumar, le père de Jean-Denis, Ancien Sénateur-Maire décédé, leur spécifia l'hôtesse préposée aux dépliants et au tourniquet d'admission.

— C'est une pyramide ça ? demanda Gilby en passant et en désignant la charpente cubique de l'endroit.

— Oh, nous avons été beaucoup copiés, à partir de 1981, minauda hôtesse.

Cette entrée moderne menait donc à des pièces qui l'étaient beaucoup moins, dans l'hospice adjacent. Les salles étaient parquetées, ce sol était ciré, mais la poussière s'entassait, grise, sur les corniches, et l'électricité datait certainement des aïeux des Aloumar, peut-être même de l'époque des

Dégulaves. Un chemin tapissé menait entre deux cordelières vers les zones d'expositions. La muséographie s'était encombrée d'économies budgétaires : les rubans de tapis apparaissaient plus comme des récupérations de bouts de moquette qu'un effort pour préserver les zones d'un parquet rescapé du XIXe siècle.

La première salle était une fois de plus dévolue à la préhistoire de la rivière. On y trouvait des tessons de poterie, un restant de filet à pêche pétrifié, et quelques vieux sous noirs, aplatis, étalés derrière des vitres.

— Oh bon sang, ils ont même un squelette de dinosaure ! s'étonna Slusherboot parvenu à l'entrée de la deuxième salle.

Attirée par cette annonce, Forte Savane avança vers lui en cohorte.

— C'est pas un dinosaure ! Ils ont marqué ce que c'est, c'est une baleine !

— Une baleine ? Oh pauvre crédule ! Une baleine ici ?

C'était la voix de Le Hortec, qui avait avancé avec les autres et se livrait maintenant à l'étude d'un gigantesque squelette suspendu au milieu de la seconde salle. Ils s'arrêtèrent à côté de la cage thoracique de la baleine.

Eric fit trois pas en avant. Il avait l'air soucieux. Abandonnant Gilby à l'étude du filet pétrifié, muséographié d'un décor à base de récentes moules d'eau et d'autres coquillages d'origines diverses, il avança vers la source de l'animation.

Il fut presque aussitôt assez proche pour entendre Kraigut déclarer :

— Je préfère quand c'est empaillé.

Le Hortec émit un ricanement. Slusherboot ne voulut pas être en reste et poussa un petit rire aigu.

— Et avec quoi tu voudrais l'empailler, eh ? De la frangipane ? s'insurgea Le Hortec.

— C'est pas mon métier, d'empailler. Mais tu vois, on mettrait

une toile par là-dessus... (Kraigut désignait le squelette) ...eh bien après, on peut y coller des poils, des yeux, des nageoires...
— Tu vas coller des poils sur une baleine, toi ? Oh affreux, tire-toi de ma vue avant que je te vexe les fesses avec mon pied ! s'insurgea Le Hortec.
— Il veut dire comme une espèce de tente, plaida Balzah.
— Une tente ! Une tante de quoi, espèces de courges ? Bananes vertes à pépins ! Vous voyez pas que c'est du bidon, leur squelette ? Vous voyez pas l'arnaque ? Une baleine dans la Marne ? Et puis quoi ? A Marseille, ils n'ont qu'une sardine pour boucher le port, mais plus c'est gros, plus ça marche, je vois ! Oh, pauvre humanité !
— Ben, tu le vois là, le squelette, plaida Kraigut. D'où tu crois qu'il sort, ce squelette ?
— Mais c'est du plastique ! objecta Le Hortec d'un ton superbe. Ils ont moulé une baleine, et toc. Faut tout vous expliquer. Vous voyez pas que c'est du plastique ?
— Oh, là là, ils ont moulé une baleine, murmura Slusherboot.
— Moulé les os, précisa Le Hortec. J'ai lu dans une édition du *New Melody Express* qu'ils en avaient fait en série pour tout un tas de musées. Et voici l'arnaque. Cette baleine est fausse, bien entendu. C'est totalement du plastique ! Vous voulez le voir, le plastique ? Attention, ça va puer !

Il sortit un briquet jetable de sa poche et en fit jaillir une petite flamme. Quant à Eric, aveugle à cause des membres de Forte Savane faisant écran, il ne voyait rien et n'avait pas encore compris à quoi le Hortec voulait en venir.

Celui-ci appliqua la flamme contre l'os de la côte la plus proche. L'os, en carbonate de calcium naturellement incombustible, aurait dû ne pas prendre, mais soit à cause de produits de nettoyage, soit à cause d'un vernis ou d'une préparation, soit enfin à cause de la poussière séculaire qui recouvrait le squelette bien sec, une lueur vive s'éleva.
— Qu'est-ce qui se passe ? s'enquit Gilby qui les avait rejoint.

La réaction de Le Hortec fut plus prompte que la sienne.

— Cassos, les amis du Rock ! C'est une baleine explosive !

Ils détalèrent. En dix secondes, l'embrasement faisait un mètre de haut. Le squelette était parti pour bien brûler, et peut-être le bâtiment avec.

Pour une fois, Gilby fut à la hauteur de la situation.

Il s'approcha du squelette, leva la jambe et décocha un terrible coup de pied dans la côte en flamme. Celle-ci vacilla, et il en remit un coup. Ce choc fut fatal à l'appareillage en fil de fer vétuste qui fixait la côte aux vertèbres, et l'immense arc osseux se déroba.

L'extrémité qui était reliée à la colonne vertébrale parcourut une très belle parabole, faucha un luminaire et percuta en plein une vitrine remplie de cailloux alluvionnaires, qu'elle explosa.

Ensuite, la côte roula et vint s'éteindre sur la bande de moquette qui traversait le plancher ciré de la salle d'exposition, la salissant et brûlant. La côte symétrique, libérée elle aussi, décida de simplement passer par une fenêtre, comme une aiguille troue un tissu.

Le reste de la baleine, fragilisé, occilla, puis quelques vertères commencèrent à se détacher, tombant sur le plancher comme un martellement de maillets.

D'autres dégâts mineurs se révélèrent lors d'un examen postérieur.

D'ailleurs, la séance n'était pas terminée.

Gilby soufflait, considérant les dernières volutes de fumée, n'en revenant pas d'avoir évité le pire et se demandant quand même s'il ne s'était pas un peu trop affolé.

Le Hortec et ses comparses s'étaient donc enfuis de la salle au moment de la première étincelle. Gilby voulut leur courir après, mais un gardien, surgi on ne sait d'où et persuadé qu'il tenait l'auteur de l'attentat, lui sauta sur le poil. Il agrippa

Gilby par la manche et, comme celui-ci se débattait, il lui colla une taloche. Puis il s'empêtra le bas du pantalon dans les fils de fer qui avaient retenu la côte aux vertèbres, et qui, arrachés, traînaient à présent à terre. Pris de panique à l'idée qu'il allait peut-être prendre feu, il poussa des cris horribles, comme si on lui avait réellement brûlé les pieds. Gilby hurlait lui aussi qu'on n'avait pas le droit de le molester. L'autre éructa qu'il fallait se tenir tranquille, tout stressé lui même. Tout cela donnait une animation de tous les diables. Forte Savane revint sur ses pas pour admirer le spectacle.

 Les cris finirent par cesser, laissant place au dialogue. Le gardien téléphona. Forte Savane reflua vers la buvette. C'est là qu'ils attendirent que Gilby leur demande des attestations indispensables, vu le niveau de l'affaire, degré qui fut vite atteint avec l'apparition de deux costumes de policiers municipaux.

 Car tout ne fut pas calmé aussi vite. En retournant une fois de plus à l'intérieur de la cubique pyramide Columminoise (à vrai dire il faudrait prononcer Coulomminiarde ou Coulomminienne... ou peut-être Coulommineuse...), Forte Savane fut témoin d'un spectacle regrettable autant que grotesque : Gilby était molesté, subissant diverses voies de fait.

 Le gardien, accroché à ses basques pour l'immobiliser, avait donné assez de culot à l'hôtesse pour qu'elle s'enhardisse. Gilby se débattait dans la prise du gardien, en protestant des suites d'expressions excédées, tandis que l'hôtesse, emplie de vindicte, lui assénait de loin des petits tapes avec un magazine plié en deux. Ces excès et abus se produisaient sous l'œil peu concerné des deux miliciens municipaux fraîchement appelés.

 Parce qu'il était relativement libre de ses mouvements, sous l'œil de la Loi, et parce qu'il avait affaire à une personne du sexe, Gilby ne protestait que par des formules verbales et ampoulées :

— Je ne vous permet pas... Mais voyons... Qu'est-ce qui vous autorise... Cessez... Je proteste, mademoiselle... Mais cessez donc, je fais appel à témoins...

Ces formules n'avaient aucun effet sur le gardien crampon, qui s'évertuait à lui tenter un double nelson, et l'averse de petites baffes. En voyant Forte Savane revenir, la demoiselle frissonna et, quitte à calmer son excitation, préféra la transformer en frayeur. Elle s'abrita derrière les uniformes, hurlant :

— Et voici les autres ! Ses complices qui étaient avec lui !

Le calme revint. Le gardien avait une grande envie de prétendre qu'il avait surpris Gilby et Forte Savane en flagrant délit, mais Gilby parvint à lui faire admettre qu'il l'avait aperçu en pleine opération de sauvetage.

— Mais alors, d'où est parti le feu ? demanda l'un des policiers.

— Un court-circuit, comme d'habitude, assura Balzah...

Un silence se fit. La demoiselle colérique se cachait toujours derrière les policiers. Maintenant que son surcroît d'émotion était épanché, elle adoptait un air penaud et peu fier. Gilby, les joues roses, décida de contre-attaquer :

— J'ai tout lieu de croire que les précautions élémentaires en matière d'incendie ne sont pas observées dans ce vieux bâtiment. Le fait que le feu se soit déclaré si soudainement indique certainement une lacune dans ce domaine. D'ailleurs, où sont les extincteurs ?

La sécurité incendie est une jungle opaque. Sans un expert hautement qualifié, les bâtiments sont rarement aux normes, et rares sont les responsables soucieux d'observer toutes les réglementations en la matière, contraints qu'ils seraient d'avoir recours à des conseils onéreux. Gilby jouait sur du velours. En effet, il y avait de fortes chances pour que le bâtiment ne soit pas aux normes.

Gilby ne voulait pas dénoncer les coupables. Il confessa qu'il n'avait rien pu voir, excepté la flamme qui avait effrayé et dispersé le groupe dont il avait la responsabilité. Il disserta ainsi, très calme. Il apparut alors, plus clairement qu'il devenait impensable de le soupçonner, lui. La demoiselle s'effaça complètement. Le gardien dansait d'un pied sur l'autre. Les fonctionnaires municipaux s'accordaient à penser, eux aussi, que des os ne pouvaient s'enflammer subitement.

C'était une péroraison risquée, le Sénateur-Maire n'ayant peut-être pas négligé une mise en conformité. Finalement, il apparut que personne ne voulait se retrouver embarrassé d'un dossier qui resterait ouvert des années, pour la seule cause d'un petit mégot suspect, hypothétique et introuvable, qui fut finalement déclaré seul coupable. Tout le monde étant convenu qu'il fallait en rester là. Ni le gardien, ni l'hôtesse ne fumant, Gilby admit pour en finir que le fumeur se cachait peut-être dans un groupe passé par là une heure auparavant...

Un des uniformes rédigea à la main une déclaration, un procès-verbal et un constat. Gilby les signa, puis distribua des cartes de visite de chez Symphorep. Il assura que les Assurances trouveraient des interlocuteurs sérieux... sous réserve d'analyses contradictoires et de chiffrage exact des dégâts par un expert.

— Ou sont maintenant nos oiseaux ? questionna Gilby en sortant de la pyramide cubique (il faut imaginer un bête cube, sans rien, absolument rien de pyramidal, sauf le toit, et excepté la prétention d'une petite personne nerveuse).

Bien entendu, le groupe Forte Savane s'était une fois de plus égayé dans la nature. Gilby protesta de ce que personne ne soit resté pour les surveiller, mais les employés de Symphorep en congé lui firent remarquer que le retour en force du groupe s'imposerait de lui-même, l'heure du concert approchant.

Effectivement, les rockers n'étaient pas si loin du car. Un seul manquait à l'appel. Le Hortec avait refusé de boire un grog dans le café le plus proche, et ensuite s'en était allé.

— Qu'a-t'il fait après avoir refusé de boire son grog ?

— Il a dit qu'il allait s'acheter de quoi s'en faire lui même, indiqua Slusherboot.

Il expliqua à Gilby en quoi consistait le grog à la Le Hortec. Ce breuvage n'accepte absolument pas d'eau. Il s'agit en fait d'un vin chaud où le vin est intégralement remplacé par du rhum vieux, bien miellé et infusé avec les épices cardinales : muscade, anis, cannelle, girofle, gingembre, cardamone et petits bouts de zestes d'un citron, dont on ajoute le jus. Cela se fabrique nuitamment dans les chambres d'hôtel à l'aide d'un bleuet et d'une petite casserole. Ce truc vous emporte la tête comme une bombe atomique dès la première gorgée.

— C'est aussi un remède exceptionnel contre la grippe vulgaire, souligna Slush. Un bol de cette mixture, bue une fois avec le Cortex, un édredon et une bonne nuit scient tous tes microbes en huit morceaux chacun.

Slusherboot avait même un avis sur le lieu probable de cet achat : une supérette ouverte de l'autre côté de la place.

Lorsque Gilby arriva dans la supérette, Le Hortec essayait de négocier une remise pour achat en quantité. Il avait épuisé le rayon du rhum qui ne tenait que deux bouteilles, avait pris une fiole de cognac, du Cointreau en sus, et plaidait pour son bonus gratuit, réalisé sous la forme d'une minuscule bouteille de liqueur de fraise des bois.

A côté de lui, une sémillante brune, petite, mince et très bouclée, tenait comme un livre de messe un des prospectus de Forte Savane.

Voyant arriver du renfort, le gérant n'eut plus la force de négocier et abandonna lâchement la petite bouteille, calculant le ratio de ses efforts, de son temps perdu et de la valeur marchandise. Il lui suffisait de la passer en démarque inconnue, soutint ensuite Balzah, dans un élan prospectif d'expertise comptable croisée de science-fiction...

Néanmoins et tout de suite, Gilby voulut que Le Hortec lui remette ses emplettes, déclarant qu'il les lui rendrait à la fin de la tournée. Le Hortec ricanant jaune se contenta alors de faire deux pas en arrière, pour se mettre lui-même à l'abri des conséquences possibles de la fureur qu'il sentait monter en ses nerfs. Les poils de ses tempes en étaient hérissés et il projetait des ondes de bête féroce. Gilby ouvrit la bouche pour insister, et ne trouva plus d'air pour parler. Il n'eut même pas le courage d'en venir au principal, l'incendie de la baleine. Il rentra la tête dans les épaules, baissa les bras et tourna les talons.

Le Hortec sortit à son tour de la supérette. Il dévissa le bouchon d'une bouteille de rhum, en lampa un petit coup et en proposa à la brune qui l'avait suivi, perchée sur des hauts talons impossible.

— C'est qui, elle? demanda Kraigut à Le Hortec.
— Une invitée. Elle est chanteuse dans un groupe local. Pas du baloche, hein? Du metal.
— Et tu vas en faire quoi, de ta groupie?
— Je vais lui faire chanter un morceau. Je l'ai briffée, et puis je vais lui montrer le topo et les deux tonalités, c'est pas sorcier.

Kraigut se mit à converser avec Balzah, semblant méjuger des capacités de l'invitée, à laquelle ils jetaient des regards froids.

— Bon, alors, ce concert, on le donne? réclama Le Hortec. On est pas venus ici pour regarder les flocons de suie voler. Ce soir, les gars, on va jouer "Allumer le feu"... Vous vous souvenez des accords?

— Ouais, ouais, la-ré-fa-mi, on les a pas paumés, murmura Kraigut, maussade.

— "Allumer le feu"? grommela Gilby... Ah oui, on peut dire que c'est de circonstance. Mais vous voyez, c'est raté, les journalistes ne sont pas là, on ne parlera pas de Forte Savane dans le journal local.

— On l'a joué y'a quinze jours, c'est encore frais, lui expliqua Slush. Et puis on a une masse de partoches et de tablatures, on fait les reprises qu'on veut, lui expliqua Slush.

— T'inquiètes pour les journalistes, Elmira connaît les types des radios locales, nos exploits seront contés, lui assura Le Hortec.

— Elmira, c'est cette fille ?
— Y'a des fois, tu me scies tellement tu comprends vite. On te prendrait pour un bovin, mais non, t'es un devin !

Le concert commença à l'heure dite sur une espèce de terrain omnisport encore décoré des fanions et des guirlandes d'un précédent effort culturel et même sportif. Forte Savane disposait de loges fleurant le vestiaire d'athlètes, de cette odeur de gymnase si spécifique : transpiration, pieds, mauvais aftershave, ménage mal fait. En contrepartie, les joueurs des clubs locaux avaient déjà ainsi pu observer les affiches annonçant le passage de Forte Savane. Et en conséquence, une forte masse de spectateurs se pressait sur le terrain, les maigres gradins étant restés fermés.

— Mince, mon premier stade, ironisa Le Hortec. On commence par le Volley, on finit par le Football...

Le premier morceau entra rapidement dans le vif du sujet, faussement lyrique. Le Hortec assénait de vigoureux riffs en open chords, produisant une sorte d'emphase. Le second morceau fut plus sobre dans ses prétentions harmoniques, reposant sur une rythmique très chaloupée. Très vite cela tourna au funky, Balzah prenant l'ascendant avec sa basse, et Kraigut ne surajoutant que des variations à partir des samples de sonorités caraïbes sur son clavier.

— On va rester dans les îles ! assura Le Hortec au début du troisième morceau.

Il s'effaça et le projecteur de poursuite, manié de main de maître par Tseu, à côté de la table de mixage, illumina Elmira la groupie. On lui avait trouvé une banderole en papier de fleurs roses, qu'elle portait sur tout le devant de sa personne. Emmitoufflée dans une robe noire, pour cause de température un peu fraîche, on ne voyait d'elle que son visage et ces fleurs.

Derrière la groupie, la rythmique assurait un barrage martelé, comme une dizaine de hachoirs et de masses s'abattant sur des billots de boucher pour broyer des rotules de bisons. Juste surnageaient, curieusement en avant, quelques notes simplement brossées, comme négligemment. Le Cortex grattouillait ce thème peu riche mais obsédant sur une guitare sèche, mais saturée par effets et ampli. Eric décela le battement régulier d'une boîte à rythme, qui imposait à tous un battement fondamental. Il leva le doigt pour faire observer cette ligne sonore à Gilby, mais comment la faire distinguer au milieu du reste ?

La groupie s'avança jusqu'au micro. Elle tenait une minuscule anti-sèche, cachée à demi dans un mouchoir. Gilby jugea qu'elle avait l'air égarée. Mais elle approcha les lèvres du micro, et juste à la bonne distance, comme si elle avait fait ça pendant des années, et elle commença à débiter le texte remis par le Cortex.

Psycho pâtes aux œufs durs
Poulets palmés dorés
Palmiers surajoutés
Pour s'cogner droit dans l'mur

Ta tête sur l'eau rayée
Sur le bord des faux rêves
Fracture impayée
Jusqu'à squeu'tu crèves

Nageant le delirium
La tortue assure ouf
Dans l'fond d'son naquarium
Un brassage de sa bouffe

C'était le moment du refrain. Gilby vit les quatre têtes de Forte Savane approcher leurs lèvres des micros. Et le miracle eut lieu : un chorus impeccable et musical s'imposa par-dessus la bouillie sonore : ils savaient aussi chanter. Un étrange frisson passait par l'échine de Gilby et remontait malgré son refoulement jusqu'à son cœur et allait finir, de seconde en seconde, en lui colorant les joues. C'était beau.

— On a peut-être un tube, hurla-t-il à l'adresse de Eric.
— Pardon ? J'entends rien.
— On tient un tube !
— Oui, pas mal, hein ? Le texte est un peu curieux...
— Pardon ? J'entends rien.

Gilby était convaincu de tenir un tube. A l'instant, il l'aurait crié, il se serait battu pour l'affirmer au monde. Mais quel était le titre de ce morceau, déjà ? Il regarda sa montre, et se décida à juger que c'était bien le troisième de la playlist.

Le morceau terminé, Elmira fit plusieurs révérences profondes au public, puis se sauva en trottinant. On ne la revit plus. En demandant plus tard à Le Hortec où elle avait pu passer, on sut qu'elle avait rejoint les membres de son propre groupe de rock, présents au concert. Elle n'avait pas laissé de numéro de téléphone, et l'affaire fut close. Une rencontre, aussi éphémère que la feuille qui pousse sur l'arbre et ne dure que le temps qui lui est donné, celui de se faire dévorer par la chenille qui sera mangée par l'oiseau...

NEUF

Au nom d'Épicure le trahi
Dîner collectif au Jardin Céleste - Self-service cocktail - Une gagneuse gagnante - Nuit d'orgie

Le concert terminé, ils repassèrent par le "Grand Cheval Couronné" déposer dans les chambres le matériel le plus précieux. Un coup d'œil au menu affiché fit bien sûr regretter à certains la sortie dans un restaurant asiatique, mais il était trop tard pour revenir en arrière, ou ajouter aux déballonnages en changeant d'avis. Gilby avait réservé une table au "Jardin Céleste" avant de partir au Musée.

— On n'emmène pas le chauffeur ? demanda Le Hortec au moment où le groupe et les roadies se réunissaient dans le hall.

— Rien n'était prévu, rétorqua Gilby. Le chauffeur est un cas à part, hors budget Symphorep. Il est convenu que...

— On va pas laisser notre pote le chauffeur ! On vient de carrer les instruments pour pas qu'il ait à les surveiller ! Et pis, pour qui tu te prends ? Pour un aristo de la haute ? On est des rotures, peut-être ? On a pas fabriqué du pâté à l'ail ensemble ?

Gilby ne résista pas à ces récriminations et fit signe au chauffeur. Il aurait pu deviner que Le Hortec ne cherchait qu'un compagnon de beuverie, mais en fait, comment connaître l'avenir, comment savoir ce qui va se passer ?

Toute l'équipe au complet s'entassa donc dans la salle du "Jardin Céleste". Le garçon leur apporta rapidement à chacun un petit verre rose d'apéritif maison, offert par la direction. A une table voisine de la leur était attablée l'hôtesse du Musée de la Marne, en compagnie d'un petit jeune homme. Ils en étaient au café, et avaient déjà reçu leur addition. Cette vision fit pâlir Gilby, qui s'installa de manière à leur tourner le dos.

Deux membres du groupe avaient assisté à leur retour au Musée et à la justification de Gilby. L'histoire des baffes avait eu le temps de faire le tour du groupe.
— C'est cette grande gamine qui lui en a mis dans les babines? rugit Le Hortec. Oh, pousse toi, Bahlza, que je voie la groupie. Oh dis donc, elle est guère épaisse!
La jeune fille devint rouge comme la moquette qui couvrait le bas des murs.
— Guère épaisse! Tu sais ce que c'est Angus? C'est un roman de Tolstoï, Guère et Paisse. Mais cette grou-nouille, c'est pas Tolstoï, c'est Cuisse de Mouche!
— Te plains pas, reprit Kraigut à l'adresse de Gilby. T'as eu les mouvements latéraux, les aller-retours dans les badigoinces. Imagine que t'aurais pu avoir du vertical : le coup de genou dans les roupiglettes...
— Le coup de saton, oui, opina Balzah.
— Un coup à lui faire remonter les glandes génératives direct sous le cervelet, admit Kraigut.
— Oh, quand même pas, elle n'a pas tapé fort, plaida Gilby.
— Le plus mauvais, dans ces coups de pieds, c'est quand ça te les rentre pour te les faire ressortir par l'arrière, lui assura Slush.
Le Hortec leva son séant de la banquette et brandit haut son verre d'apéritif maison au jus de lichee.
— Je porte un toast aux femmes qui portent la culotte... Mais qu'est-ce que c'est que cette cagagne?
Le Hortec avait trempé ses lèvres dans son verre et produisait moult horribles grimaces.
— Mais c'est du jus de fruit! Où est l'alcool de riz, là-dedans?
Il développa son étonnement et son indignation en un long esclandre. Le bruit et le spectacle causés masquèrent la fuite précipitée de l'hôtesse du musée et de son cavalier.
— C'est un apéritif maison, monsieur, sans alcool, précisa un serveur accouru.

— Mais vous pourriez prévenir ! Et puis d'abord, ce n'est plus un apéritif, c'est du bonbon, c'est un dessert ! Amenez-moi une bouteille de raide, que je corrige le tir !

Le garçon s'éclipsa. Le Hortec resta seul, debout devant le bout de banquette. Sa position lui permettait de se lever à tout moment sans déranger personne.

— Oh, mais dis donc, qu'est-ce que c'est que ça, mon pote ? demanda-t-il au chauffeur qui, assis en bout de table, tournait le dos à une desserte.

Ca, c'était le chariot à flamber les fruits en beignets, servis comme dessert dans tout bon restaurant asiatique de France. On pouvait donc y discerner, au milieu d'autres ustensiles, le col jaune d'une bouteille de Eric destiné au flambage.

— Attrape-ça, mon frère, passe moi l'éther stratosphérique, clama Le Hortec en désignant la bouteille.

Comme le chauffeur ne s'exécutait pas, Le Hortec fit le tour de la table et alla se servir à la bouteille du guéridon, sous les yeux stupéfiés de la tablée et des autres clients du restaurant.

Une première fois, il se servit, complétant le niveau entamé du verre de jus de fruit. Il en but la moitié, puis se versa une nouvelle mise à ras bord, et cette fois lampa son verre cul sec. Il s'octroya même un troisième godet de liqueur, demanda dans la salle si les Dames en voulaient, puis en proposa aux Messieurs, qui refusèrent, avec mines horrifiées, tout à fait d'avis unanime que cette fois, le Cortex passait les bornes. Enfin, devant l'assistance médusée, il regagna sa place et se mit à déguster son troisième verre avec des mines gourmandes, allongeant loin la lèvre supérieure au-dessus du verre pour en prélever le contenu avec le peu discret bruit d'une ventouse.

Gilby était soulagé du départ de la donneuse de coups et ne voulait même plus contrarier Le Hortec. Il se leva, comme s'il allait aux toilettes, et il s'approcha en fait du chanteur. Il tourna le dos à la table, pour lui parler bas, en privé.

— Je voulais vous dire, le troisième morceau...
— Hu ?
— Le troisième morceau que vous avez joué ce soir... Super. Je le dirai. Je vous défendrai. Je veux dire, je suis convaincu. Si mon poids ou mon avis peut-être d'utilité avec Kadeume...
— Quel morceau ? Catapulco ?
— Je ne sais pas... Celui où la tortue remue sa nourriture...
— Ça doit être Catapulco. Elle bouffait de tout, cette tortue.
— Oui... Bon... C'est un super morceau. Je veux dire, il mérite une édition spéciale... d'être promotionné. Mis en avant.
— Parce que le reste, c'est de la daube ?
— Hein ? Ah mais non... mais je veux dire que sur le marché, là commercialement, et je parle au nom de Symphorep, si mon poids peut-être de quelque utilité...
— Mais qu'est-ce que t'y connais ? Pourquoi ce morceau est-il meilleur que les autres ? Tu peux me dire ? Il est bâti de manière classique. C'est un très bon morceau, mais le monde du rock est rempli de monticules de super hyper morceaux géniaux.
— Celui-là ! C'est celui là qui m'a plu ce soir.
— Tiens, t'arrives à t'exprimer, quand même ? Dommage que le reste ne t'ai pas botté.
— J'ai pas dit ça ! Pas moins ! Mais c'est juste mon avis.
— Ah oui... si ton poids peut-être de quelque utilité... Tiens, je sens que je vais rajouter un couplet à Reffenazi !

Gilby ne dit plus rien et alla se rassoir, mouché. Il se résignait à assister au spectacle du jour, comme les autres. En fait, il avait perdu toute réserve d'énergie. Et ce soir, il avait abdiqué toute velléité d'autorité, dès l'instant où il avait aperçu la déprimante hôtesse du musée. Cependant, sa mise à plat ne devait pas durer toute la soirée.

Le garçon, qui n'avait rien vu, rien compris, revint finalement. Il n'était pas dans ses intentions de solutionner la demande d'alcool de riz, et il répéta laconiquement : « Apéritif sans alcool ». L'ayant répété plusieurs fois pour bien se faire comprendre d'un Le Hortec souriant qui ne le regardait même plus, il se mit à enlever les verres vides de cocktail de jus de fruit, montrant par là les limites de la gracieuseté des patrons de l'établissement. Quand on lui retira son verre, Le Hortec poussa un gloussement, un ricanement, et un hoquet.

On passa à la commande. Le Hortec tint naturellement à commander un plat qui ne figurait que dans son imagination, uniquement pour embarrasser le serveur. Comme celui-ci restait impassible, il se rabattit enfin sur des spécialités à la vapeur et un poisson en sauce, et la commande fut presque prise.

Le Hortec tout de suite commanda cinq bouteilles de Côtes du Rhône. Gilby leva un sourcil, et il recompta son monde à table, parvenant toujours au total invariable de dix. L'ayant surpris le doigt en l'air, Le Hortec lui demanda s'il ne devait pas en commander deux de plus, sous le prétexte intéressant, qu'il répéta deux fois, que des vrais hommes ne pouvaient pas commencer un repas sans avoir en vue de boire plus de la moitié d'une bouteille de vin.

Ensuite, la baffrerie fut monumentale. Les plats s'empilaient et dégoulinaient dans les moindres endroits restés libre sur la nappe, tout le monde se faisait mutuellement goûter d'un peu de tout, car un peu de tout avait été commandé. Au milieu de ce chantier de consommation, Le Hortec absorbait le vin comme un trou, un demi-verre entre chaque bouchée, et il s'activait pour faire de nombreuses bouchées. Il commanda deux fois de son plat préféré ce soir-là, du poisson épicé, mariné dans du lait de coco sucré, servi avec des pousses de bambou. Tous s'attendaient à le voir éclater ou rouler sous la table.

A un moment, Le Hortec annonça :
— Et puis en poussant la pile des amplis, au local, j'aurai de la place pour faire des katas. C'est fou, mais chez moi, dans ma chambre de bonne, j'ai à peine la place de descendre du lit.

Les katas sont des exercices d'arts martiaux, des gestes pratiqués à vide, ou du moins seul sans adversaires, et sont la base de l'entraînement. Ca ressemble à de la gymnastique de fondu, mais c'est très efficace.

Gilby avait bu deux verres de vin, servis à ras-bord comme tous les convives. Il sauta sur cette perche.

— Vous vous y connaissez en katas ? Vous en faîtes régulièrement ?

Dans une autre vie, Gilby avait été "Le gana de la ceinture noire". Il n'avait jamais manqué de faire figurer sur ses C.V. ses états de service dans les arts martiaux, supposant que ce pouvait être un plus dans les polyvalences d'un gestionnaire savant manager.

— Un peu mon neveu ! protesta Le Hortec. Mes parents m'avaient incrit au Club Niquet. Judo de six à douze ans, Karaté de douze à seize, et après, des spécialisation en sports coréens dont tu n'as certainement jamais entendu parler...

— Pas entendu parler ? Qu'est ce que vous aller supposer ? Vous êtes spécialiste de ces sports, ou de vos... trucs coréens ?

— J'ai atteint des grades assez intéressants, tu sais... mais après, c'était soit les études à Mont-de-Marsan auprès du grand maître européen, ou alors laisser tomber, alors mes vieux ont raccroché le chéquier... A propos de chéquier, tu l'as pas oublié ?

Gilby en ouvrit des yeux ronds. Le Hortec s'absorba dans la contemplation de son verre, l'air modeste et comme vaguement contrarié de n'avoir pas pu poursuivre une vocation internationale.

— Un grand maître de quoi ? De ce sport coréen, là ? C'est quoi, ce bluff ?

— Du bluff ? Ah ça par exemple ! Tiens, est-ce que tu as déjà entendu parler du Wong-koné-pai ? interrogea Le Hortec sans se démonter davantage.

— Allez-y, étonnez-moi, lança un Gilby trouvant la force du défi dans son scepticisme.

— Ca se pratique avec un nerf de bœuf spécial, commença Le Hortec. Bien sûr, au départ, cet art martial est dérivé du Krabi-Krabong et du Pentjak-Silat. Mais les paysans du coin n'avaient même pas de quoi se payer le matériel minimum, des kusarigamas, ou même des saïs, ces cochonneries de fourchettes spéciales, alors ils ont créé une branche spéciale, le Wong. Et comme souvent ils n'arrivaient pas à conserver des nerfs de bœuf sans se faire repérer ou dénoncer, ils se sont rabattus sur une arme abondante et disponible. Tu la vois, cette arme, tu ne penses pas qu'elle est terrible. C'est une arme par destination, comme la boule de pétanque et la chaussette dans le coffre de ta voiture, tu vois ?... Tant que tu ne mets pas la boule dans la chaussette longue, personne ne sait que t'as une méchante matraque...

— Je vois, concéda Gilby ébranlé, attendant la suite du bagout.

Il avait deux fois entendu parler du Krabi-Krabong, soit une fois de plus que Le Hortec, mais il n'avait jamais pu approfondir sa science en cet art exotique. Son interlocuteur, lui, n'avait probablement retenu de la chose qu'il s'agissait d'une activité antérieure à l'invention de la bombe à neutrons.

— Cette arme spéciale, traditionnelle, précisa Le Hortec, tiens-toi bien, c'est la queue de vache. Encore plus vicieux que le nerf de boeuf, vu l'élasticité, le poids, et puis il y a les poils qui arrachent la peau de l'adversaire. Un paysan avec une queue de vache t'emboutissait carrément un samouraï, cheval et cavalier. Un nunchaku, ou un même un tabak-toyok, à côté, c'est rien. Rien du tout, de la blédine. Que dis-je ; de la phosphatine. Pouah, d'ailleurs. Mais les Asiatiques sont naturellement jaloux de cette technique pure, ils ne veulent pas que les Occidentaux la connaissent, tellement c'est raffiné...

— Comme les meilleurs coup de Karaté, abonda Gilby en hochant la tête de manière véhémente.

— C'est d'ailleurs pour ça que les vaches coréennes n'ont pas de queue, souligna Le Hortec. D'ailleurs un proverbe coréen

affirme : « Plus l'amour est chaud, moins on porte d'habits. »
— Pas de queue ? Depuis quand ? En Corée du Nord, ils les mangent, sans doute ? douta Gilby.
— Pas de queue depuis leur jeunesse, continua Le Hortec réalisant qu'il risquait de se fourvoyer en allant trop loin. C'est pas des vaches anoures, nesspa, comme les chats de l'île de Man, mais on leur fait comme aux moutons : quand l'animal est encore bébé, crac, on leur coupe la queue. C'est une survivance culturelle du Moyen-Âge, et ça se fait pas dans toutes les tribus...
— Je savais pour les moutons, à cause des infections, mais les vaches coréennes, ça me la coupe, concéda Gilby, qui marchait quand même.

Evidemment, il n'avait pas vu récemment de vaches coréennes, qui sont, par exemple, des Hanwoo ressemblant à des limousines, fauves-rouges, avec queues entières.

— Bon sang, ça doit secouer, un bon coup de queue de vache dans le portrait, souligna Balzah, qui voulait prendre part à la conversation... Moi, une fois, un cousin m'a demandé de traire une vache, eh bien j'ai dégusté.

— Tu veux dire que tu t'es pris un coup de queue ? lui demanda Slush pendant que Gilby portait ostensiblement son verre à ses lèvres pour ne rien avoir à dire ou sembler prendre part à cet aparté dérangeant.

— Pas tout à fait : on lui a attaché la queue à la jambe avec une ficelle, y'a de ces précautions d'usage, mais cette grosse vacheté a réussi à me marcher sur le pied. Oh, ce que j'ai pu jongler...

— Où est-ce qu'on peut acheter des queues de vaches ? demanda Gilby, en reprenant l'initiative d'alimenter les débats.

Ses yeux brillaient, et Le Hortec dut sentir en son fort intérieur que la mystification ne faisait que commencer.

— A mon avis, avec un coup de téléphone à ton boucher, il te ramènera ça de l'abattoir régional... Il peut y avoir des frais ; c'est du bas morceau, mais ça pèse quand même dans la fourgonnette.

Gilby hocha la tête, absolument convaincu. Il demanda à Le Hortec s'il avait ouï-dire comment le Wong-koné-pai se pratiquait.

— Mais on t'a greffé des oreilles en plâtre autour du caillot, ou on t'a déposé du fumier entre les portugaises ? dit Le Hortec.

— Pardon ?

— J'ai spécifié que j'étais Maître en Wong. Et pas un minuscule... Bon sang, cette bouteille est vide comme les autres !

— Patron, une autre bouteille ! lança Gilby... Ah, ouais-ouais. Je saisis. Bien. Je veux dire que je veux bien que je me souviens...

— Si j'avais un peu d'espace, je te ferais bien une démonstration, égrena lentement Le Hortec, l'air blasé et entendu. Toute la subtilité repose sur les moulinets. Il y en a une grande quantité, c'est assez varié, mais ici le plafond est trop bas et, en plus, je n'ai pas de queue de vache. C'est une question d'équilibre, tu comprends ?

Gilby opina. Il saisissait remarquablement.

— Généralement, les zigs dans les arts martiaux, ils sont tout en nerfs, ça leur porte à la tête, tu parles d'un déséquilibre... Et puis ils ont le poignet contraint, ce qui gaspille l'énergie... L'énergie... tu vois ?

— Oui, faut la laisser ciculer, sentir la circulation-pulsation...

— Le lâcher-prise, n'est-ce pas ? ajouta Le Hortec qui se régalait. Mais pas lâcher la queue, n'est-ce pas ?

— Pour se purger des automatismes, faut se lever de bonne heure, abonda Gilby.

— Il faut gérer le mental, lui faire un nid, et pas le bousculer... "Kill the mental", quelle absurdité ! dit Le Hortec.

— L'obstacle est sur le chemin, abonda Kraigut, lèvres pincées.

— Si tu vises l'adversaire, tu t'en détournes, ajouta Balzah, qui luttait pour garder son sérieux.

— Il faut que vous me fassiez un jour une démonstration, insista Gilby.

— D'accord, concéda Le Hortec, mais d'abord, tu te procures

des queues de vaches. Je ne veux pas avoir l'air ridicule en agitant n'importe quoi, ou un tuyau en plastique. Il en faut des vraies !

— Je vais en commander une douzaine. Au fait, vous ne pourriez pas passer la commande ? Et moi je paye. Et puis, vous devez vous y connaître mieux que moi... poids, calibre, souplesse, couleur...

A titre d'accompte, Le Hortec sérieux comme un pape se fit alors remettre un chèque de cinquante.

Sa jactance ne diminua pas pour autant. Il demanda à Gilby s'il avait encadré beaucoup de groupes, et si les événements culturels prévus au calendrier seraient toujours aussi tartes. Puis, atteint par les verres d'apéritif et son vin, il commença à entretenir la table à propos d'une groupie qu'il avait connue, lors d'un concert en duo avec Primo Segunda à Marseille :

— Je ne la voyais plus, mais quand elle est revenue à la ferme, un soir, la grenouille, elle sentait un peu le sperme. Son père lui a collé un allez et retour si fort qu'elle en saignait du nez et qu'elle est tombée assise bien sonnée presque dans les pommes. Alors son père en a profité, il l'a traînée dans la buanderie et l'a laissée enfermée là-dedans au frais pendant toute la nuit. Février, à Marseille, c'est comme qui dirait la glaciation à Ko Samui. Et puis, dans la nuit, sa coupure s'est infectée, et à l'hôpital, deux jours après, on a été obligé de lui enlever un bout de la lèvre supérieure. Alors fini la parade avec les copines. Elle était belle fille et c'était fini, son père l'avait défigurée, et elle pouvait même pas porter une moustache... Elle a fini dans une boîte d'importation de jus de caneberge. A Marseille...

A la stupéfaction toujours renouvelée de Gilby, trois convives se mirent à pleurer à l'audition de ce récit pitoyable et touchant. Parmi eux se trouvait le chauffeur. Il se trouvait aussi qu'on avait là affaire aux trois meilleurs buveurs de la table après Le Hortec.

— Millionnaire, elle serait devenue, avec ce jus et son physique, cette môme. Elle avait un bagoût terrible pour raconter l'histoire de son bec-de-lièvre. Une commerciale hors-pair. Des millions, elle aurait gagné...

Les sanglots continuèrent de plus belle. Le Hortec ne s'adressa plus qu'à cet auditoire d'élite pour narrer la suite des aventures des fermiers de Cassis. Il fit cela très bruyamment. Des personnes qui entraient au "Jardin Céleste" tournaient les talons en entendant ces braillements. Les autres conversations aux tables voisines ne pouvaient se poursuivre.

Pendant un moment, il y eut un calme relatif, car Le Hortec mimait l'enfilage d'un préservatif par une groupie habile, opéré avec la seule aide de sa bouche, sans bec-de-lièvre. Il avançait les lèvres comme une carpe et faisait des ronds avec ses maxilaires, comme un turbot. Il se balançait aussi d'avant en arrière. L'honnêteté de la chronique exige de préciser qu'au beau milieu de cet exercice, il lâcha un renvoi sonore, détail abominable qui ravit plus de la moitié de son assistance, dont il a déjà été précisé toute l'estime qui devait lui être alouée.

Gilby était écroulé, tout moral ruiné par ce spectacle.
— C'est pas vrai, c'est pas vrai, murmurait-il.
— Mais au moins, c'est un vrai homme de scène, lui glissa Eric.

L'accompagnateur Symphorep s'inquiétait un peu de ne pas voir Gilby mettre des freins aux dérapages. Celui-ci aurait déjà dû commencer à imposer ou rétablir son autorité largement entamée par ses absences ou son ridicule, mais il restait là à se lamenter. N'importe quel travailleur sait que, lorsqu'un boulot commence à partir régulièrement en eau de boudin par épisodes, les plus féroces précautions s'imposent. Surtout lorsque se présente un "boulot maudit", une entreprise spéciale, marquée par le mauvais sort, pourrait-on croire, où tout vous claque successivement dans les pattes.

Mais ce n'était pas la soirée de Gilby, c'était celle de Le Hortec.

— Qui prend des pousse-cafés ? demanda ce dernier.

Le chauffeur était partant, de même que les membres de Forte Savane, qui réclamèrent une piste de dés afin de jouer les tournées.

En attendant les digestifs, le chanteur se mit à faire l'inventaire des bouteilles de vin pour découvrir celles qui méritaient d'être terminées. Il se versa successivement les fonds pour les lamper les uns après les autres.

— Verse tout dans le même verre, invita Kraigut. Tu en as jusqu'à demain, avec ton système.

— On ne mélange jamais les bouteilles, barbare ignare, répondit Le Hortec, évoquant enfin l'ombre d'un principe, ou le respect d'une procédure établie.

— Les autres peuvent rentrer, il n'y a plus rien à craindre, on connaît le chemin, invita Le Hortec.

Gilby repoussa lourdement sa chaise. Il paraissait mort et avait des gestes de zombie.

Eric se leva aussi mais Gilby lui fit un signe pour lui signifier de rester. On ne lâche jamais un groupe accompagné, premier axiome de l'accompagnateur Symphorep.

Puis Gilby s'aperçut que sa présence était nécessaire pour signer le chèque de l'addition. Il décida de la régler sur le champ et de rentrer.

Les roadies libérés rentrèrent donc se coucher à l'hôtel, mais ils ne purent s'endormir tout de suite, car les éméchés revinrent au "Grand Cheval Couronné" après trois tournées de pousse-cafés supplémentaires, payées au "Jardin Céleste" par des jets de dés exceptionnels, à la limite du sortilège, s'il fallait les en croire. Arrivés à l'hôtel, toujours munis de la piste de dés qu'ils avaient achetée, ils firent un boucan d'enfer continu, pendant un triple Yams complet, suivi de la revanche et de la belle. Les parties se prolongèrent dans le salon jusqu'à trois heures du matin. Plusieurs fois, le veilleur de nuit les menaça d'appeler la police, mais Le Hortec lui assura qu'il connaissait personnellement les policiers, qu'ils étaient cousins à lui, et pour la peine, lui décrivit en détail et de manière exacte les deux municipaux qui avaient tenté de procéder à l'arrestation de Gilby. Persuadé de ce cousinage pourtant improbable, le veilleur de nuit attendit des plaintes de clients pour réagir à nouveau, mais personne dans l'hôtel ne bronchait. Aussi, la police de Coulommines, n'étant-elle pas appellée, ne se manifesta pas.

A la fin, le veilleur de nuit crut s'en tirer en actionnant le disjoncteur principal. La nuit s'installa dans l'hôtel au milieu de hurlements féroces réclamant la peau du gardien, ses oreilles et ses organes de reproduction. Enfin, la lumière revint, mais l'intérêt pour le jeu était tombé. Les trois derniers irréductibles, Kraigut, le chauffeur et Le Hortec, montèrent finir de se saouler dans la chambre de ce dernier.

Le réveil de voyage de Gilby, modèle pro, sonna à huit heures dans un grand silence planant sur l'hôtel. Gilby passa frapper aux portes, mais le silence perdura jusqu'à neuf heures, moment du départ. Du salon des petits déjeuner, on ne vit ressortir que sept personnes sur dix.

La chambre du chauffeur était vacante, et on retrouva celui-ci endormi dans la baignoire vide de la chambre de Le Hortec. Kraigut avait décroché les rideaux pour s'en faire une couche sur la moquette. Le Hortec était couché à l'envers, pieds non déchaussés dans les oreillers, et tous les trois dormaient d'un sommeil asphyxié, aussi lourd qu'un paquebot sous une nuit tropicale.

Le chauffeur fut ranimé par une bonne douche froide, puisqu'il était déjà en place pour la recevoir. Il alla se changer d'un pas titubant. Son tour venu d'être secoué, Kraigut refusa d'avancer d'un millimètre vers l'eau de la salle de bain. Le Hortec ne murmura qu'une seule chose :

— Donnez moi une hache !

— J'ai un canif, proposa aimablement Gilby excédé. Que voulez vous faire d'une hache ?

— Te fendre la tête, à toi et aux autres abrutis !

Traînés, poussés, chamboulés, les trois arrivèrent à mettre un peu d'ordre dans leur toilette et finirent de boucler leurs sacs. Le départ se fit donc vers dix heures.

DIX

Une perche de trois mètres
Panne de carburant - Une fermière de feuilleton
Artichauts - Vergean - Savonnettes et Mozarella -
Bain de minuit - Témoignages

Le chauffeur n'était pas frais du tout. Il n'avait pas encore fini de cuver son alcool et avait de la peine à rester les yeux ouverts. Gilby, fou de rage mais impassible, se tenait à côté de lui et le tapotait sur l'épaule dès qu'il pensait que l'autre allait piquer du nez. Le Hortec et Kraigut ronflaient dans le fond du car, nez pincés et tête en arrière, une sueur grasse et fine perlant sur leurs visages aux yeux clos.

Le car sortit de Coulommines et fit à peu près vingt kilomètres en rase campagne.

Soudain, un série de toussotements parvint du compartiment moteur. Sous la moue consternée de Gilby, le chauffeur pompa sur l'accélérateur et le car reprit de la vitesse, mais au bout de cinq cents mètres, les toussotements reprirent. Le moteur s'arrêta et le car avança en roue libre pendant encore une petite distance pour s'arrêter sur le bord de la route.

— Qu'est ce qui se passe? gronda Gilby, inquiet.

— Deux minutes... Je vais aller...

Descendu du car, la première chose que fit le chauffeur, au lieu d'ouvrir le capot, fut d'ouvrir sa braguette. Puis, son affaire terminée, il resta là à respirer à fond, debout sur le bord de la route. Gilby le regarda, lui, puis la jauge de carburant à zéro, et considéra alternativement ces deux cibles, jusqu'à ce que la lumière ait pleinement pénétré dans son cerveau.

— Panne sèche ! articula-t'il doucement. Et on appelle ça un chauffeur professionnel !

Gilby tapota la jauge de l'index, montra le cadran à tous ceux qui voulaient venir le contempler. Aucun doute n'était permis, il ne restait plus une goutte dans le réservoir. Dans le brouillard, au sortir de Coulommines, le chauffeur avait négligé toutes les occasions de reprendre du carburant.

Le car avait stoppé en rase campagne, sur une jolie départementale bordée de chaque côté par une rangée de platanes. Bien sûr, aucune station-service n'était en vue.

— Nous pouvons nous dépanner avec du gas-oil pour tracteur, c'est compatible, fit observer Eric. Le tout, c'est de trouver une ferme. J'y vais tout de suite, on ne va pas coucher ici.

Il y avait des bâtiments, quelque part dans l'horizon de la plaine déserte. Eric partit à pied le long de la route, décidé à dénicher le chemin de traverse qui devait conduire à ceux-ci.

— Mais comment avez-vous pu oublier de faire le plein ? reprochait Gilby au chauffeur.

Celui-ci faisait la sourde oreille, et s'était couché par terre. Il avait décidé de dormir dans l'herbe du bas-côté, tout habillé, comme il était vêtu, humidité ou pas. Gilby le considéra encore un peu, fixement, comme la dernière des choses monstrueuses qu'il ait eu à contempler depuis longtemps. Depuis au moins sa dernière vision d'un cloporte solitaire, tapis sous un pot de fleur. Puis il dut sans doute se rendre à l'évidence : un peu de repos ne pouvait que faire du bien à cet homme-là.

Gilby remonta dans le car et s'assit. Tous faisaient confiance à Eric pour trouver du carburant, et aucune autre estafette ne fut dépêchée en quête de solution.

L'attente dura une heure et demie. Gilby regarda passer quelques rares voitures et eut envie de faire du stop, ce qu'il essaya derechef, attaché-case au bout du bras. Personne ne le prit, et pour achever cette tentative, il demanda aux occupants du car s'ils croyaient que l'on fut bien au troisième millénaire, vexé, mais n'ayant sans doute pas pratiqué le stop depuis des années, surtout dans la Brie.

Soudain, un point apparut au bout de la ligne droite, entre les platanes. Le point se mit à grossir dans leur champ visuel pour devenir une fourgonnette utilitaire. Le véhicule se rangea derrière le car et Eric en sortit, accompagné par une fermière de style californien, grande, svelte, de physionomie agréable. Le chauffeur eut tôt fait d'ouvrir la trappe à carburant, et Eric y versa un litre de gas-oil, amené dans d'anciens bidons d'huile, faute d'autres récipients disponibles.

— Ca va vous permettre d'aller jusqu'à Saint-Prontzdorf, pronostiqua la splendide fermière. Il y a une pompe à la sortie du bourg. Ne ratez pas l'embranchement, c'est à dix kilomètres, à gauche. J'ai déjà tout expliqué à votre camarade.

Eric souriait, content de sa promenade. La jolie fermière l'embrassa dans la nuque. Il murmura quelque chose à l'oreille de la dame. Celle-ci se prépara à prendre congé.

— Si, si, madame, j'insiste, insista Gilby, en s'avançant, armé de son carnet de chèques ouvert.

La fermière le laissa insister et vendit alors le litre de carburant les plus cher de l'Histoire de la Brie. Elle compta le déplacement, la location de la fourgonnette, plus les honoraires de son comptable, un forfait horaire de déplacement, les premiers secours apportés à Eric sous la forme d'une canette de bière, sans oublier la TVA sur l'ensemble.

Gilby aurait donc mieux fait de ne pas insister, mais il planait, content de repartir. Il aurait signé n'importe quoi. La fermière lui scribouilla une facture au dos d'un prospectus de magasin de chaussures, et tout le monde fut content et soulagé.

En entrant à Saint-Bouvet, le chauffeur faillit embourber le car dans le bas-côté, fort meuble. Mais personne n'eut à sortir pour pousser : l'affolement visible de Gilby fut calmé par une lente progression en marche arrière, qui extirpa le véhicule hors de ce mauvais pas.

— Je n'aurais jamais cru qu'un litre suffirait, confessa Eric au chauffeur tandis qu'ils faisaient le plein à la station-service de Saint-Prontzdorf. Je voulais absolument prendre plus de jus, mais elle m'a dit qu'un litre suffisait pour démarrer le tracteur de son mari, et elle n'a plus voulu en démordre.

— Ça aurait peut-être pu ne pas suffire, mais ce modèle de car tient une réserve dans un réservoir auxiliaire ; je suis passé sur la réserve au moment où j'ai entendu le moteur tourner rond, lui expliqua benoîtement le chauffeur.

Encore une chance que Gilby n'ait pas entendu cette remarque.

— Alors, nous n'étions pas en panne sèche ? demanda Eric doucement.

— Jamais de la vie ! Qui a prétendu ça ? Si vous ne vous étiez pas bêtement barré à pied pour courir le guilledou, on aurait pu repartir, bon sang... Vous avez gardé son numéro de téléphone, j'espère ? Une copine comme ça, je ferais le voyage tous les jours pour venir la revoir.

Eric s'en fichait, bien qu'il n'adore pas marcher à pied, même en plat, et il sentit que le chauffeur le cuisinait avec de l'insinuation pour savoir du vrai. Il jugea que l'autre se payait sa figure en espérant susciter chez lui une fierté productrice de confidences inaliénables... Et il le rangea illico dans la rubrique "espèce de cas" composant la presque majorité des individus véhiculés dans le car. Un impératif s'en dégageait : ne rien dire.

Gilby se désolait d'avoir à arriver en retard pour la visite des magnifiques serres d'artichauts de Vergean. Un mécène, une sorte de Carnégie de la Tulipe, y a bâti à la fin du XIXe siècle un gigantesque ensemble de serres chauffées au charbon. Après la guerre de 14-18, on y répara toutes les vitres, car le front était venu jusque là avant la bataille de la Marne, et on reconvertit les serres dans la culture de la salade, puis de l'endive, puis de l'artichaut. Il paraît que le spectacle des artichauts en fleurs, en une mer violette, est admirable, mais ce n'était pas alors la saison de la floraison.

Lorsqu'il fut mis au courant de ce qu'il avait manqué, Le Hortec ricana.

— Oh que c'est creux ! Des serres ! Oh pitié ! Mais pourquoi ils ne nous montrent pas des silos à patates, ou un magasin de suspensoirs pour bossus boîteux ? Avec des attelles pour cul-de-jatte ?

La halte de midi fut elle aussi décalée. Lorsqu'ils les virent tous arriver à quatorze heures, les cuisiniers venaient d'éteindre les fourneaux. On leur servit une collation froide, à base de terrines, de salades et de sandwiches au Brie de Meaux, au Brie de Melun et au Brie de Coulommiers. Cette improvisation fut néanmoins honorée à la hauteur d'une grande compétition de mastication, ou peut-être avaient-ils seulement un peu faim.

Le rendez-vous avec les artichauts s'étant envolé, ils devaient néanmoins coucher à Vergean.

A propos de Vergean, le *Guide Alternatif Armand Auzymandias* dit à peu près ceci :

« Vergean fut fondé par les Pourotaves, tribu vassale des Parisy. César en parle dans ses Commentaires et ajoute : "C'est là qu'on y trouve ces petites olives des bords de Seine qui, faisant la joie du tribun Bélisarius Calburnus, déchaînèrent son appétit au point de lui faire presque perdre la vie" (Traduction Vallade et Rachis, Genève, 1948). La tradition des petites olives s'y est perdue, mais les illustres visites guerrières ne cessèrent pas pour Vergean. Presque rasée par Attila, elle fut relevée sous le règne de Segonzac XXII, fainéant mérovingien, par la construction d'une première abbaye de style néo-byzantin, appareillée en en énormes blocs de proustite rouge, pierre qui ne résiste malheureusement pas aux outrages du temps. »

Qu'il nous soit permis d'ouvrir un aparté dans la citation du *Guide Alternatif Armand Auzymandias* pour ajouter à ce qui précède : "Et pour cause, la proustite étant extrêmement fragile et contenant un peu d'argent métal." Mais poursuivons l'étude de ces pages riches de renseignements, malgré l'affligeante pauvreté rédactionnelle qui, relativement à Vergean, et comparé à Prussy, Blattigny et Coulommines, dépare ce Guide, toujours de bon conseil.

« Au XIIe siècle, la ville de Vergean atteignit le statut de ville franche, fut assiégée par Guy d'Amaury de Montfort et édifia la magnifique abbatiale Saint Hector. Dévastée par les Anglois pendant la Guerre de Cent Ans, Vergean ne retrouva la prospérité qu'au XVIe siècle. Connue pour être une place forte de la ligue, Henri de Navarre y passa pourtant une nuit quelques temps avant la bataille d'Ivry. Louis XIV vint aussi y dormir, un soir qu'une indigestion le forçait à prolonger au loin une partie de chasse pourtant bien commencée. Le pot de chambre qui avait été conservé de cette occasion disparut à l'époque de la Révolution.

Napoléon faillit aussi y passer une nuit en 1814. Alors qu'il était déjà couché à l'auberge de la "Grande Truite Couronnée", la nouvelle que les Russes étaient signalés à Vavin le fit se relever et monter dans sa berline tout débotté. Charles X vint chasser la sarcelle à Vergean. A cette occasion, les commerçants de la ville lui offrirent un appeau en argent pour pouvoir imiter le cri de cette charmante sorte de petit canard étriqué. Plus récemment, René Coty faillit y décéder, au cours d'un empoisonnement aigu, pour y avoir trop mangé d'andouillettes mal lavées. Le Général de Gaulle y a prononcé un discours en 1966. »

« Vergean n'a pas encore d'aéroport régional, mais cela ne saurait tarder, puisque le projet en est inscrit au vingt-deuxième plan, grâce aux efforts de Léon Decarcassandre, Maire et Président de la ligue nationale des importateurs de Saumon en Pots Céramiques Vernis Traditionnels (SPCVT). »

Cette dernière indication provient d'une notule supplémentaire, incise dans le Guide proprement dit, et n'a pas été collectée ailleurs. D'autre part, tout le monde sait où se situe Vavin, au nord de Châtillon, mais pas près de Bagneux. A moins qu'il s'agisse d'un autre Vavin. Le Guide n'est pas clair sur ce point.

La mention de l'aéroport régional-international doit être une vaste blague de la part de Monsieur Decarcassandre, à moins qu'il ne s'agisse d'une concurrence de Beauvais, ou de l'extension improbable de Roissy, auquel cas personne ne croira qu'il y ait lieu de se féliciter.

Enfin, il faut expliquer que l'Hôtel de la "Grande Truite Couronnée" n'est mentionné nulle part, n'existant apparemment plus. Mais a-t-il vraiment même seulement existé ? Après quelques recherches infructueuses à Vergean, le doute est permis...

Et donc, tout en ayant compris, sur une carte, où se trouvait Vergean, ils se perdirent quand même. Vergean est une mini grosse localité genre (ou pas genre) Arnay-le-Comte, et il y a même une ancienne gare à Vergean, comme leur avait indiqué le pompiste de Saint-Prontzdorf, et ainsi ils ne désespéraient pas de finir par tomber sur la bourgade.

Finalement, une voie ferrée fut rencontrée et suivie dans un sens. Mais ce n'était pas ça, et après un demi-tour, elle fut suivie dans l'autre direction.

Ce n'est que vers dix-sept heures qu'ils entrèrent dans Vergean. Comme ils ne savaient pas où se diriger, une sorte de Grand Rue ayant été avalée deux fois, un arrêt fut décidé au Bar-Tabac-Point-de-la-Presse en face de la Mairie.

L'atmosphère du patelin était sinistre. Aucune vie, aucun bruit, un désert. Une couverture de nuages bas couvrait l'humidité de l'atmosphère de ce pays vallonné et boisé, gras de flotte froide dans tous les coins.

La grisaille, on peut y être habitué. Mais la grisaille d'une ville inconnue, ça vous attrape really derrière les oreilles.

— On couchera vraiment dans cet hôtel introuvable ? demanda Eric. Ou on trace vingt bornes pour trouver un paddock économique dans le périmètre ?

Comme pour lui répondre, le caisson lumineux du Bar-Tabac-Point-de-la-Presse, en face du terminus d'autocar, brillait faiblement. Ce caisson disait faiblement « Espoir... ».
— Allons voir ça, déclara Gilby.
Ils avançèrent. Comme havre, ça s'annonçait pire que tout, mais ils s'en fichaient, décidés à rebondir dès que possible.
A la porte du bar, ils constatèrent que l'endroit faisait aussi restaurant.
La carte tapée à la machine étalait un choix de hors-d'œuvre désespérés, plus un choix de plats ultra-impossibles, dont les intitulés prétentieux auraient prêté à rire s'ils n'avaient pas suggéré des surgelés cédés au prix du caviar.
Vraisemblablement, le restaurant faisait son beurre le dimanche avec tous les mangeurs formalistes qui veulent, comme des bourgeois, traîner leur famille pour faire la tournée des quatre tables archiconnues du canton.

— Je la sens plate, annonça Slush. Qu'est-ce qu'on fait ? On entre ?
— T'as des scrupules à affronter la malédiction du provincial qui se croit damné ? l'interpella Le Hortec. Non, n'entre pas. On va te trouver une tente pour que tu restes là à faire le guet.
A ce moment, le bistrotier apparut sur le pas de sa porte avec un panneau couvert d'une peinture pustuleuse et marron, qu'il commença à fixer sur sa devanture.
— C'est fermé, claironna-t-il.
— Ouais, mais nous on entrerait bien, fit observer Gilby.
Le patron du bar s'en fichait : ce n'était pas avec les vingt ronds de bénéfice de leur passage occasionnel qu'il allait s'acheter une piscine. Il ne le leur confia pas, mais il fallait bien le sentir à son mouvement d'épaule, ajustant son panneau vérolé.
— Vous connaissez la blague du mulet qui s'amusait à postillonner dans le postérieur des canards ? lui demanda le Hortec, au

moment de tourner les talons.
— De quoi ? De quoi ? s'insurgea le bistrotier en faisant rapidement trois pas vers les rockers.
— Il vous a dit de passer une bonne nuit, lui traduisit Kraigut.

Le patron, les yeux injectés, se préparait à leur répondre vertement, mais il s'aperçut à ce moment que Slush et Balzah avaient profité de la porte ouverte pour entrer dans le bar.
— Mais qu'est-ce que c'est ? Mais puisque je vous dis que c'est fermé !

Le bistrotier les poursuivit à l'intérieur, abandonnant Le Hortec et Kraigut.

Slush et Balzah étaient en arrêt devant un billard américain qui avait atterri là, par on ne sait quelle destinée oblique. Les queues en étaient courbées par l'humidité, et Balzah émit l'idée que si les groupies du coin les aimaient comme ça, il voulait bien proposer la sienne, en propre, à un fabricant, comme modèle prototype perfectionné.

A ce moment, le bistrotier leur hurla dessus, leur demandant de dégager.
— On s'en va, on s'en va, et on s'en va encore plus directement si vous nous indiquez où peut bien se situer le "Paritel" de Vergean, intervint Gilby.

Le bistrotier leur déclara aimablement que, bien sûr, il ne savait pas où étaient les fermes Poiritel ou Konlovasky, et que de toute façon, il n'était pas le Syndicat d'Initiatives.

Gilby lui demanda alors, encore plus poliment, s'il y avait un moyen de savoir où était la Salle Omnisports, et il lui fut répondu, de haut, comme s'il était le dernier abruti du monde ayant survécu au Cataclysme Atomique Chinois, qu'à la Coopérative ils le sauraient certainement. Gilby se sentit alors bien stupide de ne pas y avoir pensé, mais sans pour autant le prendre mal pour se l'être fait remarquer aussi aigrement. Au lieu de ça, il se prépara mentalement à trouver la Coopérative, essayant de se souvenir s'il n'avait pas vu des bâtiments pouvant y ressembler. Mais le bistrotier l'éclaira, Eric lui demandant dans quelle direction elle se trouvait, en leur faisant part que, à son avis, la Coopérative devait être fermée à cette heure-là.

Le patron faisait mine de devenir encore plus mauvais. Ils n'allaient pas tous se gratter la tête en public. Ils sortiîrent sur la place de la Mairie pour se concerter.

— M'est avis qu'il va falloir qu'on trouve une autre source d'information, quitte à taper aux carreaux, déclara le Hortec, si nous ne voulons pas continuer de zoner avec un air méga-emprunté.

— Faudrait au moins penser au concert, avança Slush.

Gilby envisageait de frapper aux portes pour demander son chemin. Personne d'autre ne voulait aller sonner aux entrées de ces demeures grises et lugubres. Ils consultèrent alors les montres ; il se faisait vers les dix-huit heures et quelques.

— J'ai un trophée, déclara Slush.

Et il montra discrètement aux autres rockers la boule N°8.

Comme ils lui demandaient pourquoi il avait fait ça, et que c'était bien idiot parce que ça abîmait le jeu, il leur répondit que un, le bistrotier aurait tôt fait d'en commander une autre s'il n'en avait pas de rechange, et que deux, tout ce qu'il avait retenu des maths était que le huit couché était le symbole de l'infini. C'est exact, c'est typiquement le genre de bêtise qui ne sert à rien et qu'on peut ramener pour toute sa vie en ayant une fois fréquenté un lycée.

Le Hortec lui fit observer qu'on ne trouvait pas des boules huit de rechange aussi facilement que des slips sur les rayons d'une armoire. Mais cette rareté proclamée renforça Slush dans l'idée que c'était justement pour ça qu'il tenait à son trophée.

Après cet échange, Gilby revint sur eux pour les inviter à remonter dans le car. Les secrets de la Planète Vergean étaient maintenant connus : il avaient été dévoilés par un habitant, penché à une fenêtre. La vaillante équipe des aventuriers allait pouvoir déposer les sacs à l'hôtel dans à peine cinq minutes.

La salle Omnisport de Vergean ne payait pas de mine. C'était un hangar agricole, dans le sol duquel on avait coulé une dalle de ciment. Pour l'heure, cette surface plane restait déserte. Des piles de chaises, enchaînées dans un coin, indiquaient que dans des temps plus favorables, on devait pouvoir assister, assis, à des rencontres sportives. Quelques traits de peinture de couleur délimitaient d'ailleurs lesdites surfaces dévolues au cantonnement des joueurs. Une estrade haute d'un mètre courait au fond du hangar. Il n'y avait pas de combles, pas de cintres. Impossible d'accrocher des éclairages en hauteur.

Gilby avait disparu, cherchant un ou une responsable. Forte Savane inspectait l'estrade, solidement bâtie en madriers et panneaux d'aggloméré de 22.

— On pourrait y faire monter un éléphant, dit Balzah.

— Du bétail, au moins, jugea Slush. La remise des prix pour les vaches élues, c'est ici.

— Y'a du jus, ici, au moins ? s'enquit Kraigut. Ou on est en 16 ampères maxi, histoire de rigoler ?

— Tu parles, on va encore perdre du temps à faire les électriciens, lui assura Tseu. Je vais voir la tension au voltmètre. Si je repère un tableau ou un coffret. Sinon, on sort le camping-gaz pour faire une turbine et avoir du jus...

— T'inquiète pas, on a l'habitude, lui assura Tillard. On va s'installer un tableau propre.

— Vaudrait carrément mieux jouer dans un champ que dans une cahute pareille : c'est juste bon à abriter des rats habitués à bouffer les câbles, trancha Dublaudé.

Les membres du groupe leur donnèrent un coup de main pour installer. Ils n'amenèrent que deux portants destinés à recevoir les projecteurs, décidés pour le minimum. Gilby était reparti avec le car, pour aller dénicher un responsable.

Un homme en bleu de travail arriva, goguenard, alors que les roadies finissaient de câbler la table de mixage.
— En v'la du monde... C'est pour le concert de ce soir ?
— Restez dehors, Monsieur, le public n'est pas encore admis...
— Ah mais moi je suis du personnel municipal d'entretien. Faut rien abîmer. Je surveille.
— Surveillez, mais pas dans nos pattes.
— Oh, vous êtes pas aimables ! Vous êtes pas un orchestre du coin... Vous allez pas nous jouer du folk, je parie ?
— Je crache sur le folk, son grand-père, et tous les binious du Massif Central... qu'ils aillent se faire maudire, maugréa Tseu, la tête sous la console.
— Rendez-nous service, Monsieur... Si vous voulez bien faire le service d'ordre... Lorsque les spectateurs vont arriver... Si vous pouvez les faire ranger en file, derrière la porte...
— Vous avez de la chance, vous savez ? C'est la semaine culturelle... Y'aura du monde... Parce qu'ici, à Vergean, on ne voit jamais personne...

Personne ne parlait à l'homme en bleu, mais il continua à conter que trois semaines plus tôt, lors du symposium de peinture, c'était un potier local qui avait été distingué par le Maire, parce que ce potier faisait aussi de la peinture, et que...
— Non, non, Messieurs, potier, pas postier, précisa-t-il à Tseu et Dublaudé.

Tout était branché sur un coffret délivrant du 380 volts, normalement, et les réglages commençaient même, Slush installé derrière sa batterie pour donner le niveau du premier instrument, quand Gilby réapparut, accompagné d'un vieux monsieur courbé en deux... Le responsable de la salle omnisport.
— Monsieur Hourne-Paron a un tour de reins, précisa Gilby à Eric.

Monsieur Hourne-Paron fit un petit tour des lieux, hochant la tête par approbation. Les roadies avaient travaillé proprement, dans un espace dégagé, et aucune solution provi-

soire néfaste, altérant les installations locales, n'apparaissait.
— C'est bien dans le style du Reffe Nazi d'arriver après la bataille avec des renforts, commenta Le Hortec à l'adresse de Tillard, mais ils ne peuvent rien dire, on est prêts à envoyer la purée.

Les spectateurs aussi affluaient enfin. Un camion-stand, arrivé dans les premiers véhicules, avait relevé son auvent et vendait des bières et des snacks. Slush alla y chercher un pack de bières, et Forte Savane but un coup au succès prévisible de la soirée...

— Voyez, les gars, même dans la mouise, même dans la dèche, j'aime cette ambiance, confessa Le Hortec. Je voudrais pas que ça dure des années sans la reconnaissance, bien entendu, ou dans des trous pareils, mais de savoir qu'on va jouer, là, et qu'on a du bon matos, et qu'on va leur donner du Rock, c'est un des plus beaux moments de ma vie...
— T'as pas le moral atteint, commenta Kraigut.
— Qui parle de moral atteint ? s'étonna Le Hortec. Faut être inoxydable, les mecs, sinon on va pas loin.
— On leur joue quoi, ce soir ? Je suis pour les versions en accords mineurs, histoire de les faire pleurer un coup, lança méchamment Kraigut.
— Je vais leur faire un machin intello à la gratte acoustique... Après le troisième morceau, pause... Si ils chialent pas jusqu'à leurs dernières réserves, ils auront bien mérité d'aller pisser...
— Le Cortex est d'attaque, les gars, commenta Slush en jonglant avec ses baguettes.

Le concert commença avec le mur sonore habituel. Gilby commençait à s'habituer à repérer les instruments, surtout lorsqu'un ou deux des musiciens faisait un léger break pour laisser entendre les arpèges ou fioritures des autres compères. Il aurait dû aussi commencer à reconnaître les morceaux, mais il lui semblait que c'était presque toujours la même pièce d'un bout à l'autre du concert, et même d'un soir sur l'autre. Eric lui avait assuré qu'avec les groupes, c'était quelquefois comme ça, aussi Gilby ne s'étonnait pas de ne rien entendre : Forte Savane, c'était... une expérience spéciale.

Au bout de vingt minutes, à la fin du troisième morceau, bassiste, batteur et clavier quittèrent la scène. Ne restait plus que Le Cortex, armé d'une guitare sèche. Les caches de couleur sur les gros spots avaient été retirés, les casseroles inclinées, et dans cette lumière blanche masquée et diffuse, le Cortex annonça :

— Ça va être des alexandrins, pour cette chanson... C'est un autre rythme que d'habitude, alors je vais prendre mon temps, parce que je ne la fais pas souvent...

Il se lança dans un rythme brésilien légèrement chaloupé, trouva le bon terrain pour déployer un léger accompagnement répétitif, et se lança :

Le lundi matin, en arrivant au troquet
Le Franc-Tireur pour un rencard avec Mughette
Face à Saint Ferdinand, d'où je contemplais
L'avenue des Ternes aux couleurs fluettes,

Il y avait un atroupement autour d'un
Corps à terre... celui d'un grand chien noir, avec
une soucoupe blanche coincée dans le bec,
Des fois qu'il se morde la langue qui sait hein ?

Eh bien non, le chien eh, 'tait en train de mourir.
La première chose que dit alors Mughette
C'est : « Tu veux pas mon croissant, je pourrais vomir ? »,
Alors j'ai eu le croissant, les idées pas nettes.

Et j'ai pris une place à deux mètres du chien
Et j'ai commandé deux cafés, d'autres croissants

Et un pour Mughette qui elle avait refaim,
Et j'ai croisé le regard de l'agonisant...

Il avait l'air heureux, mais c'est peut-être parce
Qu'on s'occupait bien de lui, on le caressait
Et sur une couverture, on était fin mars,
Et puis après en le regardant on voyait

Qu'il était mort. Son blond proprio (la trentaine)

Avait téléphoné : qu'on vienne au café !
Son paternel vint en voiture couleur or
Et Mughette fait : « Faudrait peut-être aider
A porter ? », et j'ai dit : « Tu sais moi, les chiens morts... »

Et alors je me suis levé pour les aider
A mettre le chien dans le coffre, je tenais
Les pattes de devant, en plus j'ai tapoté
Dans le dos du jeune type qui ne savait

Pas encore sa douleur qui allait venir
Et je suis sûr qu'ensuite il a dû souffrir
Horriblement parce qu'il avait bien caressé
La tête du chien avec une grande tendresse

Le chien avait douze ans m'a t-on dit enfin.
On est allés à l'imprimerie à Clamart
En sortant de la bagnole ce fut un bain,
entourés d'environ trente enfants bizarres

Et handicapés qu'on emmenait aux jardins
Et ils étaient tous déglingués ou peu s'en faut
Et j'avais l'impression d'être en bas, en haut,
Pas là... C'était un étrange lundi matin.

Le Cortex égrena ses deux dernières mesures en double coda, muet, tête baissée. Un silence de mort régnait dans la Salle Omnisport. Le Hortec releva la tête et annonça :

— C'est le genre de sentiment dont parle Léonard Cohen avec son fameux vers sur les broken feelings dans sa chanson Everybody knows que vous trouverez je crois sur le best-of gris, attention parce qu'il y a aussi le best-of jaune... Sans vouloir oser me comparer, bien entendu. Et puis enfin, vous savez, moi, les chiens morts, c'est pour la poésie...

Les lumières avaient encore baissé. Le Cortex, forme indistincte, semblait avoir repris une guitare électrique. Il leva le bras, le baissa.

Le tonnerre retentit... Les musiciens de Forte Savane avait repris leur poste pendant la tirade sur Léonard Cohen, et le mur de bruit recommença à s'élever. Kraigut avait expliqué à Eric qu'il était convenu que si un musicien se plantait, les autres continuaient en reprenant les mêmes mesures, jusqu'à ce que le retardataire se cale à nouveau sur le canevas. Il n'y avait jamais aucun hiatus.

Au Paritel de Vergean, ils contemplèrent, en attendant le dîner, un dépliant qui leur expliquait tout sur les serres magnifiques qu'ils avaient ratées. En gros, ces serres étaient la copie du Cristal Palace de Londres et avaient influencé les constructeurs de la Galerie des Machines, une espèce de hangar à dirigeables qui fut rasé après l'Exposition Universelle de Paris en 1900. Le dépliant affirmait même :

« Malgré leur incroyable et imposante splendeur, malgré leur proximité relative de la capitale, les serres de Vergean sont un des monuments les plus méconnus de l'Ile de France. Le syndicat d'initiative de Vergean s'emploie à faire connaître internationalement ce Joyau du Patrimoine National qui sera bientôt pris en tutelle par l'Unesco pour la réfection de l'aile sud, dite actuellement "Le taudis aux boutures".»

— Je ne savais pas que « Le grand acteur comique Français Dourvel a joué une scène de son film "Babette et la Normandie" dans les serres de Vergean », cita Eric, dépliant entre les mains.

Il était aussi indiqué que Balbatar Pali et El Corbudes, le peintre et le torero, avaient visité les serres de Vergean et les avaient admirées.

Tout ceci leur faisait une belle jambe, par ailleurs et bien sûr.

Les membres du groupe traînèrent au bar de l'hôtel, regardèrent un peu la télé dans leur chambre et descendirent pour le dîner. Le Hortec manquait à l'appel. Annuaire ouvert, renseignements pris, il apparut qu'il y avait à Vergean un restaurant nommé "Le Lotus Céleste". Ils devinaient où pouvait être Le Hortec. Ils décidèrent d'attendre le lendemain pour s'inquiéter.

Dès que le restaurant fut ouvert, ils y pénétrèrent. Le Pichet Bourguignon, « Un bon rapport qualité-prix », fut tout de suite commandé en double exemplaire, et un individu à la mine patibulaire leur apporta deux cruchons de quinze centilitres chacun, bien frais sortant du frigo.

Quant à l'appellation bourguignon, c'était soit une bonne blague, soit une arnaque, soit une référence à la possibilité de couper ces vins avec n'importe quoi. Mais le groupe déprimait à nouveau, et aucune réclamation ne fut émise. Autour de la table, même les gros mots ne leur étaient plus d'aucun secours pour les égayer, c'est dire.

Le contenu des cruchons leur servit à se rincer un peu la bouche.

— Colgate Actibrush, émit Slush.

— Colgate Plax, corrigea Kraigut. T'es fou, y'a pas d'erreur possible, on reconnaît bien le goût de l'antiseptique spécifique.

— Je parlais de la menthe, souligna Slush ; si c'est pas du menthol, c'est quoi cette espèce de vapeur qui attaque l'amygdale lorsque l'arrière-garde a disparu dans la chute ?

Aucun d'entre eux ne recrachât le rince-bouche, et en dépit d'autre breuvage, ils se l'envoyèrent passer derrière la cravate. Puis ce fut la consultation de la carte, qui reprenait l'intégralité des articles des trois menus, le familial, le touristique et le gastro-monique.

Il fut décidé, malgré la dépense, d'ailleurs relative, de prendre de tout et de se faire déguster mutuellement cette cuisine régionale de famille.

Ils n'auraient pas dû. Aux hors-d'œuvres, tout était rance, tout ressemblait à de la raclure de fond de pot. Les rillettes d'oie fleuraient bon le suint de cochon, ou la semelle de chaussure d'ours, et on aurait pu se servir de la terrine maison pour graisser les roulements du car. Les légumes fibreux semblaient mal lavés et avaient un goût fort et horrible de térébenthine, les carottes surtout.

Le pire allait encore venir. Il ne restait plus du plat principal figurant sur le menu touristique, la truite meunière, et ils avaient donc commandé le Ericassin aux herbes et le Poulet Nantua.

Personne ne devina comment, à Vergean, ils avaient pu capturer deux poulets bicyclette. Cette sorte de volaille ne se trouve qu'en Afrique, mais celui qui ne connaît pas cette bestiole ne peut pas comprendre non plus.

Le poulet bicyclette africain est une volaille mutante, adaptée darwinienne aux horribles conditions de sa survie approximative : zéro de bouffe, un grill permanent au-dessus du bec et des affamés locaux, acharnés à sa poursuite. Tournant autour des cases, pour becter quelque tripaille de chèvre en attendant le foutou fatal, le poulet bicyclette a développé deux immenses pattes maigres qui sont tout le poulet, d'où son nom, car quand il se met à pédaler, bonsoir, hola, c'est comme dans « *Meep-meep et le coyote* » (*Roadrunner*), de Tex Avery, il n'en reste plus qu'une trace dans la poussière. Poussière qui constitue d'ailleurs la base de son alimentation (et de son confort).

Dans le plat arrivé au milieu de la table, à Vergean, ils y avait donc quatre longues pattes toutes en os de ces bêtes, couvertes d'une peau épaisse, blanche, poilue et mal cuite. La sauce Nantua était composée d'une béchamel orange, grumeleuse, et engraissée au saindoux, ou au reste de graisse de saucisse rouge.

Le tabernacle de l'espoir ne devait pas se rouvrir à l'apparition quasi conjointe du marcassin. Du petit sanglier, la viande avait certes les mensurations, exiguës, mais question tendresse, il fallait repasser, ou faire bouillir bien davantage. Ce bout de vieux verrat était, lui-aussi couvert d'une sauce. Celle-ci était aux herbes, c'est-à-dire une suspension de persil mouliné très fin, dans de l'huile chaude puante. Il y avait extraordinairement de persil aigre, et pas mal d'huile : on recycle les bases de fritures comme on peut.

Personne ne rigolait, c'était sinistre. Ils auraient dû hurler, balancer les plats contre le mur, faire quelque chose, mais ce soir-là, ils étaient liés, muets, abattus.

Pour les distraire, Eric essaya de leur lire un article dans le torchon local, dont un exemplaire tachant les mains avait été oublié sur une console. Il dut bien chercher cinq minutes, pour trouver un morceau rédactionnel lisible, au milieu des publicités déguisées pour engrais biologiques anti-limaces et slips coquins homéopathiques taille extra-large anti-hernies.

« Lisible » est encore un adjectif trop flatteur. Il s'agissait du récit d'un autocar vide, coupé en deux par une remorque de foin décapitée elle-même par un passage à niveau. La seule information claire et probante dans tout ce chaos, c'était que des éléments d'une brigade de gendarmerie en avait balayé les morceaux pendant quelques heures.

Tout était sinistre. Slush et Kraigut commençaient à sentir monter la nausée, mais ils ne se rappelaient pas ce qui précisément, dans le dîner, devait être responsable de leur état.

Ils décidèrent de voir de loin le dessert, laissant les autres mirer des assiettes gourmandes en purée de pomme en boîte, crème de marron en boîte sur lit de fromage blanc, parts d'abricots en boîte. Le serveur à mine rogue, qui faisait aussi gardien de nuit, avait aussi proposé de la glace en petit pot. Le batteur et le clavier décidèrent de monter se coucher.

Confronté au seul membre restant de Forte Savane, Gilby essaya de coincer Bahlza sur ce qu'il considérait comme le fin du fin de l'absurdité, la collection de savonnettes d'hôtel. Par manque de chance, il tomba sur un expert.

— Trente pour cent des voyageurs ramènent une savonnette d'hôtel chez eux et l'étude de 1977 chez Holiday Inn montrait que dix pour cent des voyageurs arrivent à l'hôtel en ayant oublié d'emporter un produit de toilette. Ce sont les chiffres de base. Tout en découle... affirma-t-il.

— Mais ce sont des produits standards adaptés à une chaîne, protesta Gilby.

— Détrompez-vous, il y a de fortes évolutions. Les savons sont passés à des pains de trente cinq grammes et sont en train d'adopter des emballages plastiques ou des flaconnages douche. Il y a aussi le problème de la couleur, de la languette de sécurité, voire du film plastique.

— Vous ne me direz pas que l'on trouve souvent des savons de marque...

— Comment ? Vous n'avez jamais observé ? Je croyais que la fréquentation des hôtels était une partie de votre métier. Bien sûr que l'on trouve des marques, et surtout en Europe, bien que le produit sans marque puisse coûter jusqu'à cinquante pour cent moins cher au gérant de l'hôtel...

— Ca y est ! J'ai compris ! Vous me bluffez ! Quelqu'un, autour de vous, vend ces trucs là !

— Pas du tout ! Je vais vous avouer, il n'y a qu'un petit nombre de fournisseurs, harcelés par les collectionneurs, donc inabordables... Comme pour toutes les collections idiotes...

— Mais ça n'existe pas, collectionneur en savonnettes d'hôtel, Monsieur Balzah !
— Ne me crispez pas, Monsieur Gibet du Crétiny !

Gilby était remonté comme un quinquet, puisque débarrassé pendant quelques minutes de soixante-quinze pour cent de sa charge. Il voulut organiser des jeux de société, proposant aux roadies de s'asseoir autour du Scabble du Paritel. Mais tout le monde se déclara exténué, rincé, vidé, et toute la troupe Symphorep monta derechef se coucher.

Evidemment, vers deux heures du matin, un vacarme épouvantable réveilla une aile de l'hôtel.

A cette heure, le Hortec de retour avait pénétré dans le Paritel, après avoir formulé de graves menaces d'assassinat, exécutoires à la hache d'incendie immédiatement, envers le veilleur de nuit qui avait tardé à le faire entrer. Eméché comme à son habitude, il se servit de la même hache pour faire sauter la chaîne en plastique qui fermait la porte-fenêtre menant à une terrasse bordant la piscine de l'hôtel.

Celle-ci montrait son bassin éclairé de spots sous-marins, par dessous une bâche de protection. Une lumière bleue remontait sur ses bords, délimitant son cadre avec netteté et propreté. Ainsi, le peu d'eau visible avait un aspect frais et translucide. On venait sans doute de la remplir après l'hiver.

Le Hortec eut alors envie de se baigner. Il se déshabilla et se jeta en slip sur la bâche qui ne céda pas, mais laissa arriver un filet liquide glacé qui se lova autour du poivrot excité.

Soudainement glacé mais pas encore dégrisé, Le Hortec lança des hurlements de veau qu'on pousse à la castration, réveillant l'hôtel. Le veilleur de nuit réapparut à une fenêtre. Le Hortec lui brailla des insultes terribles, puis essaya de rejoindre la rive. Il parvint ainsi au bord de la bâche, région de moindre portance, et l'afflux d'eau glaciale augmenta autour de lui, la bâche s'enfonçant sous son poids.

Confronté à cette rupture d'appui et à une nouvelle inondation, le poivrot beugla encore plus fort. Cette fois, plusieurs personnes allumèrent leur lampe de chevet, décidées à glisser un coup d'œil vers la terrasse. Le spectacle n'était pas décevant.

Velu comme un orang-outang d'une ample toison rousse, vêtu d'un seul petit slip bleu marine caché sous son début de bedaine, Le Hortec sautait comme un haricot mexicain sur l'étendue de la bâche, cherchant un passage résistant qui lui permettrait de quitter l'endroit. Le veilleur de nuit lui tendait un madrier d'aluminium en lui dictant des indications, mais Le Hortec rejetait le bout de cette perche à chaque fois que celle-ci l'approchait.

En fait, le baigneur pouvait sortir par le côté du rouleau servant à dérouler la bâche, puisque de ce côté là, la couverture plastique montait hors de l'eau pour aller ranger ses derniers mètres sur un treuil. Il n'en avait pas seulement l'idée, saoul et aveuglé de fureur, essayant de bondir au plus court.

A un moment, par malignité ou maladresse, le veilleur de nuit lui donna un coup de perche sur la tête. Le Hortec poussa alors un rugissement d'ours et fit un saut qui serait entré dans les chroniques s'il ne l'avait pas effectué sur un support trompeur. Il atteignit pourtant son but, s'emparant cette fois du bout de la perche pour arracher celle-ci à son détenteur. Le gardien de nuit lâcha prise en comprenant ce qui allait suivre. Il fit immédiatement retraite dans l'hôtel.

S'aidant cette fois de la perche mise en travers, Le Hortec réussit enfin à s'extirper hors de la piscine. Dévêtu, mouillé, tenant toujours son mât à drapeau de trois mètres de long, il se précipita lui aussi dans le "Paritel" pour aller faire son compte au veilleur de nuit. Il se coinça deux fois dans les couloirs, labourant le papier peint, et surgit enfin dans la réception. Le veilleur de nuit avait déjà enfilé son manteau et était en train d'ouvrir la porte de sortie.

Le Hortec fit un moulinet magistral avec son épieu surdimensionné. Il faucha divers bibelots, un tableau, une plante verte et le lustre design. La perche finit sa course dans le tableau du courrier, en explosant la lampe posée sur le desk et en rebondissant sur celui-ci.

S'étant, d'un seul coup de maître, débarrassé de toutes les sources d'éclairage, Le Hortec se retrouvait dans un noir quasi complet. Il continua, solitaire, d'inviter son ennemi au combat en le couvrant d'invectives, tandis que celui-ci fuyait à l'extérieur, sans gloire, mais aussi sans péril, détalant vers sa voiture sur le parking.

Le Hortec sentit peut-être qu'il avait dépassé la mesure et se tira autant que possible sur la peau du crâne pour agrandir une plaie par ailleurs inexistante, car quand il prétendit se faire recoudre, on ne lui trouva même pas une bosse.

Heureusement pour les affaires de Symphorep, plusieurs témoins qui voulaient se rendre intéressants assurèrent avoir vu Le Hortec et le veilleur de nuit se battre avec vigueur en poussant des cris. L'absent ayant toujours tort, il fut décidé que le gardien disparu, devenu fou, avait toute la responsabilité des dégâts. Gilby se rassura sur le consensus général de cette décision, qu'il aurait voulu mettre en conserve jusqu'à l'heure du départ, et tout le monde retourna se coucher.

Les suites de cet incident furent beaucoup plus minimes que son développement propre, puisque le lendemain, ils n'en entendirent tout simplement plus parler. Le gérant, toujours absent, avait disparu, absorbé par quelque rendez-vous.

Confronté à une affaire ayant cessé d'exister, Gilby fit profil bas. D'autres assurances que celles de Symphorep seraient mises à contribution, voilà tout.

ONZE

Sonner un poney
Jeu d'argent - Un piège évident - Cor de cochon Aux abris ! - Andrepoix - Exécution de l'arnaque - Pertes sèches en liquide.

Ils abandonnèrent Vergean sans un regret, que ce soit pour sa cuisine gastronomique ou pour ses serres à artichauts. Tout le monde avait fini par bien dormir, effaçant par là les restes des fatigues de la veille, dues à la fameuse partie de tarot nocturne de Coulommines.

Le point du tarot, fixé d'abord à dix centimes, avait monté à un euro durant cette fameuse nuit. Gilby percevait des cris, venus du fond du car, lui laissant supposer qu'il venait de grimper au double, les perdants espérant sans doute se refaire.

Au départ, le mécanisme de la partie avait été bien convenu, et noté sur papier valant contrat. Le dit papier avait même été contresigné par les joueurs. Les surenchères bizarres autres que les "gardes" et les "gardes sans le chien ou contre le chien" étaient proscrites, et celles permises n'ouvraient pas un score disproportionné en cas de réussite ou d'échec. Le jeu était donc très sage, mais les mises commençaient à le devenir beaucoup moins, un seul tour dans une partie pouvant être l'occasion de se faire plusieurs centaines de points. Avec le point à dix centimes, une partie gagnée valait en somme une tournée d'apéro. Mais avec une valeur grimpant au-dessus, quelques uns risquaient de se faire sérieusement dépouiller.

Gilby décida de se manifester et alla faire de la morale dans le fond du car. Il fut bien sûr accueilli assez fraîchement, comme quelqu'un ne sachant pas de quoi il parlait.

— Ca ne veut rien dire, nous avons tant joué que nous sommes maintenant à égalité, souligna Bahlza. Ceux qui veulent arrêter le peuvent, bien entendu.
— Il est honteux de jouer pour de l'argent, protesta Gilby. Vous pourriez jouer des haricots, ou même des bons points.
— On en veut pas, de vos candidats au cassoulet ! Pourquoi pas jouer avec des images pieuses ? s'insurgea Kraigut.
— Par exemple ! C'est une très bonne idée, abonda Gilby. C'est beau, ces images-là !
— Ne me fais pas rire ! intervint Le Hortec. J'ai joué des parties à cent euros le point. Et les groupies et les gardes du corps étaient priés de rester au vestiaire. Viens pas faire la communiante chez nous, parce que si on se trompe en distribuant, c'est toi qu'on va mettre à l'amende, même si t'es Témoin de Jéhova.
— Tu as Hova ? Je contre, assura Slusherboot. Moins cent trente pour moi si je me plante.
— Il est témoin ?
— T'es témoin ?
— Il était plus ?

Gilby ne voulut pas avoir l'air de se dégonfler et de partir battu. Il proposa de faire une partie avec eux à la halte du soir au Paritel d'Andrepoix. Les autres agréèrent à cette proposition, en échangeant forts coups d'œil complices.

Gilby contre Forte Savane ! Il n'aurait jamais dû les prévenir à l'avance. Cette annonce leur donna le temps de se mijoter un code de communication pour truquer la partie. Gilby allait à cette occasion se jeter dans l'une de ses pires catastrophes personnelles.

Gilby est comme ça. Il joue désespérément à l'honnête homme.

Il a des valeurs bourgeoises et attend que toute la planète puisse accéder à ce standard d'éducation. En attendant, il vit dans le monde comme si l'univers avait déjà intégré ces principes. Lorsqu'il tombe sur des semi-voyous, il s'étonne et admet qu'il existe des exceptions au bon comportement, mais il ne fait rien pour repérer les problèmes, ni même pour les identifier et les anticiper.

Le fait que Le Hortec et ce qui était devenu sa bande soient des rebelles et aient déjà commencé à lui glisser des pattes, ce fait-là ne lui effleurait même pas l'entendement. Il voyait bien que la situation lui échappait, mais il croyait que par un effort de bonne volonté, tout allait se rétablir dans une minute ultérieure, normalité, paix et concorde planant à l'unisson.

Comment dans ce cas Gilby était-il accompagnateur responsable ? Sa formation lui ayant plus ou moins appris à éviter de se fourvoyer là où il y avait des risques, il n'avait certes pas complété son éducation. A force d'éviter les pièges, on néglige aussi les leçons qui en découlent. De là venait son assurance naïve en ses capacités, partagées par ses supérieurs de Symphorep, qui ne l'avaient encore jamais vu – toujours par chance, habileté ou dissimulation – en situation de problème social extrême : pour gérer un groupe de Rock, par exemple. A supposer que ce soit gérable. Le terme anglais de management semblerait là beaucoup plus flou, quant à ses ambitions.

La halte du midi se fit dans un charmant petit moulin sis sur le bord d'un minuscule cours d'eau. Une roue à aube, ne tournant plus, était visible par les baies vitrées de la grande salle à manger. Celle-ci était si vaste qu'on l'avait décorée d'une vieille faneuse rouillée, assortie à quantités d'objets rustiques accrochés aux murs.

Gilby discutait avec le patron dans l'entrée, et les autres voyageurs s'égaillèrent dans la salle du restaurant pour en contempler le décor.

Parmi tous les bidules suspendus était accroché un cor de chasse cabossé. Le Hortec reconnut en l'instrument un clairon vintage, et demanda si quelqu'un savait appeler le cochon.
— Comme au début de Tommy ! dit Kraigut.

— Le premier chorus au clairon de l'*Overture* de *Tommy*, c'était Entwistle, souligna Bahlza.

— Alors tu te mets dans la forêt avec ce bidule, tu sonnes un grand coup, et tu vois la femelle avec les petits, tous rayés, qui viennent pour te dire bonjour, expliqua-t-il.

— C'est une histoire d'heure pour la nourriture des sangliers d'élevage, ton truc ! protesta Kraigut. Tu ne vas pas me soutenir que quand ils entendent le cor de chasse, les sangliers arrivent à se presser pour la fusillade !

— Je ne te demande pas de leur refiler du Whiskas ! C'est un instrument ancestral et rituel pour avertir les bêtes que le début de la chasse... est commencé ! C'est comme le branle au début du théâtre, ça veut dire arrêtez de bavasser, serrez les mâchoires, l'œuvre commence. Sauf que là ça se passe dans la Nature, et pour dire aux bestiaux de serrer les fesses.

Le Hortec les mesura tous du regard et reprit :

— Une fois, j'ai sonné du cor à côté d'un cheval ! Oh putainnn, qu'est-ce que j'avais pas fait ! Maintenant, ça me revient, c'était une espèce de grand poney, dans un poney club. Le canasson a tremblé pendant trois jours, il ne se nourrissait plus, ils ont cru qu'il allait claboter. Ils m'ont dit que si il clamsait, je le payais. Pétard, la bestiole avait cru que je sonnais la chasse au poney !

— Eh beh, t'étais bien ennuyé ce coup là, s'il avait décédé !

— Ouais, parce que je sais pas ce que j'aurais fait de la carcasse... Peut être de l'appât pour la pêche. Un poney mort, ça doit attirer les écrevisses. Dans l'étang de Lestrade, mon beau-frère, je l'aurais mis. Tandis qu'avec la peau, j'aurais peut-être pu faire recouvrir un canapé... Il était noir et marron, avec des taches pelées, là où les gamins à califourchon frottaient leurs godasses... ça aurait pas fait joli, remarque...

Tout en racontant son histoire, Le Hortec s'était rapproché du clairon pour bien le voir. A la fin de sa tirade, il y porta les doigts et entreprit de le dégager de son support, trois chevilles de bois.

— Attention les gars ! Le Cortex va à présent nous jouer sa célèbre *Ouverture pour l'appel au porc*, prévint Bahlza. Préparez vous à repousser les sangliers qui vont vouloir entrer par les fenêtres !

Le Hortec gonfla effectivement les joues et produisit, en entrée de jeu, un "pouah" assez brave, mais aussi assez bref. Il retira l'engin de sa bouche, décocha un sourire entendu à son auditoire, fit un grand appel des poumons et approcha l'embouchure de ses lèvres.

... Des sons formidables et cuivrés, des hurlements sans suite, sans fin et sans harmonie sortirent du pavillon. Passé la surprise, le cœur de l'auditeur se remettait à battre, mais ce n'était pas encore fini, Le Hortec contenait encore une réserve pneumatique et il continua encore pendant trente secondes à imiter une sirène et ses appels à la défense passive.

Un garçon se précipita dans la salle, affolé, suivi par deux membres du personnel de cuisine, écumoire et spatule à la main, puis le patron arriva, escorté de Gilby, pâle, se mordant les lèvres.

— Oh ! Mince, il avait raison, ça attire les bêtes sauvages ! constata Kraigut en aparté.

Le Hortec descendit le cor à hauteur de sa taille, fit une brève courbette en forme de salut et se retourna pour fixer l'instrument au mur, à sa place.

— Ce n'est pas pensable... commença Gilby.

— Toutes mes félicitations, interrompit le patron, très commercial, lorsqu'il vit que la séance de jazz s'arrêtait d'elle-même. Ça fait dix ans que je ne l'avais pas entendu sonner. Personne ici n'y arrive, et les quelques personnes qui y sont arrivées m'ont dit que l'embouchure était spéciale... Ecoutez, Monsieur, je vous offre l'apéritif... A la condition bien sûr que cet instrument reste maintenant à sa place...

Cette offre s'adressait bien sûr à Le Hortec, qui se redressa, fier comme Artaban. Bahlza fit la moue, privé de ce qu'il voyait déjà comme son essai à lui pour essayer d'imiter le chorus d'Entwistle, le bassiste légendaire des Who.

Ils passèrent à table. Une fois assis, Le Hortec goba le verre de vin jaune qu'on lui avait amené en guise d'apéritif, puis il tira la leçon de cet épisode.

— Ils mettent n'importe quelle vieille cochonnerie pour la décoration, sans même savoir si ça marche encore. Des machines à coudre, des calèches, des charrues, des bassinoires et des Clys... Mys... Trystères, et autres seringues pour le lavement profond de la grosse boyasse. Si toi tu les essayes pas pour eux, sauf les seringues rectales – et d'ailleurs c'est là pour ça, tu leur rendrais service – eh bien si tu ne les essayes pas, ils n'ont pas idée que ça puisse encore marcher...

Si seulement Gilby avait écouté ce programme avec l'intérêt qu'il méritait...

— Une fois, continua Le Hortec, ils avaient mis un soufflet de forge pour faire une sorte de plateau en guise de table basse. Eh bien, ce truc marchait encore ! Du premier coup, il a vaporisé tout un tas d'ordures ; des cendres de cigarettes, des coques de cacahuètes, de pistaches, des miettes... un vrai brouillard. Y'en avait jusqu'au plafond. Faut jamais mettre un soufflet dans un hôtel, les clients pisseraient dedans...

Quelle sorte de clients ? Le Hortec ne l'expliquait pas... Des rockers punks, sans doute.

Comme souvent, la qualité du déjeuner ne fut pas en harmonie avec le ton du décor. Ils étaient tombés dans un grill. Les frites étaient friteuses, la salade verte était verte, certes, mais... Il est difficile de bien manger en Ile-de-France, comme tout le monde le sait. Et tant que les saucisses artisanales seront fabriquées avec du cochon industriel...

Après le traditionnel café qui clôt systématiquement le repas du midi, dès qu'on le prend en dehors de chez soi, le car fut regarni de ses occupants et ils continuèrent leur route vers Andrepoix.

Le Hortec n'avait pas fini d'exploiter l'incident du clairon, et il expliqua :

— Tu as vu comment je lui ai débouché son biniou ? Si il m'avait demandé, je lui débourbais aussi la roue coincée de son moulin, mais là, il aurait fallu qu'il m'offre la cave.

A propos d'Andrepoix, le *Guide Alternatif Armand Auzymandias* dit à peu près ceci :
« Andrepoix fut fondé par les Crassuvates, tribu vassale des Parisy. César en parle dans ses Commentaires et ajoute : "C'est là qu'on y trouve ces petites moules d'eau des bords de Seine qui, faisant la joie du tribun Bélisarius Calburnus, déchaînèrent son appétit au point de lui faire presque perdre la vie" (Traduction Vallade et Abadis, Quemeler, 1948). La tradition des petites moules d'eau s'y est perdue, mais les illustres visites guerrières ne cessèrent pas pour Andrepoix. Presque rasée par Attila, elle fut relevée sous le règne de Pharamond XII, fainéant mérovingien, par la construction d'une première abbaye de style néo-byzantin, appareillée en énormes blocs de Chrysocolle bleue, pierre qui ne résiste malheureusement pas aux outrages du temps. »

Qu'il nous soit permis d'ouvrir un aparté dans l'étude du *Guide Alternatif* pour ajouter à ce qui précède : "Et pour cause, la Chrysocolle bleue étant très friable et contenant du cuivre." Mais poursuivons cette citation du *Guide*.

« Au XIIe siècle, la ville d'Andrepoix atteignit le statut de ville franche, fut assiégée par Guy de Lusignan-Courtrai et construisit la magnifique abbatiale Saint Olaf. Dévastée par les Anglois pendant la Guerre de Cent Ans, Andrepoix ne retrouva la prospérité qu'au XVIe siècle. Connue pour être une place forte de la Ligue, Henri de Bourbon y passa pourtant une nuit quelques temps avant la bataille d'Ivry. Louis XIV vint aussi y dormir, un soir qu'une indigestion lui faisait à prolonger au loin une partie de chasse pourtant bien commencée. Le pot de chambre qui avait été conservé de cette occasion disparut à l'époque de la Révolution.

Napoléon faillit aussi y passer une nuit en 1814. Alors qu'il était déjà couché à l'auberge du "Grand Rat-Palmiste Couronné", la nouvelle que les Russes étaient signalés à Moscou le fit se relever et monter dans sa berline tout débotté. Charles X vint chasser la sarcelle à Andrepoix. A cette occasion, les commerçants de la ville lui offrirent un appeau en argent pour pouvoir imiter le cri de cette charmante sorte de petit canard étriqué. Plus récemment, René Coty faillit y décéder, au cours d'un empoisonnement aigu, pour y avoir trop mangé d'andouillettes mal lavées. Le Général de Gaulle y a presque prononcé un discours en 1960, en ne terminant pas une phrase, en public.»

Andrepoix n'a pas encore de station d'épuration, mais cela ne saurait tarder, puisque le projet en est inscrit au vingt-deuxième plan. Ceci grâce aux efforts d'André-Jacques Guéguenne, conseiller municipal, ex-Ponts, ancien élève de l'Ecole Polytechnique de Paris, ainsi que l'indiquait, entre autres, une note extraite d'*Andrepoix Magazine*, punaisée sur un tableau en liège, à la réception du "Paritel".

Il n'y avait plus aucune trace de l'auberge du Grand Rat-Palmiste Couronné. Le personnel du "Paritel", placé devant ce passage du *Guide*, émit l'hypothèse qu'il pouvait s'agir d'une blague de l'anonyme rédacteur du guide. Le rat palmiste, ou Agouti, est en effet une sorte de croisement de rat et de lapin, vivant dans l'Afrique sub-saharienne.

Arrivé sur le parking du "Paritel" d'Andrepoix, ils demandèrent à Gilby ce qu'il y avait à y voir et celui-ci ouvrit son attaché-case pour fouiller dans ses papiers et trouver la réponse. Il ne la trouva pas. Le planning comportait une case vide. Il consulta sa montre, ses fiches, décida de téléphoner à Symphorep. Il s'isola pour ce faire, et revint la mine déconfite. Selon Symphorep, Andrepoix était une simple halte, avec vacance culturelle dans un programme de visite chargé. Une vacance culturelle s'étant déjà été produite la veille, Gilby était très contrarié.

— Il est quinze heures trente, le concert est à dix-neuf heures, y'a plus qu'à aller se promener, annonça t-il.
— Se promener ?
— Oui, un pied devant l'autre, pour regarder le printemps.
— Ah, faire de la marche ! T'as de la chance que j'aie des Converses trouées, parce que j'y serais pas allé en boots !

Cette proposition eut le bonheur de plaire aux rockers. Ils se chaussèrent confortablement, et laissèrent le car partir avec les roadies. Le matériel du concert s'installerait sans eux. Puis ils descendirent dans le champ en-dessous du "Paritel".
— On aurait pas pu suivre la route, pour se promener ? objecta Slush.
— Une route, ça pue, c'est dangereux, avec les vélos qu'on entend pas arriver par derrière, et c'est pas la Nature, objecta Le Hortec, qui avait réponse à tout.
— J'espère qu'on va pas se perdre, souhaita Balzah. Des fois, faut bien connaître, parce que la région est vallonnée, boisée, et à chaque carrefour de route, il y a trois bicoques qui font les quatre coins et qui portent des noms de hameaux inconnus, et alors c'est un cauchemar.
— En fait, toute la campagne est un cauchemar, en général, lui expliqua Slush.

Tout à coup, Gilby s'exclama :
— Regardez un peu, les belles pommes !
— Des pommes au mois d'avril ! s'esclaffa Kraigut. Quelqu'un a pris de la corde ? Va falloir l'attacher, il a des visions.

Et voilà que dans le champ à côté, il y avait de petits arbres en train de faire éclore leurs bourgeons. Certes, ça ressemblait à des pommiers.
— Tu les vois comment, les pommes, avec ton imagination ?
— J'ai cru les voir ! protesta Gilby.
— Oui, les gars, on aurait pu penser les voir, les pommes glorieuses, rouges, vertes, jaunes, un peu comme une cravate pour aller au Casino...

— Ah oui, on ne peut pas y entrer sans ce genre d'article.
Ils arrivèrent au bout du champ. Une haie le terminait, et dans la haie, on voyait trois rangs de fil de fer barbelé. Soit leur promenade s'arrêtait là, soit ils passaient.
Et les voici à tenir le barbelé écarté à Le Hortec, haut et bas, pendant qu'il se fourrait à travers la clôture. Bien sûr, il y eut les cris « écartez davantage bande d'empotés », parce que sans avoir trois Pastis dans le cornet, Le Hortec lucide ne souhaitait pas un accroc dans son blouson.
— Ecartez-moi ça, bon sang, je ne m'habille pas "Chez Florent articles désherbants, chasse pêche premier âge et ostréiculture". Je porte des fringues rock de prix !
Bien sûr, Kraigut et Slush hésitèrent, parce qu'ils redoutaient les vaches, qui sont de gros bestiaux très obtus.
— C'est à peine dirigé par quelques ganglions nerveux, une vache, indiqua Slush. C'est incontrôlable, et je parle pas des mâles, ils en font même du sport, dans le sud.
— Ne dis pas du mal du Toro-Piscine... Si on avait pas ça, les Hollandais ne descendraient plus autour de Marseille pour dévorer des melons pas mûrs, plaida Le Hortec.
— Qui vous dit qu'il y a des vaches ? s'insurgea Gilby.
— T'as pas vu leurs W.C. ? On est passé à côté de trois dépôts, et la saison est déjà assez avancée pour qu'il y ait des mouches, si j'ai bien entendu des bourdonnements, objecta Kraigut.
— C'est vrai qu'il a fait beau la semaine dernière, concéda Gilby. Mais je ne pense pas qu'on risque quoi que ce soit.
Finalement, tous les rockers se décidèrent, passèrent successivement à travers la clôture, et sans accrocs se retrouvèrent dans le champ du dessous.
— Les vaches elles sont pas là, nota Le Hortec. Elles sont parties boire un coup.
— En laissant leurs déjections et leurs parasites, insista Kraigut.
— Des parasites ? essaya de nier Gilby, armé pour un déni.
— Des espèces de chasseurs furtifs qui attaquent en piqué, et

piqué ce n'est pas peu dire, mentionna Balzah.

— Ces grosses mouches qui sont entraînées à percer du cuir, genre canapé Grande Surface, plus la crasse séculaire de la vache, qui a séché sur ce béton-là, précisa Kraigut.

— Ah oui, la crasse ça fait toute la "croûte du cuir", quand t'achètes en Grands Magasins pour canapés...

Gilby ne les entendit pas venir, effectivement. Il poussa tout à coup un hurlement, mordu par un insecte volant et il se plia en deux, comme s'il avait vu un diamant par terre, mais par terre il n'y avait eu qu'un bombardement de disques marron, plus dense que dans l'autre champ. Les rockers émus considérèrent sa blessure véridique : ça lui faisait déjà comme un bouton du diamètre d'une pièce de cinq centimes sur la peau du cou.

— Tu nous as ébranlé, concéda Le Hortec, j'ai bien cru que la mouche avait emporté de la viande pour son dîner, jusque dans le Jura cirque, à cinq cents bornes.

Bien entendu, ils manquèrent glisser et se flanquer dans la marre cachée par des herbes. Une sorte de super fossé antichar plein d'eau, un trou abrupt dans la prairie. Ils entendirent des bestioles plonger dans le liquide noir, sans savoir s'il s'agissait de batraciens adultes d'avril, de reptiles ou d'autres espèces animales, genre rats aquatiques.

— Ils sont dingues, de laisser des trous comme ça ! Les vaches ne peuvent pas descendre boire là-dedans ! s'insurgea Gilby.

— Ces trous ne servent pas aux vaches, qui ont des abreuvoirs en zinc comme tout le monde, mais c'est pour drainer la flotte du champ, lui expliqua Le Hortec.

— Il a raison, il y a rien de signalé, reprit Slush. On pourrait aussi bien déclencher un radar anti-merles ou un piège à renard qui nous foudroie...

— Ou bien que le bouseux arrive, fin saoul perché sur son tracteur fourbu, reprit Balzah.

— Oui, en hurlant des imprécations traditionnelles, pittoresques et comiques, comme dans les films d'après guerre, avant de se saisir de son calibre 12 et de tenter de nous arroser à la chevrotine parce qu'il bigle et qu'il pense que nous aussi on est armés.

Les rockers en avaient déjà assez de se balader dans la campagne. Ils firent halte et contemplèrent le paysage vallonné.

— C'est vraiment dommage qu'il n'y ait pas de pommes, se plaignit Gilby.

— Je t'explique, lui déclara Le Hortec : la pomme cueillie dans ce champ, tu la portes à ta bouche après l'avoir frottée à ta manche. Parce que ton expérience, on va faire court, ce n'est pas non plus une histoire de boyaux empoisonnés aux sulfates améliorés à la bouillie bordelaise fraîche. Tu mords, tu mâches, tu ressens comme une impression visqueuse étrange sur ta langue, puis tu regardes la pomme.

— Une pomme de ce champ-là ? s'enquit Gilby pour bien comprendre. Un vol de pomme ?

— Alors tu fais « Gloupff » ou une sorte de bruit similaire, et tu renvoies à l'horizontale un pur jet, digne d'honorer les pompistes.

— Et pourquoi je ferais ça ? Moi je ne fais pas dans ce style de renvoi, s'insurgea Gilby.

— Pas tous les jours, et pas dans notre direction, heureusement. Et puis en matière de gerbe, il faut avoir du panache... Mais on te demande pas non plus d'envoyer à trois mètres.

— Oui, bon, et alors pourquoi je ferais ça ?

— Dans ta pomme, t'as sectionné net deux gros vers blancs qui se tortillent à l'agonie, tandis qu'un frère à eux sort sa petite tête pas finaude pour découvrir la cause de tout ce raffut.

— C'est des vers maousses, goulus-gorgés, assez crémeux, précisa Kraigut. Des genres de chenilles martiennes.

— Là, normalement, t'as pas le temps de vérifier s'il s'agit bien d'un Carpocapse, parce que tu viens de battre le record de lancer de pomme à travers la campagne, ajouta Balzah.

— Attention ! Le carpocapse cydia pomonella, c'est un

papillon… Tu ne parles pas de nématodes ? s'enquit Slush.
— Non, non… Les larves sont dans la pomme… deux centimètres de beau ver dodu, précisa Balzah.
— Et là, reprit Le Hortec, si tu pouvais flanquer le feu au pommier, sur le moment, tu le ferais. Malgré ta bonne éducation. Mais il n'y a que le platane qui brûle vert, c'est pour ça que Bouanaparte dit Napoléon, le bonheur du soldat, en planta partout le long des routes, pour que ses troupes puissent les fiche par terre et se chauffer tout de suite. La mode date de là, véridique.
— Bon, on reprend, trancha Gilby. Donc, le feu n'est pas allumé, le propriétaire n'arrive pas en fusillant, les vaches non plus ne sont pas là, et nous retournons à la clôture en évitant la mare, les mouches, les frelons et… Les trucs par terre…

Trop tard… Le premier qui leva la jambe et le pied pour repasser les barbelés fit s'interroger les autres :
— C'est quoi, ça ?
— T'as marché dans le goudron ?
— Si t'appelles ça du goudron, alors tes chiottes c'est une raffinerie ?
— La malédiction de la route de l'enfer nous a rattrapé par le bas, on dirait.

Certains en avaient les pieds enrobés : dessus, dessous, remontant sur la tige du brodequin et au-dessus, sur la chaussette rabattue et même la jambe moulée dans le kaki. Ils passèrent à travers la clôture, mais en tentant d'aller s'essuyer dans des herbes fraîches, ils rencontrèrent d'autres déjections, et décidèrent de rentrer droit à l'hôtel.
— Je ne suis jamais arrivé à comprendre ce que les vaches mangent pour produire ça, remarqua Balzah.
— N'oublions pas qu'elles emmagasinent du carburant pour l'hiver, nota Slush. Elles font, non seulement ruminant, mais aussi chauffage central dans l'étable qui jouxte le salon du fermier.

— D'ailleurs, une vache qui perd le contrôle de sa température, ça explose, c'est bien connu, indiqua Kraigut. Les paysans disent pudiquement crever, mais c'est littéralement la même chose. Donc, dans une vache, il y a une usine, sept estomacs et un distillateur spécial, gigantesque, pour produire cette pâte marron.

— Et qui c'est, qui nous a mis là-dedans ? questionna Le Hortec... C'est notre Ma, c'est notre Ma...

— Manager ! hurlèrent les trois autres tandis que Gilby essayait de hausser les épaules.

En marchant en file indienne, ils retraversèrent le premier champ sans davantage de problèmes et se retrouvèrent sur le parking du "Paritel", frottant le bas de leurs jambes avec des poignées d'herbes.

— Ce fut le défunctage de mes plus vieilles converses... nota Balzah.

— De toute façon, la converse, tu regardes les photos des Ramones, c'est fait pour se défaire et se porter jusqu'au trépas de la grolle, lui apprit Slush. C'est pour ça que c'est de plus en plus fin, les chaussures en règle générale : les fabricants ont compris ; plus c'est solide, moins souvent ils en vendent. Obsolescence pas complètement programmée, mais voulue.

— C'est le Kali Yuga, le temps où les chaussures deviennent fines comme des capotes, trancha Kraigut. On ne donne pas plus au client, on lui donne moins.

Il était équipé de vieilles pataugas reteintes en bleu à la bombe, des années auparavant, et frottait ces reliques contre une bordure en ciment.

— Vous objecterez : la bouse c'est sain, leur annonça Le Hortec. Eh bien, c'est tout à fait ça, on n'a plus qu'à la vendre en pharmacie, avec une étiquette "Prophylactique, sans phosphates ajoutés". On les voit venir ; le prochain argument, sans protestation, c'est que l'odeur en serait supportable.

— En plus, c'est du parfum qui tient. Ça rentre dans la peau, indiqua Kraigut. L'odeur peut subsister quinze bons jours entiers. Vous pouvez pratiquer d'abondants frottages, récurages, rinçages, aspersions de l'eau de Cologne... le sent-bon générique en flacon cannelé, ou celui en flacon nounours, appliquée en frictions locales... eh bien, rien à faire.

Pour mieux se nettoyer, ils avaient fini par se déchausser, et considéraient leurs chaussures souillées, alignées sur le parking désert.

— On fera mieux de jeter les godasses, annonça une voix. Si on emporte ça dans le car, on aura beaucoup de mal à respirer.

— Le car, on le surnommerait « le Tracteu' » et on se demanderait où est restée sa remorque de betteraves, murmura Balzah.

Arrivé à l'hôtel et récuré-douché, Le Hortec éplucha un journal gratuit et y trouva l'adresse du "Lac Céleste". Personne ne déclara vouloir venir avec lui, le "Paritel" proposant une terrine à l'ancienne, un gratin de céleris à la Crassuvate et enfin des Pêches flambées façon grand-mère.

Avec la promenade avortée, il était encore trop tôt pour aller donner le concert. Forte Savane tournait en rond, et les rockers commencèrent à se parler à l'oreille, puis semblèrent s'être décidés.

— Alors, on le fait, ce tarot ? insista Slush à l'adresse de Gilby.

Les roadies étaient absents, en train d'installer le matériel à la Salle des Fêtes. Gilby devait seul affronter ses adversaires sans l'appui ou le regard gênant du personnel Symphorep. Ce qui se passa ensuite est donc rapporté sur la seule bonne ou mauvaise foi de Gilbert Remy-Ducretonnet, pigeon ou joueur extrêmement malhabile, selon l'option que l'on veuille bien retenir.

Pour commencer la partie, il fallut aller chercher Le Hortec, qui venait de ressortir sur le parking. Il regardait manœuvrer une petite pelleteuse de location, qui creusait une rigole pour un drain d'assainissement. Le conducteur de l'engin avait commencé par l'essentiel : un beau grand trou plus ou moins circulaire.

— C'est super, ces instruments-là. J'en ai conduit une plus grosse pour mon beau-frère qui voulait en Avignon agrandir son étang à pêche... expliqua le Hortec.

La partie de tarot débuta dans le salon-bar de l'hôtel, et Gilby commença tout de suite à perdre. Le jeu était gros, et il fut bientôt en dette de plusieurs dizaines d'euros. Au moment où il en arrivait à émettre quelques exclamations de dépit, le jeu se retourna et il se refit presque entièrement. Ce fut, selon lui, une manière pour les autres de le calmer et, en lui laissant la bride sur le cou, de lui re-donner l'envie de continuer.

Très vite, avec l'animation de ce genre de partie, on en vint à jouer "la parlante". Gilby ne discernait pas très bien la teneur argotique d'expressions comme "je vais lui en faire un deuxième", mais avait compris que toutes les formes d'évocation de plaisanteries pouvaient ramener à "joke" pour joker, ou l'excuse.

Ce qu'il ne comprit pas tout de suite, c'était que n'importe quel joueur, à tour de rôle, remporterait sa prise ou sa garde, aidé par les autres, tandis que s'il affrontait les joueurs réunis, personne ne l'aiderait. Ce système inégal finirait par porter ses fruits.

Lorsque Gilby avait du jeu, les autres faisaient assez durer la parlotte pendant les annonces pour discerner combien Gilby détenait d'oudlers, et lesquels. Puis, par langage plus ou moins codé, ils se lançaient à la chasse à l'atout numéro un, dit aussi "le petit", une carte maîtresse dont la possession est une victoire en soi. Quoi qu'il en soit, Gilby ne parvenait pratiquement jamais à tirer parti d'un bon jeu.

Ils essayèrent le tarot à trois, le tarot à quatre et le tarot à cinq avec appel au détenteur d'un roi, cette dernière formule permettant à Gilby d'avoir un partenaire momentané, contre les trois autres. Manque de chance, cet associé jouait toujours comme un pied, perdait ses plus belles cartes, plaçait de trop petits atouts lorsqu'il fallait rafler des points et s'excusait platement de ses grossières bourdes, commises comme par un fait exprès.

Lorsqu'il eut trois cents euros de dettes, Gilby préféra continuer de jouer seul et la partie continua à quatre. Puis l'accompagnateur en chef trouva que trois adversaires, c'était encore trop et ils revinrent à une formule à trois joueurs, tous les autres contemplant l'affrontement Kraigut-Le Hortec-Gilby et commentant les coups. Gilby s'arrangeait pour qu'au moins, on ne puisse pas voir ses cartes, mais les deux autres se communiquant quasi à voix haute leurs jeux, il n'était pas difficile d'en déduire qui détenait quoi.

La partie à trois resserrant les cartes dans moins de mains donne des jeux en apparence beaucoup plus forts ou maîtrisables. Les enchères impliquées par les annonces pouvaient alors monter dans les limbes du délire. Vingt euros, de l'avis de Gilby, étaient les limites de la folie. Mais même sans passer ces limites, un point à 10 centimes et plusieurs pertes de 190 points finissaient par cumuler une sacrée casquette. Il arriva même aux deux complices de perdre, pris au jeu, et Gilby ne s'en investit que davantage.

De temps à autre, sur un beau coup de sa part, on lui lançait une plaisanterie grasse. Ou bien, lorsque les comptes du talon établissaient pour lui une nouvelle défaite, une espèce de silence lourd planait, comme quasi jubilatoire. Gilby se sentait agressé, mais avait cru comprendre que les groupes de rock cultivaient en leur sein ce genre d'ambiance malsaine, ceci conduisant à des combats ouverts et des séparations inévitables. Autrement dit, ça devait être normal.

Il ne répondait donc rien, négligeant l'insulte impossible ou faisant celui qui n'avait pas compris. Le Hortec lançait de grands ricanements, battait des bras, se comportait comme un abruti féroce. Eric, à un moment entra dans le salon et put assister à ce spectacle.

Tout en jouant, les deux comparses s'étaient fait servir des drinks. Le Hortec avait descendu du Bourbon, du Cognac et finissait la partie au Pastis pur. Lorsque ce moment arriva, Gilby avait perdu à peu près dans les huit cents euros.

Il se leva, assez raide, n'ayant peut-être pas encore compris ou intégré l'étendue du désastre qui le frappait, puisqu'il demanda à ce que l'on refasse les comptes. Ceux-ci étaient bien entendu clairs, propres et bien rédigés. Gilby tira son chéquier personnel pour la première fois depuis longtemps dans un voyage Symphorep (en dehors de son achat de queues de vaches) et signa plusieurs chèques à ses partenaires, pour le total du montant annoncé.

Puis il décida d'exceptionnellement fumer un cigarillo et sortit seul devant l'hôtel. Eric aurait voulu s'insurger ou l'aider, qu'il lui aurait demandé de n'en rien faire, résigné à se draper dans ce qu'il confondait avec son honneur.

— Le pov'mec, il est en train de se fusiller les bronches par suicide, annonça le Hortec en jetant un coup d'oeil à la vitre qui protégeait les offres de tabac de l'hôtel.

A la réception, un coffret transparent proposait en effet plusieurs module de cigares. C'est à cet endroit que Gilby venait de se procurer de quoi fumer.

— Il a acheté l'italien, ou la torpille portugaise? s'enquit Balzah.

— Monsieur le fumeur a choisi le Sentimentador, précisa le serveur du salon-bar, un personnage amorphe qui, l'heure venue, saurait sans doute se transformer en gardien de nuit.

Le car arriva à ce moment-là, ne comptant que Eric et le chauffeur à son bord. Les autres étaient restés à la Salle des Fêtes pour garder le matériel. Forte Savane s'engouffra dans le car, abandonnant Gilby et son Sentimentador.

Dans le crépuscule assez sombre, le car fonça vers la Salle des Fêtes d'Andrepoix. Les rockers s'adressaient de grands sourires dans la lumière chiche. En avril, le jour tombe déjà après 20 heures. Huit coups sonnaient quelque part à un clocher champêtre lorsque Forte Savane monta sur scène pour expédier une balance vite fait. De toute façon, les fignolages de son, c'était pour les bonnes salles ; ici, une fois de plus, ce serait d'horribles conditions acoustiques, des fréquences étouffées, des échos sur les poutrelles, des conditions à faire damner un ensemble musette du quatorze juillet. Alors à quoi bon parfaire une balance ? Il fallait juste que les instruments ne s'étouffent pas, que tous les effets soient branchés, tous les micros ouverts, ou presque...

Le public avait commencé à entrer pendant les ultimes réglages. Tseu resta derrière la console, Tillard et Dublaudé se mirent, l'un au projecteur de poursuite, l'autre aux écrans de couleur. Tout pouvait commencer.

— Il va nous refaire le coup du chien, ce soir ? demanda Eric à Slush.

— Le Cortex ? Deux fois le même plan ? Ça m'étonnerait. Ce soir ça va être du déjantage, tel que je le vois parti.

Le Hortec déjanté ? Eric se demanda ce que ça pouvait bien donner.

Il fut édifié en entendant les paroles d'un morceau nommé "Les égoûts télépathes", joué juste après le morceau d'intro, tonitruant comme à son habitude. Le Cortex se dandinait, très content, à mille lieues de la poésie, décidé au flirt avec le style Os à moelle, cette version culturelle de l'*Almanach Vermot*...

Peux-tu donner le mot boutou ?
Peux-tu goûter le chou baka ?
Et déguster le mou Saka ?
Y'en a marre, mite dans ton faitout.

Ah bon comme décalé
Abscon comme déballé
Gourmet, gourmette et palsambleu
Met' la charrue devant les vieux ?

    Partis du public, quelques hurlements réjouis saluaient parfois un de ces vers comiques, lorsqu'il était entendu dans sa spécificité. Puis Forte Savane massacra l'accompagnement de refrains, constitués semblait-il en grande partie depuis des bruits bucaux, jungle ou high-tech. Comme Le Cortex l'avait déjà expliqué à Eric, l'onomatopée, comme signal, faisait partie de la poésie, contrairement à la trace, qui ne pouvait, selon lui, oser y prétendre.
    Le morceau s'acheva. Le Cortex semblait en forme, content et joyeux.
— Que disent les Stambouliotes ? demanda-t-il à la salle.
    Des lazzis fusèrent, un brouhaha monta.
— Attention, j'ai pas dit les Andouillottes ! Les Stambouliotes ? Y'a t-il un Stambolitain ici ce soir ?
    Un autre brouhaha monta, plus fort que le précédent. Le public s'amusait.
— Vous aimez le Rock ?
    Des hurlements montèrent de la foule.
— Vous aimez les Stambouliotes ?
    Les mêmes hurlements de joie reprirent aussitôt.
— Alors voici un morceau nommé "Queue diz"...
    Le Cortex inclina la tête... Le cliquetis des baguettes de Slush avait déjà démarré, donnant le tempo, et Balzah slappa ses premières notes, pouce bien accrocheur pour un son bien crunchy.

Que disent les Stambouliottes quand on les chamboule ?
Que disent les Cairotes quand on les carotte ?

Que disent les Chipriotes quand on les ennuie ?
Que disent les Jérusalemotes quand on leur raze la motte ?
Par Minou et par devant !

Que disent les chevaux quand on leur lèche le val ?
Que disent les chameaux au-delà des monts ?
Que disent les poissons d'un bon coup de queue ?
Que disent les lapins quand ils montent sur leur cousin ?
Par Minou et par devant !

...Et ainsi de suite. Eric ne savait ce que Gilby aurait pu penser de ce nouveau tournant. Le Cortex jetait-il l'éponge, renonçant à des prétentions poétiques pour tomber dans la basse rime des chansons grivoises ? Etait-ce juste un morceau, un vieux fond de stock, puisé au gré de l'humeur badine du chanteur ?

    Forte Savane revint à son répertoire. Le groupe termina ensuite sur une reprise inédite du *"I was made for Lovin' You"*, de Kiss. Eric reconnut le morceau à sa partie de basse constamment vrombissante, Le Cortex dénaturant amplement la mélodie par des cris parasites et sauvages et des variations libres, en contrepoint total de la version établie. Le morceau n'avait jamais été autant travesti, si l'on peut oser penser (les Kiss étant souvent davantage connus pour leurs maquillages et paillettes que des morceaux comme *Docteur Love*, *Plaster Caster* ou *Christine Sixteen*, de la pop-hard). Eric aimait bien Kiss. La fait que Forte Savane ait choisi cette référence était peut-être l'indice qu'il n'étaient pas complètement enfermés dans l'auto-délire...

DOUZE

Fantaisies aquatiques - La petite pelleteuse - Inquiétude - Mort de la petite pelle - Les sismographes du Pont du Gard - Flamants roses - Oiseaux gavés - Dur combat pour l'honneur

Concert achevé, matos démonté, le car les ramena tous à l'hôtel. Le Hortec jugea qu'il était temps d'aller dîner. Ils le virent ressortir sur le parking après un bref salut, muni de son blouson de cuir bordeaux. Personne ne l'avait vu ou entendu commander un taxi. Balzah supposa qu'une groupie, approchée avant le concert, l'attendait peut-être pour le véhiculer jusqu'au "Lac Céleste", établissement qui avait retenu son choix, à partir d'un prospectus déniché dans le hall de l'hôtel.

Dans le crépuscule assez sombre, ceux qui regardaient par la fenêtre virent passer ce qui pouvait ressembler à une pelleteuse. Encore ne révélèrent-ils ce fait que pendant le dîner, alors que Gilby était déjà monté se coucher, laissant ses subordonnés seuls avec la troupe.

— C'était bien une pelleteuse ? demanda Bahlza.
— Ca y ressemblait salement, indiqua Kraigut.
— D'ailleurs, il a dit qu'il savait les conduire, corrobora Slush.

Après le dessert, Eric alla constater l'absence de la pelleteuse sur le parking, mais n'en prévint pas la direction de l'hôtel, qui n'avait pas un besoin urgent du matériel de son chantier. Ils décidèrent d'attendre la suite, sans zèle pour inquiéter Gilby ou faire des vagues, alors que rien de fâcheux ne s'était produit.

— Si on allait le chercher en car au "Lac Céleste" ? proposa le chauffeur.
— Ca ne ramènerait pas la pelleteuse. Il n'y a plus qu'à attendre qu'il revienne avec.

— S'il revient cagé, ça risque de faire du dégât !
— Si il revient. Il va peut-être faire une panne sèche.
— Ca dépend. Où est le "Lac Céleste" ?

Ce restaurant était situé dans le centre d'Andrepoix. Les pires images vinrent à l'esprit d'Eric : des rangs de voitures en stationnement embouties, des trottoirs chevauchés, le mobilier urbain arraché, parcmètres ou signalisations dévastés. Il imaginait la pelle tourner brusquement et défoncer une vitrine, ou arracher les lampadaires municipaux, et les chenilles mâcher les vieux pavés historiques, ou Le Hortec se trompant de chemin et voulant couper à travers un parc municipal, enfonçant les clôtures et finissant dans le Monument aux Morts.

Rodin aurait pu sculpter ça, comme pendant à "La porte des enfers". Manque de chance, à l'époque de Rodin, les petites pelleteuses mécaniques à chenilles n'existaient pas encore. Mais revenons au dîner qui leur fut servi...

Le Chef du "Paritel" d'Andrepoix était doté d'un courage inventif assez extraordinaire : le dîner commença avec la terrine à l'ancienne : une soupe froide de potiron, aux olives et au sorbet de fromage de brebis. Ce premier plat fut suivi du gratin de céleris crassuvate, accompagné d'un gâteau de cervelle et de mozarella, où l'on ne savait où commençait la cervelle et ou finissait le fromage de mozzarella, ce pavé de caséus blanc et fade que l'on met à fondre sur les pizzas ou en tranche sur la salade de tomate. Une odeur horrible émanait de petits tas blancs posés sur le bord de chaque assiette ; renseignement pris, il s'agissait d'une simple sorte d'aiguillette de croustade au Pont-l'Evêque de Honfleur. Pour le dessert, ils avaient eu peur de voir arriver du Camembert sucré en gelée, autour des pêches flambées façon grand-mère. Mais il ne restait plus de pêches, et on leur avait préparé pour chacun une toute simple pomme cuite, nappée de caramel maison, qui les enchanta. Rien de tel qu'un peu de sucre sympathique pour clore une journée de travail.

Après le dessert, désœuvrés, ils regardèrent les roadies monter se coucher, et ils se rendirent au salon, encore légèrement empuanti par le Sentimentador de Gilby, qui avait fumé sa consolation devant les portes-fenêtres ouvertes. Ils burent, fait spécial et princier, un digestif offert par Kraigut, qui avait raflé une bonne part des bénéfices lors de la partie de tarots. Le clavier se fit aussi prêter un téléphone par le serveur amorphe et il téléphona au "Lac Céleste". Il arriva à contacter Le Hortec.

— Fais pas l'andouille, Cortex!... lança t-il. Mais si, on t'a vu partir avec la pelle... Mais non, le Refe nazi n'a pas gueulé, il pionce... (aux autres, en aparté : « Il a déjà la voix pâteuse, je crois qu'il en tient une bonne »)... Tu devrais revenir, Cortex, avant de te torcher complet... Mais oui, je sais que tu n'abuses jamais, mais pense aux conséquences... C'est ça, oui, oui, et plus loin séquence. Et dans abuse il y a buse. T'es toujours Lacanien. Tu sais ce que c'est, une conséquence?... Mais non, il pionce, je t'ai dit... Quel gardien de nuit? Aucun gardien de nuit ne te veux du mal...

Kraigut passa le portable à Slusherboot, et il s'essuya le front avec sa manche.

— Fais pas l'andouille, Cortex! reprit le batteur. Mais si, il t'a dit qu'on t'avait vu partir avec... Quoi, nous sommes des douilles folles?... Ah, tu reviens... Bon...

Slush appuya sur la fin de communication et annonça :

— Il revient.

L'attente derrière les fenêtres du Paritel commença. Soudain, une masse noire se prononça sur la route. Le Hortec allait entrer dans le parking.

La pelleteuse vira sur une chenille, éraflant le bitume, et évita une camionnette en stationnement. Le Hortec immobilisa exactement sa mécanique à l'endroit où il l'avait empruntée, au bord du trou qu'elle avait creusé.

Forte Savane sortit en cohorte l'accueillir et lui poser d'indispensables questions.

— Mais non, je n'ai rien défoncé, bande de nodulosités nébuleuses, protestait Le Hortec en vacillant. Je sais conduire, quand même, bon sang !

L'inspection de la pelleteuse ne révélait aucune éraflure, enfoncement, tache douteuse. Balzah grimpa sur le siège de l'engin.

— Et tu dis que c'est simple à conduire ? demanda-t-il.

— Simple comme un tracteur, répondit Le Hortec. Evidemment, s'ils continuent de laisser la clé dessus par négligence, ils vont finir par avoir des surprises...

Balzah tripotait les manettes et pompait sur les pédales. Il dut toucher à quelque chose, car soudain le moteur hoqueta, puis le bras portant la pelle se détendit et s'érigea droit devant, raide et d'une érection parfaite.

— Oh ? t'as touché à quoi, espèce de fusible ? demanda Le Hortec. Descends de là !

— J'ai touché à rien, moi ! ça marche tout seul, ce truc.

Balzah sauta à terre d'un seul bond. Mais alors, le poids de sa personne manqua à la machine, qui avait besoin d'une présence pour rester d'aplomb : la pelle maintenant étendue au-dessus du trou déséquilibrait l'ensemble de l'engin.

— Oh, mince d'émincé ! murmura Le Hortec.

Presque lentement, la pelleteuse basculait langoureusement en avant dans le trou grand ouvert. Ayant fini son salut, renversée, elle resta là, mollement, chenilles en l'air. On aurait dit qu'elle s'était mise au lit, fatiguée. Un léger bruit de succion persistait seul, venu de par en dessous l'engin. Telle qu'elle était là, elle semblait maintenant absolument naturelle dans l'abandon de sa pose. Un individu non prévenu sur le chapitre des pelleteuses, un genre de touareg, ou un amazonien, ou un esquimau, d'ailleurs privé de télé par ses parents, aurait pu juger que cet aspect dans la posture était l'apparence normale de ce genre de mécanique.

— Qu'est ce qu'on va faire ? demanda Balzah.

— On va se coucher, annonça Le Hortec.

— Moi je sais pas ce qu'on va fabriquer, c'est à toi qu'on pourrait demander ça, intervint Slusherboot. Tu as prévu quoi pour continuer ? Tu veux y mettre le feu ?
— Je monte plus dessus... Des fois que je me retrouve dessous...
— Tu laisses la cata visible dans cet état ?
— C'est pas moi ! Et ne me prends pas pour Jérémie le Paysan qui vient d'acheter le tracteur à 200.000 et qui monte de côté sur une butte à 70% pour faire des immelmans avec dégagement latéral...

Forte Savane rentra dans l'hôtel sans s'accorder davantage sur un quelconque effort supplémentaire. Il n'y avait plus à tenter de redresser les choses. De plus, Kraigut leur soutenait qu'il aurait fallu une grue spéciale pour avoir une quelconque influence sur la situation.

Prévenir la direction de l'hôtel de l'inconvénient qui venait de frapper sa pelleteuse apparut donc comme absolument non indispensable. Gilby était au lit, et l'engin reposait discrètement dans son trou, presque à sa place.

Aussi, tout le monde alla se mettre au lit. La nuit fut calme et propice au repos régénérateur, mais n'induisit aucune idée transcendantale sur le moyen de sauver une pelleteuse. Et lorsque l'aube se leva, il pleuvait à verse. Ce ne devait d'ailleurs être qu'un grain passager.

Le "Paritel" n'admettait pas qu'on puisse remonter des assiettes de petit-déjeuner dans les chambres. Ceci par précaution, économie, asepsie, hygiène, et sur le vœu de provoquer la mort des entreprises de nettoyage qui s'occupent des taches de café sur les moquettes et onctions de mobiliers à la confiture. L'ensemble de la Tournée Symphorep se retrouva donc dans la salle à manger pour échanger conclusions et prospectives, en particulier sur les suite de l'aventure de la pelleteuse.

— C'est aussi bien qu'il vase, constata Kraigut. Ils penseront que la pelleteuse a glissé toute seule. Un éboulement et hop ! C'est tout expliqué !

Cette solution rassura tout le monde. En particulier, la perspective de voir le conducteur responsable de l'engin porter le chapeau, vache d'injustice, commençait à s'éloigner. Ce cas de culpabilité se dissipait, chassant les derniers scrupules de ces âmes sensibles.

Le Hortec était déjà à mille lieues de se soucier de la pelleteuse. Il expliquait comment, avec son beau-frère, un fou de pêche, il avait une fois pêché à la dynamite au Pont du Gard.

— Tu dégoupilles ta grenade, et tu la lances vite-vite dans le trou d'eau. Y'en a des lanceurs qui tremblent si fort qu'ils arrivent même pas à jeter la grenade, mais ce genre de paléozygote ne vit pas assez longtemps pour se reproduire. Donc la grenade part dans le trou plein d'eau verte et noire, tu sens un frémissement dans les chevilles, et y'en a plein, des poissons qui remontent. Alors tu remplis des sacs plastiques, ton coffre, et après, ton congélo.

— Tu dois aussi décoller aussi pas mal de saletés du fond ?

— J'ai toujours parié qu'un jour, on ferait remonter un homme-grenouille ou un spéléologue, parce que c'est juste le genre de trou qu'ils adorent fréquenter, genre ténia, tu vois. Ils plongent à la Fontaine de Vaucluse, un siphon, et hop, ils ressortent à Saint-Martin du Gard. Mais la seule conséquence, c'est les sismographes du Pont qui l'enregistrent.

— Quel Pont ?

— Le Pont du Gard, banane. C'est un sacré vieux temple hindou qui date au moins du temps des Romains. Ils n'ont gardé que la façade, en retirant les statues de Vishnou et Shiva. Ils y tiennent énormément, dans le coin. Il faut avouer que grâce à lui, je te dis pas le commerce de crèmes glacées, pizzas, touristas, pêches acides, abricots durs, melons verts, frites et boissons gazeuses. Jusqu'aux pharmaciens qui vendent des pilules anti-cagagne pour reboucher l'effet du Pont. Celui-là tu en casses un bout, Dumez et l'Unesco te le reconstruisent en trois jours...

— Et donc, tu n'as jamais eu de persécutions ?

— Tu rigoles ? Une fois, on a pas ramassé tous les pouascailles, y'en avait trop et ils avaient une gueule blanchâtre. Alors on les a laissé flotter, mais ça faisait sale. Et le plus beau, dans le journal du lendemain, ils en parlaient...
— Ils ont fait une enquête ?
— Tu vas voir l'enquête... Je vais te dire : ils avaient trouvé plein de poissons crevés, alors ils ont analysé la flotte du Gardon, c'est le Gardon d'Alès, hein, pas un autre, et ils sont tombés comme une maladie à chancres sur un fabricant de plastiques qui bossait deux kilomètres en amont. Ils l'ont accusé d'avoir pollué gravement, et le type a eu les pires amendes pas possibles.
— Oh la pauvre victime !
— Le pauvre vendu, oui. C'est toujours dans les journaux que tu apprends qu'il y a de la mort dans la flotte. Ils l'auraient pas cravaté sans raison, le Judas rinceur de ses gamelles. Alors, Lestrade et moi, on a jeté tous les poissons qui nous restaient, on voulait pas être empoisonnés. Lestrade, c'est mon beauf, mon super pote, je sais pas si je vous ai dit. Une grenade pour rien.
— Tu les trouves où, les grenades ?...
— Tu les fabriques... Avec du carbure de calcium. Dans ma région, c'est plein de grottes, plein de vieux spéléos, ils ont tous les trucs...
— Ah, de la pêche au carbure... fallait le dire...

Après son plumage de la veille, Gilby reparut plus sec et nerveux, en quelque sorte décapé, comme neuf, revigoré. Il était à nouveau assez remonté, prêt à trancher, et envoya promener toutes questions ou tentative d'enquête de la part de la direction de l'hôtel, relativement à un engin de chantier dont il ne voulait rien savoir ni connaître.

C'est ainsi que l'épisode de la pelleteuse, qui aurait pu se révéler beaucoup plus problématique, fut clos. Tout le monde grimpa dans le car en essayant d'éviter les dernières gouttes de la pluie, et ils firent route vers le Festival de Lumigny.

Avant d'arriver à Lumigny devait prendre place un déjeuner à la piscine du Fourqueux-Mesnil. Gilby tournait et retournait sa feuille d'itinéraire, ne comprenant pas comment on pouvait avoir l'idée de déjeuner dans une piscine. Pour le calmer, Eric lui suggéra qu'il devait s'agir d'une collation sur le bord dudit bassin.

Le manque de précision du prospectus avait induit Gilby en erreur. La piscine intercommunale du Fourqueux-Mesnil est certes un édifice magnifique, digne d'être envié par toutes les inter-communes. Les dimensions du bassin principal sont de fait municipales et standard, mais tout autour ont été aménagés des petits bains et autres pédiluves fantaisistes. Un toboggan plonge dans le grand bain, « à la Japonaise » , comme leur indiqua un serveur.

Enfin, et c'est le principal, cette piscine et ces bains ont été aménagés sous une gigantesque structure qui a aussi permis de planter différentes plantes tropicales géantes, qui s'étiolent et s'asphyxient dans les vapeurs de chlore du bassin. Pour compléter l'ambiance forêt vierge, des serres d'oiseaux ont été prévues.

Arrivés dans la tonnelle qui faisait la liaison entre le restaurant et le bord de la piscine, le groupe de Rock et ses supplétifs s'installa pour profiter de la vue des baigneurs et du jardin tropical. Dans un geste de faste alimenté par sa victoire pécuniaire sur Gilby, Le Hortec commanda des daïquiris pour les membres du groupe, les managers et les roadies.

Près de leurs tables étaient enchaînés trois pauvres échassiers à grandes plumes.

— Que fait la SPA lorsqu'il y a des hérons à défendre ? s'étonna Slush.

— Ce sont des flamants roses, assura Balzah.

— Où veux-tu qu'il aillent chercher des flamants ? demanda Le Hortec. Même en Camargue, ils sont presque tous crevés. Ils ne sont plus roses, ils sont sales, regarde-les, on a dû s'en servir pour nettoyer la chaudière.

— C'est des flamants, je te dis, insista Balzah. Ils ont du les acheter Quai de la Mégisserie. On trouve tout, là-bas, même des petits crocodiles.

Cette explication péremptoire et outrancière voulait établir le statut des flamants : animaux rares, donc de luxe, donc originaires d'un légendaire marché aux animaux domestiques.

— Les Flamands, ça aime les moules, les frites, et la bière, je vais voir si ils aiment le daïquiri, ajouta Le Hortec.

Gilby à nouveau en forme discutait du menu avec le patron, dans l'intérieur du restaurant. Le Hortec se leva et proposa son verre à un flamant, qui l'ignora.

— Putainn, qu'est-ce qu'ils puent, avertit Le Hortec. Déjà, un poulailler, ça schlingue, mais là ils ont sorti des décorations comme des soucoupes à café.

— Fais gaffe, il va te mordre ! Menaça Angus.

— Bon sang, s'il me mord j'en fais un sac à main...

— Tu ne confonds pas avec les crocodiles ?

— Il veut pas boire, cet andouille. Il est gavé repus. Je me demande ce qu'ils leurs donnent à dévorer.

Une discussion s'éleva sur la probabilité du recyclage des restes de frites et des fonds de bouteilles de bière. Le Hortec voulait bien parier cinquante euros qu'ils étaient omnivores et qu'il en ferait la démonstration.

Tout le monde avait trop chaud, dans cette atmosphère de serre parfumée aux effluves de piscines. Plusieurs tombèrent la veste, Le Hortec proposa un temps de se mettre torse nu, mais ayant aperçu deux groupies élégantes, sportives et délurées, accoudées au bar, il ne renouvela pas cette proposition qui aurait pu tourner au ridicule : il était à jeun. En particulier, tous savaient déjà, pour l'avoir déjà tiré du lit, qu'il avait le torse couvert d'une superbe toison rousse, digne d'un Orang-outang.

Les entrées du déjeuner arrivèrent, dans un style qui se voulait typiquement tropical. Gilby avait l'air d'être à la fête, et il planta voluptueusement ses grandes dents dans des bouchées d'avocats pas mûrs.

Le Hortec voulut proposer du féroce d'avocat aux flamants. Ni l'avocat, ni la sauce américaine standard-sortie-depot n'eurent l'heur de leur plaire.

— C'est capricieux, ces bêtes. C'est un peu comme les chats ou les autruches, avança Balzah. Tu ne sais pas leur présenter la mangeaille. Laisse-leur une assiette et tourne le dos, tu vas voir...

Convaincu par cette comparaison avec des autruches caractérielles, Le Hortec prépara un banquet aux flamants, puis les ignora.

Le plat de résistance arriva. Gilby avait commandé un nombre égal de pavés Fourqueux et de magrets au coulis de ouassous. On sait que les ouassous sont ces petites écrevisses à pinces bleues qu'on trouve aux Caraïbes, mais le coulis était marron et sentait sa soupe de poisson standard-sortie-de-pot à plein nez. Tout le monde se chamailla pour avoir les pavés.

Le Hortec prétexta que le sien était dur, simplement pour avoir le plaisir d'en proposer un gros bout aux oiseaux. Sous le regard furibond d'un Gilby maintenant attentif, il enjamba le rebord de la fosse aux flamants et inspecta l'assiette de hors-d'œuvre qu'il y avait déposé.

— Il en a bouffé, il en a bouffé, clama-t-il en désignant le plus sale des volatiles. Regarde-moi ça, Mick, il a encore de la sauce au bord du bec !

Les autres membres de Forte Savane, qui avaient un champ de vision dégagé, auraient pu lui assurer que personne n'avait touché à l'assiette, mais comme dit le proverbe, il n'y a que la foi qui sauve...

Effrayé par les braillements du chanteur, l'échassier fit un bond en arrière, en ouvrant les ailes. Ce brusque mouvement surprit aussi Le Hortec. Il esquissa un sursaut de recul, mais il perdit l'équilibre et tomba assis entre deux cailloux.

Bien sûr, il s'était sali, il s'était fait mal et s'était mouillé, car entre les cailloux stagnait un bras de la grande flaque permettant aux flamants de patauger. Il revint à table en jurant qu'il allait saigner l'un des oiseaux, et que Kraigut devait lui passer son multi-lames suisse. Celui-ci s'étant refusé au prêt, Le Hortec prit un couteau de table. A ce moment, on amena les desserts.

Le vengeur se rassit pour goûter son sorbet aux fruits de la passion, proférant de terribles menaces contre ces satanés piafs. Cependant, il se cachait encore un peu de Gilby pour proférer ces promesses flamanticides. C'était l'indice qu'il y tenait absolument, et ses comparses se persuadèrent qu'il fallait attendre pour lui laisser faire son coup en douce.

Au moment de l'addition, Gilby appela Eric pour avoir son avis sur un point de détail, une option facultative qui pouvait néanmoins concerner Symphorep. Il était rentré dans le restaurant, tournant le dos à la terrasse et laissant le champ libre à toutes les vengeances du monde. Eric, toujours aux aguets, lui aurait bien signalé qu'une sorte de corrida risquait se dérouler à vingt mètres de là, mais comment évoquer, trahir et sous-entendre, le tout en direct devant le patron du restaurant ? Le propriétaire des lieux exposait sa petite salade, et Eric ne se sentait pas le courage de révéler leur peu de puissance à empêcher l'inévitable, qui ne s'était d'ailleurs pas encore enclenché...

Gilby se dirigea ensuite vers la sortie et tous le suivirent, drainant le restant de la troupe, qui semblait en avoir vu assez. Assez de quoi ?

Le Hortec réapparut le dernier... Mais dans quel état...

On aurait dit qu'il venait de livrer une bataille de plombiers, assaillis par des égoutiers et plusieurs hordes de diables chauffagistes, issus de fangeuses légions démoniaques.

Il était couvert de plaques brunes, sali, mouillé, dépeigné, hagard. Son poing crispé serrait trois plumes blanc-gris. Un rictus finissait de marquer ses joues rougies et tachées.

— Tu as fini de les assaisonner, Cortex ? demanda Kraigut.

— C'est la saison de la reproduction, ils sont furieux, j'aurais du m'en douter, expliqua sommairement le gladiateur avicole. Ils défendaient leurs nids.

Personne n'avait vu beaucoup de nids. Personne n'avait l'intention de faire front en objectant sur ce dernier détail.

— Ils se sont bien battus, mais il va falloir du temps avant qu'ils puissent s'asseoir ! triompha Le Hortec en brandissant ses plumes, un trophée somme toute.

— Raconte, invita cruellement Kraigut.

— J'ai commencé par choper le plus lent, mais je crois que c'était la femelle, parce que les autres cocus ont pensé que je voulais me la peloter...

Le récit continua avec des détails mirifiques, glorieux, épiques, infâmes et orduriers. Somme toute, Le Hortec n'avait eu le dessus, relativement parlant, que parce que les oiseaux étaient entravés.

— Tu sais qu'ils pesaient lourd ! ajouta enfin Le Hortec. Y'a au moins une trentaine de kilos à bouffer, là-dessus. C'est encore plus gros qu'une dinde de concours. C'est égal, je me demande si un élevage serait rentable.

— C'est dur de les nourrir, tu as remarqué, fit observer Balzah.

— C'est des oiseaux féroces, il faudrait venir les gaver en armure, conseilla Slush.

— C'est surtout des oiseaux très abrutis. Ce qui m'a manqué, c'est un bon gourdin.

— Ah oui, c'est vrai, c'était l'époque de la reproduction...

TREIZE

Festival pyrotechnique
Carnaval pour touristes - Dangereuse décoration Une
idée renversante - Vol d'explosifs
Un bruit du tonnerre
Embryons de complications

Le Hortec monta dans le car au milieu des rires et alla se dévêtir dans le fond, pour enfiler un survêtement propre. Gilby demanda à Eric si le dernier esclandre du singe roux avait une chance d'avoir créé des dégâts. Eric lui répondit qu'à son avis, non, et que de toute façon, ce n'était pas la peine de rester là à flâner pour attendre des réclamations tardives. Aussi le chauffeur fit-il démarrer le car, et ils s'éloignèrent du Fourqueux-Mesnil et de ses boueux bassins pseudo-tropicaux.

Gilby était tout excité à l'idée d'aller assister au fameux festival médiéval de Lumigny. Il n'en n'avait jamais entendu parler auparavant, mais la feuille de route le mentionnait, et le *Guide Armand Auzymandias* lui consacrait une page de rédactionnel, en face d'une page de publicité. Gilbert expliqua à qui voulait l'entendre que ce spectacle, organisé dans la vieille ville, était, dans son style, tout simplement l'un des meilleurs qu'il soit possible de voir en Europe. Le festival se voulait une parfaite re-création du Moyen Âge : la population se déguisait, et des jongleurs, des bateleurs, des forains, des cirques et des cracheurs de feu venaient de loin pour participer. C'était une grande fiesta pour enfants de cinq ans émerveillés, où tout devait concourir le plus possible dans une même tonalité. Ces efforts créaient une ambiance spéciale, perdurant d'année en année, ce qui assurait la réputation de l'événement.

— Les musiciens aussi ? questionna Slusherboot.

— Les musiciens ? reprit Gilby sans comprendre.
— Faut savoir, on est venu jouer de la viole du gambe ou du chalumeau ?
— On ne changera rien au répertoire, gronda Le Hortec, la mine sombre. S'ils veulent de la bourrée, ils auront qu'à aller se chercher des brebis à enfiler...
— Ça se passera bien, asséna Gilby, confiant et œcuménique.

Quelque part, Gilby n'avait jamais cessé d'avoir cinq ans. Ceci giclait de tous ses pores, s'aiguisait dans sa voix fébrile, s'enfiévrait dans ses clignements d'yeux. Un peu calmé sur la fin du trajet, il recommença à se trémousser dès qu'il eut mis la main sur le prospectus du Syndicat d'Initiative de Lumigny. Être resté un petit garçon, ça peut-être un grand problème, parmi d'autres grands problèmes. Disséquant l'infantilisme parfois affiché de Gilby, Eric supposait, quant à lui, et, que c'était aussi pour ça qu'il n'était pas encore marié.

A propos de Lumigny, le *Guide Alternatif Armand Auzymandias* dit à peu près ceci :
« Lumigny fut fondé par les Champructères, tribu vassale des Parisy. César en parle dans ses Commentaires et ajoute : "C'est là qu'on y trouve ce petit artichaut des bords de Seine qui, faisant la joie du tribun Bélisarius Calburnus, déchaîna son appétit au point de lui faire presque perdre la vie" (Traduction Vallade et Beauvaisis, Genève, 1948). La tradition du petit artichaut s'y est perdue, mais les illustres visites guerrières ne cessèrent pas pour Lumigny. Presque rasée par les Huns, elle fut relevée sous le règne de Goémond XII, fainéant mérovingien, par la construction d'une première abbaye de style néo-byzantin, appareillée en énormes blocs de charbon de terre, roche qui ne résiste malheureusement pas aux outrages du temps. »

Qu'il nous soit permis d'ouvrir un aparté dans la citation du *Guide Alternatif Armand Auzymandias* pour ajouter à ce qui précède : "Et pour cause, le charbon natif étant un excellent combustible." Mais poursuivons cette étude de l'histoire de Lumigny.

« Au XIIe siècle, la ville de Lumigny atteignit le statut de ville franche, fut assiégée par Bernard de Pomerol et construisit la magnifique abbatiale Saint Jardy. Dévastée par les Anglois pendant la Guerre de Cent Ans, Lumigny ne retrouva la prospérité qu'au XVIe siècle. Connue pour être une place forte protestante, l'évêque de Luçon, Armand du Plessis, futur duc de Richelieu y passa pourtant une nuit, quelque temps avant de se rendre aux eaux de Vichy. Louis XIV vint aussi y dormir, un soir qu'une indigestion le forçait à prolonger au loin une partie de chasse. Le pot de chambre qui avait été conservé de cette occasion disparut à l'époque de la Restauration.

Napoléon faillit aussi y passer une nuit en 1814. Alors qu'il était déjà couché à "L'Auberge de la Grande Vache Enflée", la nouvelle que les Russes étaient signalés à Vladiwoodstock le fit se relever et monter dans sa berline tout débotté. Charles X vint chasser le cygne à Lumigny. A cette occasion, les commerçants de la ville lui offrirent un appeau en argent pour pouvoir imiter le cri de cette charmante sorte de palmipède. Plus récemment, René Coty faillit y décéder, au cours d'un empoisonnement aigu, pour y avoir trop mangé d'andouillettes mal lavées. Le Général de Gaulle y a prononcé des paroles en 1959. »

Lumigny n'a pas encore de mercerie/agence de voyage, mais cela ne saurait tarder, grâce aux efforts d'Alexandre Boulu, mercier de première classe, et de sa femme, Andrée-Josépha de la Mincthe, ancienne stagiaire chez Limousin-Voyages.

Evidemment, ce dernier paragraphe n'est pas extrait du *Guide*. Mais comme le maire, ni aucun responsable n'a promis d'inscrire une quelconque merveille dans un plan à quelque échéance, il faut bien citer ici la seule promesse d'intérêt général qu'il soit possible de citer à propos de Lumigny, indication collectée incidemment sur un prospectus publicitaire distribué par une hôtesse déguisée en page moyenâgeux.

L'accès au "Paritel" de Lumigny fut très épineux. Plusieurs barrages furent franchis, défendus par une maréchaussée sourcilleuse. Puis un autochtone appartenant aux pompiers voulut absolument faire ranger le car dans un parking de délestage. Celui-ci était prévu pour des voitures de tourisme, et installé dans un champ boueux. Cet obstacle fut vaincu lui aussi, Gilby brandissant toutes les paperasses nécessaires, puisque lui aussi devait apporter une touche dans l'événementiel. Puis le car eut à nouveau affaire à une autre sorte de maréchaussée, civile, volontaire et en brassard, beaucoup plus obtuse que la version professionnelle, et décidée à fermement bloquer les accès intra-muros. Le "Paritel" étant situé en vieille ville, les barrages durent être franchis en sens inverse pour parvenir à une rocade idoine, susceptible (après renseignements auprès des diverses milices de la non-circulation) d'amener le car directement sur l'arrière de l'hôtel.

Si Gilby n'avait pas été muni de toutes les autorisations nécessaires, ils n'y seraient pas parvenus. De toute façon, la façade du "Paritel" donnait sur une petite place d'où allait partir un défilé. A dix mètres du parking du "Paritel", une dernière barrière mobile interdisait tout passage. Cette fois, Gilby téléphona à l'hôtel pour leur signaler que s'ils voulaient voir arriver leurs clients du jour, il faudrait faire quelque chose.

Le directeur du "Paritel" fit quelque chose, car la demoiselle de la réception, déguisée en Marguerite à godrons, vint parlementer pour obtenir le recul de la barrière. Le car put enfin aller se garer. La prise de contact avec le festival de Lumigny était plutôt fraîche.

Des travestis passaient sous les vitres du car, tantôt improvisés avec du papier crépon et du film d'aluminium, tantôt amoureusement vêtus de costumes revenus des années précédentes, présentant un plus ou moins grand luxe de coutures et d'accessoires.

Le concert aurait lieu dans la Salle des Fêtes du "Paritel". Le déchargement du matériel commença aussitôt. Le directeur de l'hôtel était averti du caractère avant-gardiste du répertoire de Forte Savane, et il vint prétendre se féliciter d'enfin entendre autre chose que du celtique New Age, ou de la musicopée reconstituante.

— On m'a fait retirer votre affiche, commenta-t-il simplement. On la trouvait trop Punk...
— Punk ! Les pauvres débiles ! Commenta Bahlza qui passait.
— C'est les codes, plaida Gilby. Montrez un canotier et une clarinette, tout le monde pensera Sydney Bechet...
— Je préfère ne rien répondre ! menaça Bahlza.

Gilby n'insista pas pour réunir son monde et lui infliger une sortie collective. Il mit la visite du festival sous le signe du facultatif, n'entraînant en ville que les trois roadies désœuvrés, une fois le dernier projo clippé en place sur son portant.

Occupés au réglage de la balance, les autres les regardèrent partir, indifférents. Assurés que tout était branché et à peu près accordé, ils brocardèrent ce qu'ils pouvaient voir des préparatifs du défilé, par la baie vitrée de la Salle des Fêtes. Puis ils firent retraite vers le salon. Le Hortec y ramena deux bouteilles de sa réserve de rhum personnelle, et ils demandèrent des jus de fruit et du soda pour accommoder cet alcool.

Ce salon était aménagé dans une pièce sur le devant du bâtiment, et contenait un escalier en bois, antiquité sculptée provenant d'une ferme et ne menant nulle part ailleurs qu'au plafond, qui a cet endroit était resté bouché, sans trémie. Sous l'escalier, les décorateurs avaient aussi logé divers vases en cuivre et un petit canon d'infanterie complet, avec roues et affût peint en rouge. Le canon lui même était gris-noir, très foncé et très encaustiqué, et son tube ne mesurait pas plus d'un mètre pour un calibre de quelques centimètres.

— Tu vois, ça, c'est un canon d'infanterie de Napoléon, avança Le Hortec à Kraigut, péremptoire.

Pourquoi contredire quelqu'un lorsqu'on en sait encore moins que lui ? Kraigut alla simplement s'accouder à la fenêtre, verre à la main, pour regarder la grande mascarade se mettre en route.

Le cortège médiéval s'ébranlait enfin. Apparemment, le festival n'était pas seulement une exposition de costumes folkloriques, mais aussi l'occasion de parader socialement, déguisé en chevaliers et gentes dames moyenâgeuses.

Ouvrant la procession, juché sur un mulet ou quelque bâtardise d'âne, – ce porteur de grandes oreilles étant naturellement censé représenter un destrier chevaleresque – se redressait un grand dadais, enrubanné de carton argenté au papier aluminium.

— Il a l'air moche comme un pon et bou comme un calais, apprécia Le Hortec.

Le preux s'agrippait à une grande gaule, bâton au bout duquel on avait punaisé le fanion des armes de Lumigny. Derrière lui processionnaient des jongleurs de sexe féminin, fort bariolées, bien incapables de jongler, mais munies de cerceaux garnis de papier crépon de couleur, agités spasmodiquement au rythme aigrelet d'un fifre faux. Puis venaient encore deux succédanés de semi-mulets-hongres, palefrois enjuponnés, immenses, traînés, propulsés et coup-de-triqués par deux valets eux-aussi en-créponnisés, et enrubannés de satinettes carmin et blanche. Sur le sommet de ces animaux rétifs récupérés dans un poney-club pour troisième âge se cramponnaient deux damoiselles blondes, les reines de beauté du jour.

— Je les reconnaitrais à trois kilomètres, c'est de la femme libre, c'est des grenouilles de discothèque, commenta Le Hortec. Ca c'est de la groupie !

Toute cette animation n'était finalement pas du goût de Forte Savane, qui dans son ensemble prisait peu les manifestations fédératives autres que le Rock. Les défilés et les déguisements, ça allait cinq minutes, on avait vite compris. Armés des bouteilles d'alcool fournies par leur chanteur, ils se détournèrent de la fenêtre, le verre à la main. A ce moment-là, Slusherboot revint des toilettes.

— C'est pas la saison de la chasse, mais ils ont oublié un baudrier avec des cartouches, dans le vestiaire, commenta-t-il.

— On va tirer le canon ! affirma Le Hortec.

Six yeux, chez Forte Savane, finirent d'errer dans le vague du paysage, jusqu'à ce qu'ils y voient... repèrent...

Le Hortec voulait bien entendu parler du canon sis en dessous de l'escalier d'époque, dans le coin du salon.

— Le tirer jusqu'où ? C'est des roues factices.

— On a des cartouches, donc on a de la poudre ! précisa Le Hortec.

— Comment tu veux le tirer, le canon sans obus ? questionna Balzah.

— On ne parle pas ici d'obus, mais de boulets, Monsieur. Et on s'en passera, vu qu'on va tirer à blanc. Avec de la poudre noire ! Slush, va chercher les cartouches. T'en prends que la moitié, qu'ils ne se souviennent pas de combien il en restait...

Le Hortec avait déjà la tête déjà au-dessus de l'engin.

Sur ce, Balzah et Kraigut se glissèrent eux aussi sous l'escalier pour s'emparer du canon. Par chance pour eux, le personnel du "Paritel" était occupé ailleurs, à regarder le défilé par les fenêtres. Les artificiers purent sans problèmes déplacer l'objet de leur convoitise. Par chance encore, les roues n'étaient pas du tout factices, ni bloquées, et le canon roula sur son affût jusque dans l'entrée, après quelques débats, dans les couloirs de l'hôtel, sur la direction que devait prendre l'engin.

A ce moment, l'ammunitionneur revint, ayant récolté sa rapine. Il exhiba une bonne demi-douzaine de cartouches.

— Il faut ouvrir les cartouches et vider le plomb ici, la poudre là, commanda Le Hortec en présentant deux grands cendriers vides au comité chargé de l'opération.

A la vérité, comme tous faisaient partie de ce comité, l'opération fut effectuée en moins de temps qu'il n'en fallait pour resservir une tournée de punch et lamper celle-ci.

Le verre à la main, les apprentis artilleurs supervisèrent les derniers détails.

Le canon fut renversé, gueule en haut comme une oie qu'on alimente. Un entonnoir en papier servit à y faire descendre une bonne poignée de poudre noire.

— Faut bourrer, assura Le Hortec.

Il formèrent un petit tampon de papier, vite refoulé dans le canon à l'aide d'un pied de chaise. Le Hortec fabriqua une fusée avec un cylindre de papier cigarette et un dernier reste de poudre noire.

Le canon fut alors roulé en plein air, porte-fenêtre ouverte, sur la terrasse arrière du salon, là où l'été on devait disposer des parasols.

De l'autre côté du bâtiment défilait le cortège moyen-âgeux. On entendait la musique et le bruit de la foule.

— Halte au feu, commanda Le Hortec. Il y a grand risque de crises cardiaques ou syncopes, s'ils entendent autre chose qu'un pétard. On va le tirer plus bas, sinon toute cette bande de déguisés va croire qu'on a voulu l'assassiner.

Le canon fut donc descendu dans l'arrière-cour de l'hôtellerie, au bout de la terrasse et posté là, à un mètre d'une porte vitrée, braquant sa gueule menaçante vers le mur d'en face, de l'autre côté de la cour de service. Le Hortec prépara une fusée, un reste de poudre dans du papier et dit un boutefeu avec un bout d'ourlet de rideau entortillé au bout d'un tisonnier. Il battit du briquet et eut quelque peine à communiquer une ignition correcte au tissu. Celui-ci, imbibé de rhum et orné d'une petite flamme, fut enfin approché au-dessus de la lumière du canon. Le Hortec avait fait reculer tout son monde, dans les règles de l'art.

Ce premier essai fut un échec : la fusée brûla, puis... rien. Les Rockers se rapprochèrent pour examiner le pourquoi du non événement. Nez sur le canon, ils s'aperçurent que le fond de la lumière avait été bouché par un petit cure-dent de bois, amalgamé par des couches successives de cire d'abeille, utilisée avec profusion au fil des années pour l'entretien de la patine. Cet obstacle fut promptement extirpé. Le Hortec confectionna une nouvelle fusée et l'ajusta dans la lumière.

— Ecartez-vous, planquez vous tous ! brama cette fois le thuriféraire armé du boutefeu, accroupi derrière l'abri précaire et symbolique de la porte fenêtre.

Le boutefeu et sa flammèche laborieuse furent ramenés au dessus de la fusée coincée dans la lumière du canon...

Et cette fois...

Le vacarme fut soudain, énorme, bien entendu. Mais...

... Où était passé le canon ?

— Putainnn, où est passé ce putainnn de canon ? croassa Le Hortec dans son habituel langage.
— La vache ! Il a explosé, constata Slusherboot.

Le Hortec fit un pas de côté, sortant de l'abri qu'il s'était choisi, la porte vitrée fracassée, et un des poivrots de la compagnie remarqua :
— Mais tu saignes, Cortex !

Effectivement, un petit morceau de vitre, projeté par la déflagration, avait entaillé le Le Hortec au-dessus de l'arcade sourcilière droite.

Mais ce n'était pas tout. En faisant un pas en avant dans la cour pavée, ils purent juger de leur pleine réussite.

Le mur était noirci sur dix mètres de large. Des éclats avaient labouré cette façade brûlée jusqu'à la brique. La gouttière pendait, arrachée sur toute la longueur du toit surplombant la cour. Un chien-assis, posé approximativement au-dessus de l'épicentre, avait beaucoup souffert de l'événement et soulevait tout un panneau d'ardoises du toit dans un mouvement ambigu, genre pagode.

Un tuyau d'arrosage jaune, préposé au nettoyage, avait été propulsé dans l'espace et traversait, comme un bout d'intestin gigantesque, l'espace entre le mur de la cour et le toit de la maison d'en face.

Les trois luminaires en façade avaient été radicalement soufflés. Un seul demeurait en vue, descellé, pendant par ses fils d'alimentation.

Une inspection ultérieure révéla qu'une fourgonnette de petite cylindrée, garée dans la cour, avait eu son pavillon en tôle faussé, et que l'onde de choc de l'explosion avait repoussé le véhicule et son pare-choc contre un muret qui avait même été, lui, déformé. Ce n'était que la partie visible. Pour les experts des assurances, des visites et des bilans complets resteraient à faire.

Non seulement le canon avait explosé en une myriade de fragments, affût, tube, roues et tout, mais en plus, personne, parmi les humains, n'avait été davantage blessé que Le Hortec. Ceci représentait le véritable miracle de la soirée, mais personne ne le réalisait encore.

— La vache ! il s'est envolé comme une fusée, commenta Kraigut.

— Dis pas de bêtises ! S'il a sauté et est retombé quelque part, on va être salement empégués, collants à la glu !

C'était une vaine crainte. Le canon avait été sublimé sur place.

— Tu y as collé trop de poudre, reprocha Balzah à l'adresse de Le Hortec. Il en aurait fallu même pas le quart !

— Trop mis de poudre ? Qu'est-ce que tu y connais, toi, artilleur en noyaux de cerises ? se défendit véhémentement l'interpellé. C'était un canon de parade, et ils se sont fait entourbiller par un antiquaire qui le leur a vendu pour un canon de campagne...

— Et ils peuvent dire merci parce qu'on a mis fin à la supercherie ? N'est-ce pas ?

— Je ne discute même pas avec des gens qui ne connaissent pas le véritable aspect du canon d'infanterie... Le Gribeauval 4 livres... Oh, tordu, banane andouille !

Ainsi, ils avaient échappé à l'explosion d'une bombe capable de tous les déchiqueter, et ils débitaient des insanités, comme à leur habitude.

Ils ne perdirent pas complètement le nord, opérant une retraite rapide à l'intérieur du "Paritel", et ils revinrent s'accouder, innocents comme l'agneau qui vient de naître, aux fenêtres donnant sur la fin un peu désordonnée du défilé. Tout le monde avait entendu le bruit de la fantastique explosion, celle-ci avait dû jeter un certain trouble, et quelques cous se dévissaient encore dans diverses directions pour essayer de saisir la suite de cet énorme coup de tonnerre.

Il n'y eut pas de suite immédiate, et la loi de l'omerta fonctionna à merveille dans le groupe des poivrots, pénétrés de la nécessité incontournable de serrer les rangs et de fermer leur bouche, tous complices qu'ils étaient...

Les regards du personnel de l'auberge se braquèrent cependant sur eux. Une première députation à la mine triste, formée du directeur, de la demoiselle de l'accueil (toujours en Marguerite) et du premier garçon d'étage s'approcha même de Balzah, qui menait grand bruit au salon, à deux pas de la place vide du canon, narrant un inintéressant et fictif solo mémorable d'anthologie de plus de cinq minutes.

Ledit bassiste envoya derechef paître la brigade d'enquête, en les décorant de surcroît d'une appellation de "bigorneaux". La députation, peu accrocheuse, se replia hors du salon, mine basse.

— Ils ont de la chance de ne pas savoir qui c'est, énonça Kraigut dans un élan pour ré-aborder ce qu'il fallait maintenant nier. Je ne sais pas si les assurances remboursent la stupidité, mais là, il y en a eu beaucoup de dépensée. On a fait très fort pour leur décorer leur hôtel.

Ça aurait pu être un éclair de lucidité absolument exceptionnel. Mais la stupidité évoquée ne pouvait pas l'être par de l'autocritique. Il s'agissait bien entendu d'un reproche pour avoir laissé traîner un canon et de la poudre, deux occasions que ne pourrait jamais négliger un vrai Rocker.

A son retour, quelques minutes avant le début du concert, Gilby fut intercepté par une députation Paritellienne reformée, dégageant beaucoup plus d'agressivité. Il fut invité à s'entendre poser quelques questions sur le taux d'engagement politique de Forte Savane. Il déclina cette invitation avec lui-même une fort méchante humeur. Il s'était pris de bec avec un marchand de gaufres médiévales, effectivement rassies et datant de quelques siècles, et au besoin, il se servirait des témoins de cette algarade pour prouver que lui, Gilbert Remy-Ducretonnet, était loin de tout, et de toute connaissance, quand une explosion avait eu lieu dans l'arrière-cour.

Bombe ou énorme pétard, en farce de gamins mal équipés ? Le personnel penchait aussi pour cette dernière solution. Personne ne parlait de l'absence du canon, définitivement peu remarquée.

QUATORZE

**Nuit de festival - Crêpes et gaufres
La police ne vient pas - Un malade
Destruction d'une chambre - Beurre de crevettes
Plaie d'hoiries**

Le concert démarra dans une salle à moitié vide et ne comportant pas une seule chaise. Trois dizaines de personnes formaient cet auditoire claisemé, dansant d'un pied sur l'autre. La plupart des spectateurs étaient encore déguisés en "ouvriers médiévaux", portant toujours qui un rabot, qui une fourche précieuse, à ne pas quitter des yeux sous peine de voir ces accessoires capturés par des envieux.

— Ça va pas être *Le Rock du Bagne*, mais le Rock du hallebardier, commenta Eric à l'adresse de Gilby.

Forte Savane ne fit pas l'ombre d'une concession au thème du jour, le Médiéval. A moins que les hurlements de lycanthrope du chanteur aient pu passer pour une invitation au sabat, ou à une transe néo-néolithique.

Petit à petit, la salle se remplissait. Gilby constata que les portes étaient restées ouvertes, qu'il n'y avait aucune billetterie, aucun contrôle. Un service d'ordre ? Il n'en avait pas vu non plus les jours précédents. Trois couples dansaient au milieu d'un cercle vide, obligeant les autres spectateurs à une presse certaine. Parmi les danseurs, deux arboraient de véritables pièces d'armures, ce qui rendait les figures de leur Rock classique assez spectaculaires, au-delà de la dimension acrobatique d'une danse agitant dix kilos en plaques de ferraille.

Le non-sens vertigineux de la situation n'effleurait personne. Le Cortex sembla lui-même en rajouter dans la dinguerie. Il se roula par terre, roula des prunelles, roula des biceps,

digne d'un Iggy des meilleurs jours, mais n'escalada pas les amplis.
— Vous aimez le Rock ? hurla t-il.
Question traditionnelle à laquelle aucun public ne résiste : il faut hurler sa joie. La Salle des Fêtes du Paritel hurla sa joie.
— Vous en voulez encore ? ajouta t-il.
Autre acclamation délirante. Ce barouf allait encore ramener du monde.
— Vous aimez Napoléon ?
Autre acclamation délirante. Quand on est lancé... On leur aurait demandé s'il aimaient Moby Dick, le hurlement aurait été aussi fort.
— Alors voici Refe Nazi !
Et Le Cortex entama le premier couplet de la pièce de répertoire devenue incontournable.
Mais cette fois, il y ajouta un intermède... Pendant le solo de batterie, il reprit le micro et vint y geindre rythmiquement "Gilles Bi... Gilles Bi..." ...
Pour la première fois, le doute prit corps chez Gilby. Un corps qui immédiatement prit une vie et une présence envahissante. Se pouvait-il qu'ils parlent de... lui-même ?
Forte Savane expédia son rappel, et négligea les applaudissements en ne revenant plus sur scène. Toutes les lumière étaient rallumées, le concert était terminé.
Gilby se sentit un flageolement dans les jambes. Les trois roadies étaient déjà sur scène, récupérant les câbles et les instruments. La petite sono était déjà sous son couvercle. Refe, ça voulait bien dire Chef, en espagnol ? Et Nazi, pour nazi ?
Désorienté, Gilby se traîna vers le bar du Paritel et il commanda le grand plateau de dégustation des douze whiskies. La "Planche Bruigh", annonçait la carte, au prix fort de 55 euros, soit la valeur d'une bonne véritable bouteille. Lorsqu'on déprime, il faut savoir flamber pour se refaire un moral.

Le Hortec vint même lui demander son avis sur sa dégustation. Il n'avait jamais regardé Gilby comme un gourmet et l'idée de le voir en face d'une dégustation avait vraiment l'air de l'étonner.
— Ils sont comment, ces whiskies ? demanda-t-il, aimable.
— Ils ont tous le même goût, Banane, répondit Gilby. Une fois que t'as la gueule tôlée par une des ces cochonneries, dis-moi le moyen de trouver quelque chose à un autre ?
Le Hortec rebroussa chemin, avec des yeux comme des soucoupes, sans faire l'Iggy. Là, enfin, Gilby l'avait scotché.

Le Hortec proposa à l'assistance une virée à la "Montagne Céleste", mais personne ne voulut l'accompagner. Il était question que l'hôtel serve le soir une collection de beignets, crêpes et gaufres fourrées aux confitures rares, et aucun de ces grands enfants ne voulait manquer cette distribution.
Comme précédemment, Gilby n'insista pas pour que Le Hortec soit accompagné ou surveillé dans sa sortie. Il semblait maintenant évident que, si Le Hortec se perdait corps et biens, ce serait en somme une économie et un bienfait pour Symphorep.
Le buffet de crêpes était animé par trois serveuses en costume médiévalo-folklorique. Slusherboot introduisit à voix haute des supputations audacieuses et gratuites sur l'origine possible de ces costumes traditionnels : il débuta par des considérations générales sur la poissonnerie et dériva en une minute sur le chapitre de ces hôtesses qu'on trouvait au Moyen Âge et ultérieurement en des lieux au bord de l'eau. Averti de ces insultes, le directeur du "Paritel" fonça directement vers lui, sans passer par Gilby, et Slush fit aussitôt retraite, l'incident du canon étant certainement encore trop frais pour laisser place à la plus petite épaisseur de culot.
Les confitures rares n'étaient pas trop rares, mais la direction avait fait un effort en mettant à bouillir des confi-

tures fraîches élaborées avec les fruits du marché ; hors la confiture de citrouille, un met tout à fait répandu, et une confiture kiwis-fraises, de couleur étrange, l'assortiment restait donc tout à fait ordinaire. Balzah réclama du miel de pays, et trouva son bonheur avec du sirop d'érable : une denrée tout à fait exceptionnelle en Europe, tant sur la proposition que le fait d'y trouver un amateur averti. Le consommateur du XXIe siècle sera-t-il un grand enfant capricieux, ignare et baffreur ? Seul l'avenir nous le dira, mais quelquefois il semble bien qu'un fâcheux pli soit déjà discernable.

Les grands buveurs n'eurent que du cidre pour calmer leur soif. Le chauffeur, en veine de crétinisme, clama hautement que cette boisson n'était capable que de déranger les intestins, et assura qu'un déménageur qui buvait un verre de cidre devenait inapte à l'effort pour une journée entière. Gilby le prit à part pour lui demander de ne pas continuer ses pitreries.

Gilby est certainement normand quelque part, aurait assuré Eric. Il est donc normal qu'il ait pris la défense du cidre.

Ce dîner eut un grand succès, et fit beaucoup pour le succès postérieur de cette halte dans les souvenirs. Le festival n'avait jusque là suscité que des sarcasmes dans et autour de Forte Savane. Seul à finalement ne pas apprécier l'étape, malgré son enthousiasme initial, Gilby tournait le dos à la porte du salon et au directeur qui passait de temps à autre dans le couloir, dardant un regard furibond sur les suspects et continuant de recevoir des rapports sur la cour du canon. L'incident recommençait à prendre de plus ample proportions, le personnel ayant écarté la gaminerie pour parler de bombe et de terrorisme. Les voisins rentrés chez eux et découvrant, au mieux, leurs vitres brisées, apprenaient qu'un épicentre pouvait se situer au "Paritel": ils commençaient à pointer le nez, se plaignant de mitres arrachées et de bouts de fonte à travers leurs ardoises.

Vers vingt-deux heures, il fut question que la police vienne faire une enquête et recueillir des témoignages.

Heureusement, les enquêteurs "professionnels" avaient bien trop à faire avec le festival, ses saouleries, ses chutes et ses bagarres, pour se déplacer. De plus, aucun auteur n'étant revendiqué ou ne pouvant être nommément désigné, le doute planait sur une "pyrotechnie surprise", prévue pour le festival et qui pouvait avoir été mal mise en place par de totals inconnus.

Lorsqu'on tenta de continuer de l'ennuyer, Gilby parla alors de porter plainte, de réserves étendues qu'il allait porter sur une tentative d'escroquerie, puisque on essayait d'extorquer des aveux sans l'ombre d'une preuve de la responsabilité des membres du groupe Symphorep. La meilleure défense est bien l'attaque, et Gilby fut cette fois tellement convaincant dans son invocation de la défense légaliste et de recours procédural que la direction baissa enfin le ton. De toute façon, demain il ferait jour, si les hooligans supposés étaient encore sur place.

Gilby pouvait être faible et dépassé, mais il n'était pas un complet imbécile. Bien qu'il ait pu admettre qu'il y ait sans aucun doute un lien entre la bombe et la présence de Forte Savane, il avait appris toute la valeur des dénégations absolues et préventives. Céder un pouce sur le principe de départ amènerait non seulement à la ruine, mais à de telles avalanches de problèmes ultérieurs qu'il valait mieux rester dans le camp des ahuris : « Oui, comment de telles choses étaient-elles possibles ? » .

Le Hortec rentra tard, passablement éméché comme à son habitude, et ayant tout oublié de l'aventure de la bombe à roulette, n'en conservant qu'un minuscule sparadrap. Il fut clair que l'Avignonnais avait aussi oublié toute retenue et toute discrétion. Comme d'habitude encore, il se prit de bec avec le veilleur de nuit, proféra de nouvelles menaces de destruction contre la race des gardiens et voulut avoir accès à des prestations impossibles, vu l'heure à laquelle elles étaient réclamées.

Le Hortec une fois dans sa chambre, le barouf ne fut pas achevé pour autant. Dès qu'il fut déshabillé, il alla frapper à la porte de plusieurs chambres en annonçant qu'il allait mourir. En fait, cette nuit-là, il fut sérieusement malade.

Une fois revenu dans sa chambre, il s'assit sur la chaise du bureau posé en bandeau face au lit et envoya un jet de vomi dans la lampe posée sur celui-ci. La porte de sa chambre s'ouvrit enfin sur deux sauveteurs, Bahlza et Kraigut, qui essayèrent de le porter jusqu'à son lit.

— Ne me secouez pas, bande de pédoncules ! Oh ! Les Siamois ont eu ma peau... j'aurais jamais du prendre de ces crevettes aux champignons noirs...

— Oh bon sang qu'il est lourd ! Un vrai tonneau de vin !

— C'était soit des crevettes pourries du XIIIe siècle, soit des champignons vénéneux du XIVe... Vous trouvez pas que je suis froid ? L'empoisonnement, ça commence comme ça... Par les bouts : tatez mes pieds, ils sont raides... et froids.

Il vomit alors aussi sur la moquette. C'était un rendu de poivrot, copieusement coloré au Côtes-du-Rhône, que les sauveteurs négligèrent absolument, lui laissant le temps d'imprégner le tapis d'une manière indélébile.

— Je suis, tel Socrate, condamné à me contempler partant, par degrés et sans mesures, dans l'ultime voyage, balbutia Le Hortec en faisant des bulles et des reniflements entre ses renvois.

Il grimpa sur le lit, se moucha dans un oreiller et se débattit dans les couches de garnitures...

Les deux sauveteurs ressortirent, l'air passablement dégoûté.

— Il dit qu'il a le choléra, maintenant, annonça Kraigut aux autres membres du groupe, massés dans le couloir, réveillés et mobilisés, sous l'effet de la curiosité.

— Mais il a le choléra dans son lit, précisa Balzah, l'air entendu.

Tout le monde retourna se coucher, ayant décidé de ne pas s'impliquer dans le drame touchant la chambre de Le Hortec.

Lorsque la première crise fut passée, celui-ci se réveilla dans son lit souillé et démonta les rideaux pour les poser sur ses draps et renouveler sa couche. Puis, ayant l'impression que l'humidité avait traversé, il enleva rideaux et draps, les jeta contre le mur et se fit une couche plus étanche avec le couvre-lit et les serviettes de bain. Ayant encore froid, il décida de se faire couler un bain pour se réchauffer, mais s'endormit sur le carrelage sous le lavabo, où il ne fut même pas réveillé par l'eau tiède qui débordait de la baignoire en dépit du trop-plein.

Le liquide passa sous la porte, inonda le couloir, puis l'escalier. Sur le coup de quatre heures du matin, des fêtards discrets qui rentraient éméchés du festival s'aperçurent de la catastrophe et réveillèrent une nouvelle fois l'hôtel. Le Hortec refusant que l'on pénètre dans sa chambre, les sauveteurs ouvrirent avec un passe.

Un peu dé-saoulé et drapé dans le couvre-lit, Le Hortec se sauva et fit irruption dans les pièces réservées à l'administration. Il bouscula le veilleur de nuit, tint à ce qu'on appelle le directeur, qu'on n'alla pas déranger. Celui-ci avait prévenu qu'il tenait à récupérer d'une fatigue intense, par les suites d'un banquet de notabilités, sans crêpes mais avec eaux-de-vies vieilles, organisé à l'occasion du festival.

— J'ai été empoisonné par vos gaufres abominables, prétendait Le Hortec au veilleur de nuit.

Comme chaque personne avertie l'aurait noté, le chanteur avait dîné dehors, mais il tenait à prétendre tenir des coupables.

— C'est un scandale ! Je ferai fermer l'hôtel ! Je vais appeler les vétérinaires, les fraudes, les douanes, l'hygiène, les pompiers...

Le Hortec aurait même invité les Canadairs, mais il voulait juste, à cette heure, réveiller la Terre entière. Pour le calmer, on lui donna une autre chambre, car il se plaignait de ne pas pouvoir dormir dans un faible relent : sa chambre précédente aurait pu avoir été visitée, une fois, jadis, par un fumeur.

Il demanda à la demoiselle de la réception de venir avec lui dans sa chambre, parce qu'il avait peur de refaire une syncope, mais la demoiselle de la réception refusa. Elle avait retiré sa perruque de Marguerite et apparaissait comme une brune piquante, de petite taille, mais décidée à tenir tête au trublion, bien davantage qu'un veilleur de nuit ennuyé par ces fantaisies annuelles et médiévistes..

Avant que Le Hortec ne retourne se coucher, il vida la pharmacie de l'hôtel de sa seule spécialité anti-diarrhéique, une très vieille bouteille d'élixir parégorique, qu'il avala toute entière, ce qui l'assomma pour le compte.

Il ne retourna donc pas dans sa première chambre. Les premier nettoyeurs ayant vidé ses affaires dans le couloir, on les y récupéra pour les lui porter. D'après la gouvernante qui inspecta les dégâts avant le départ du groupe Symphorep, l'ensemble de cette chambre valait une inscription au *Livre des Records*.

Le Hortec ne saccagea pas sa nouvelle chambre et ne se coucha même pas dans le lit, s'étant écroulé dessus, vêtu de l'indispensable couvre-lit qui lui tenait lieu de péplum et de pagne depuis plus d'une heure.

Le lendemain matin, il n'avait rien perdu de sa combativité, ce qui fit bien l'affaire de Gilby, une nouvelle fois confronté à un directeur qui, après la ruine de son arrière-cour, devait faire face à la destruction d'une de ses chambres. Le Hortec, hautain, menaçant, joua le jeu de la victime avec une parfaite conviction, se réservant même de terminer sur un petit crescendo injurieux sur les œufs pourris dans des crêpes vertes, pour parachever le tableau de son innocence.
— Ecoutez, mon cher, plaidait Gilby, je comprends que ce genre de carnaval annuel puisse générer quelques imprévus, mais pourquoi nous chercher la petite bête ? Pourquoi ne pas vous adresser à la municipalité, qui trouve son intérêt bien au-delà de vos désagréments ? Pourquoi ne pas faire simplement jouer vos assurances respectives sans concerner de nombreux clients dans vos petits impromptus ?

— Comment se fait-il que vous ayez été le seul à être malade ? s'insurgeait le directeur, face à Le Hortec, et retranché sur ce dernier argument.

— Il n'y a que moi qui ai pris du beurre de crevettes, répondit Le Hortec avec un culot magnifique.

Kraigut, avant la confrontation, lui avait raconté le dîner de la veille. Curieusement, quelques vilaines galettes fourrées au beurre d'anchois ou à la crème de roquefort s'étaient de fait égarées au milieu des confitures...

Le directeur en panne de sommeil manqua définitivement de présence d'esprit en ne convoquant pas un cuisinier pour lui demander un rapport sur ce beurre de crevette hypothétique. C'est ainsi que Gilby et Le Hortec ressortirent la tête haute de son bureau sans rien avoir cédé ou concédé.

Les rues étaient encore jonchées de papiers, de bouts d'affiches, de canettes vides, bouts de ficelles, confettis, serpentins et autres accessoires de fin de fête, car la voirie municipale n'était pas encore passée. A la quantité des dépôts, on pouvait estimer que ça avait été un chouette festival.

Le car démarra comme s'il ensauvait une troupe de fuyards passibles de la pendaison. Gilby jetait même des regards à droite et à gauche pour voir si quelque membre du "Paritel" ne leur courait pas après pour leur signaler un revirement d'humeur ou une catastrophe supplémentaire, découverte à la dernière minute.

Il adopta ensuite la tête du trafiquant de drogue ressortant indemne d'un barrage douanier. Il ne regardait même plus vers le fond du car, mais s'était étalé dans son siège et avalait l'air par goulées, d'une lente et ample respiration, les yeux dans le vague. Il faisait vraiment pitié.

Eric s'en ouvrit discrètement aux roadies : il craignait maintenant le pire. Gilby ne contrôlait pas Forte Savane, des dangers publics lâchés dans la Nature. Gilby semblait même ne plus avoir toute sa conscience. Eric avait l'impression de

demeurer le seul capable d'estimer l'ampleur du panorama. Il inventa même un adverbe pour décrire sa nouvelle capacité de fine perception : « Lucidalement ». Quant à Le Hortec :
— Il a peut-être encore une grenade ! supposa-t-il.

Tseu et Tillard le fixèrent en hochant doucement la tête... Puisque il le disait... Eric s'expliqua : la tournée du groupe avait été émaillée de trop de dommages et de scandales pour que la Police ne soit pas alertée et ne puisse pas maintenant recouper et donner suite à un signalement. Il fallait s'attendre, d'un moment à l'autre, à des interventions. Mais Dublaudé ne fut pas de cet avis. Pour lui, l'éponge avait été systématiquement passée, les chocs amortis, les profils biaisés, et les conséquences resteraient bénignes en définitive : Il y avait des cas sociaux et des psychopathes en liberté partout.

Eric resta sur son opinion : en aucun cas il ne fallait amener Le Hortec à proximité d'une centrale nucléaire, d'un barrage, ou d'une tour de contrôle d'aéroport, si on voulait éviter une catastrophe majeure. L'Avignonnais ne lui faisait pas penser à un Rocker, mais à ces tout petits enfants qui, venant de découvrir les avantages de la locomotion, qui touchent à tout et risquent de détruire ou avaler tout ce qu'ils peuvent atteindre.

Heureusement, le périple congé-congrès allait prendre fin, avec ses deux dernières haltes ; d'abord l'étape du soir, à Serre-sur-Soing-les-Semur, puis avec le dîner d'adieu du dernier soir, dans un restaurant de la Butte Montmartre, à l'occasion de l'anniversaire de la déclaration d'indépendance de la Butte. Un feu d'artifice serait tiré. Paris adore faire des sons et lumière, et particulièrement sur cette montagne.

— Oui, ça se termine en altitude, apprécia Tseu.
— C'est simple, s'il n'y avait pas la Tour Eiffel, la Butte ne pourrait pas suffire à cet appétit petit rot technique, apprécia Eric.

Mais il était hors de question d'emmener Le Hortec sur la Tour Eiffel.

QUINZE

**Armure étanche - Le donjon de Garnalvin
Épaves rustiques - Épaves homicides
Rouge, liquide et vineux - Une suspension
Repas arrosé - Coup de jus avant le dessert**

La halte du midi eût lieu au "Donjon de Garnalvin". Les sympathiques établissements Garnalvin ont repris cette halte et font en sorte d'y assurer la promotion de la maison de négoce fondée par Alfred Garnal, dit en son temps : "Le roi du coupage et de l'assemblage".

Le "Donjon de Garnalvin" était lui aussi encombré d'une foule de cochonneries rustiques, empilées et exposées contre ses murs. Gilby avait l'air de priser ce genre d'atmosphère ; visiblement, il n'avait pas eu sa ration suffisante de moyennâgeries. Ces détritus rustiques étaient créés à partir de bouts de bois teintés et cirés, de bouts de fer passés au cirage noir, encaustiqués. En mettant le nez dessus, on pouvait discerner une petite étiquette, portant un prix, et comprendre qu'ils étaient à vendre.

— Pourquoi c'est plein de ces déjections ? demanda Slush à un garçon qui passait, en désignant tous les articles rustiquants.

— Ca ? c'est la femme du patron. Elle a déménagé son magasin d'antiquités. Ici, elle ne paye pas de loyer et il y a du passage, alors ça décore un peu...

A coté du comptoir de la réception de l'hôtel, car le "Donjon de Garnalvin" faisait aussi auberge de campagne, la direction avait placé une authentique armure du XIVe siècle, assez complète, ainsi qu'en informait son écriteau. Le Hortec, magnétisé, ne pouvait s'éloigner de cette fascinante merveille. Sous prétexte de demander un prix, il alla à la pêche aux infos vers la réceptionniste.

— Qu'est-ce que c'est ? demanda-t'il en brandissant un bout de bois dans lequel était enfiché un bout de métal noirci et tortillé, le tout encaustiqué à souhait.

— Ça, Monsieur, c'est un bougeoir, répondit la préposée à l'accueil, toute en sourires.

— Oh bon sang, fallait comprendre, vous auriez dû mettre la bougie avec, continua Le Hortec en reculant vers l'armure.

— Nous y avions mis une bougie en véritable cire d'abeille, mais les chats l'ont mangée, se justifia la demoiselle. Prenez garde, vous allez tomber, ne vous retenez pas à l'armure, elle est coincée par des fils de fer vissés dans le mur.

— Bon sang… je veux dire : ils doivent avoir faim, les greffiers, par ici… S'ils bouffaient vos rats… han… vous auriez encore une bougie de potable.

— On a été obligés de la visser avec des vérins, vous ne pouvez pas savoir le nombre de gens qui essayaient de se fourrer dedans.

— Mais si vous voulez la vendre, il faut bien qu'on puisse d'abord l'essayer, objecta Le Hortec.

— Elle taille large, Monsieur. Mais personne n'a pas besoin de la porter. Elle est là pour faire joli.

— Pour faire joli ? Mais c'est idiot à bouffer du foin, ce que vous dites. Sauf votre excuse si vous voulez bien me pardonner cette expression végétale, comme l'indique votre sourire assez supérieur.

— C'est nous qui vous proposons de déjeuner… Dans cette direction, là…

— Je ne peux pas me retenir. Vous aimez le Rock ? Vous me rappelez une groupie… Moi je suis un poète, je rime.

— Ne vous retenez pas à cette armure, vous risqueriez de rimer à rien.

Un responsable à la réception arrivait pour piquer droit sur Gilby, le seul à porter une cravate et une malette, visible un peu plus loin sur le seuil de la salle de restaurant.

— Monsieur Grossioupy, l'avertit la réceptionniste, un monsieur demande le prix de l'armure.
— Pas si vite ! objecta Le Hortec. Pour qu'il y ait vente, faut accord sur le prix et la chose. Or la chose n'est pas claire... bien que reluisante.
— C'est quoi, cette histoire ? s'enquit Monsieur Grossioupy, interloqué.
— C'est comme pour un scaphandre, continua Le Hortec ; si on ne peut pas tester la qualité, soyons logiques, comment est-ce qu'on sait qu'on ne s'est pas fait rouler ? Imaginez qu'il y ait une fuite...
— Elle n'est pas à vendre, Monsieur, et je peux vous garantir qu'elle n'a pas de fuites. Elle a l'air étanche, sur ce point de vue.
— Eh bon, et pour la vidange, alors ? Y'aurait un écrou, et on desserre ? Et pour le niveau ? Y'a une bulle, ou on prend une pipette ?
— Tout le monde veut jouer avec. Une fois, un Australien à coincé le haume sur sa tête, et un enfant écossais a eu le même problème avec sa main dans un gantelet. On a cru qu'on allait devoir l'amputer...
— Ouh là là ! Si vous amputez les Australiens de la tête, moi je vais tout de suite à l'apéritif...
Le Hortec s'esquiva vers la salle à manger, abandonnant l'armure sans regard supplémentaire, mais avec un sourire amer.
— Une femme, deux gosses, trois raisons de boire Garnalvin, lança-t-il bien fort pour ne pas faire retraite en ayant l'air battu.
La salle à manger était haute de plafond et révélait une charpente traditionnelle, bâtie ou non en poutres de polyuréthane ou en chêne véritable, mais il n'y avait aucun moyen d'accéder à cette information, ou d'ailleurs de s'en soucier. Simplement, la direction du Donjon de Garnalvin avait jugé de bon goût d'accrocher des saucissons ou autres denrées comestibles dans les traverses de la charpente, sans doute pour continuer à conférer à la salle un air rustique.

Des grappes d'aux et d'oignons pendaient encore entre trois drapeaux-oriflammes qui ne dataient certes pas du XVe siècle, mais concouraient aussi au renforcement de l'ambiance.

— C'est dégueulasse, de suspendre des jambons en l'air, assura Kraigut. Ca attire les bêtes parasites, ce n'est pas sain.

— Quelles bêtes tu veux que ça attire ? questionna Balzah. Les chauves-souris ?

— Ca attire les blattes. De gros cafards blonds qui cavalent sur ces aliments et de temps en temps te tombent sur la perruque ou dans le cou.

Nez en l'air, ils allèrent examiner les charcuteries suspendues. L'un soutenait qu'elles étaient en plastique, l'autre assurait qu'elles étaient bien vivantes et soutenait sa démonstration en démontrant que le gras d'un des jambons avait commencé à se liquéfier et à dégouliner, laissant une coulée sur une poutre, et une petite tâche de graisse sur la moquette, droit en dessous.

— Le plus beau, c'est ça, conclut Slusherboot en désignant une belle meule bien ronde, suspendue à trois mètres de haut dans l'ombre, au dessus de la cheminée.

— Pourquoi ils sont allés fourrer ce machin en l'air ? demanda Bahlza. Faudrait être simple d'esprit pour monter là-haut astiquer son couteau.

— C'est pas toi qui grimpe, c'est la meule qui descend, assura l'autre. Demande au Cortex, il va te la déballer et en plus, il va t'allumer la cheminée au passage et te la fendre en deux : on aura des morceaux à collectionner !

Nez en l'air, ils finirent leur inspection, jugeant que la suspension présentait une redoutable menace. Cet appareil consistait en une grille de fer forgée, sur le pourtour de laquelle on avait vissé des porte-ampoules et leurs caches en fausse bougie.

Pour donner du relief à l'ensemble, le dessous enjolivé de la grille avait été soudé de piques acérées comme par un forgeage spécial, pointes dirigées vers le bas. Mais normalement, la herse-suspension ne pouvait pas tomber : elle était retenue par quatre fortes chaînes, fixées à ses angles.

— D'ailleurs, ici, c'est une ancienne salle de torture, et ils ont tout préparé pour qu'un jour, en lâchant tout, ils puissent faire un carnage total, conclut Bahlza.

— S'ils veulent vraiment faire un carnage en lâchant tout, ils n'ont qu'à mettre leur litre de pinard à un euro, corrigea Slusherboot.

Mais tout le monde sait que Garnalvin, autrefois synonyme de piquette, a réinvesti sa pelote, réalisée dans la destruction par voie interne des SDF, autrefois nommés clochards, dans des vignobles réputés, renommés et bien placés.

L'apéritif consistait justement en une dégustation de ces nouveaux crus. Un garçon, travesti en sommelier, tablier sur le ventre et écuelle taste-vin au cou, pavoisait derrière une table dressée d'un nappe d'un blanc virginal, garnie de verres à pied, propres et nombreux.

A côté du sommelier habillé de propre, un petit guéridon supportait la masse des bouteilles à tester, dont la moitié était déjà ouverte.

Balzah trouva encore à redire sur cet arrangement destiné à provoquer la sympathie :

— Moi, je veux bien qu'on ouvre le vin pour le faire respirer, et le plus tôt est le mieux, mais dans une boutique, je me méfie toujours du tripotage et de la correction de dernière minute. Tu sais qu'un petit coup de marc de grappe dans la troisième bouteille, ça te ferait voter pied et poings liés ?...

— T'inquiète pas, ils n'ont rien à nous vendre, lui dit Slush.

Le garçon commença à faire goûter l'assemblée, avertissant bien haut qu'il n'avait pas de réserves pour certaines bouteilles.

Il remplissait un groupe de verres, déposait la bouteille derrière cette offrande et faisait un pas en arrière, comme pour laisser le champ libre, ou se dégager de conséquences cosmiques.

Le Hortec ne quittait pas le bord de la table, roulait des prunelles et avançait la lèvre supérieure. Le garçon crut reconnaître en lui un connaisseur.

— Qu'appréciez-vous particulièrement, Monsieur ?

— Le Séguret, le Lirac, le Chusclan, le Tavel, le Tricastin, le Beaume, répondit Le Hortec, superbe, citant certaines des appellations de la région Avignonnaise.

— Je crains de n'avoir rien de cette provenance, admit le sommelier. Comment avez-vous trouvé le Chardonnay vinifié en rouge ? Boisé ? Fleuri ?

— Liquide. Coulant en bouche.

— Vous savez qu'on a osé le Champagne rouge ?

— Ils ont parlé de cet attentat dans un quotiden régional... *L'Est Républicain*, je crois. Mais je ne le lis pas, je me tiens juste au courant des divers forfaits et audaces dans le monde.

— Je vois que Monsieur est un connaisseur. Et le Merlot ? Ses arômes amples ? Sa robe ?

— Celui-là, il était... rouge, quoi. Vous aviez remarqué ?

— Vous aurez goûté le Pinot noir, alors ? Facile, n'est-ce pas ? Mais assez sec, sentant la fougère ?

— Je vais vous dire... il avait... un goût de vin.

Le garçon finit de piquer un fard et s'appliqua à remplir des verres pour masquer son émotion et couper à la conversation. Mais il tremblait et versa sur la nappe.

— Ça sert à quoi, la gamelle que vous avez autour du cou ? questionna Slusherboot.

— Le taste-vin ? Je suis Officier-Commandeur de la Confrérie. Le cordon n'est pas de la bonne forme et de la bonne couleur, mais nous sommes ici entre profanes.

En prononçant ce dernier mot, il glissa un coup d'œil à Le Hortec, occupé à lamper du Grenache. Par chance, le chanteur n'écoutait pas, car il aurait certainement eu à redire sur le

principe : on le lui envoyait jamais sans risques une épithète qui put contenir ou impliquer un sens dépréciatif.
— Ah... Bon ! Vous avez certainement un nom, m'sieur l'Officier, pour tout dire quand on vous interpelle ?...
— Appelez-moi Laurent.
— Bon, Laurent, j'ai ouï-dire qu'il était d'usage de cracher...
— Ici on ne crache pas, Monsieur.

Cette assertion fut fournie avec un bel aplomb tranquille et supérieur. Aussi Slusherboot n'eut pas le courage de discuter cette règle. Mais il se rapprocha de Balzah et lui glissa :
— Bon sang, Mick, on peut même pas cracher. Mais qu'est-ce qu'il veut qu'on fasse, après son attaque de gencives ? Faudrait bien vidanger la bouillie viticole, pourtant ?
— Moi je crache de temps en temps, dès que j'ai la bouche pleine, lui expliqua Balzah. La porte des toilettes, c'est celle dans le coin à gauche. Prends pas l'urinoir du milieu, c'est le mien.

Le Hortec, expert en absorption d'hectolitres dans un minimum de temps, daigna écluser un maximum de verres.

Rythmiquement, les musiciens allongeaient le bras pour déposer un verre à pied redevenu presque transparent et en reprendre un autre, opaque et cramoisi. Cette mécanique dura jusqu'à ce que le guéridon soit comme désertifié et qu'une corbeille posée à terre soit remplie de cadavres vides.

A ce moment, les dégustateurs se soucièrent d'accéder à des absorptions plus solides.

Les soiffards louvoyèrent vers la grande table, dressée à côté de la cheminée vide. Les couverts avaient été disposés juste au-dessous de la suspension à vocation homicide. Balzah, dont l'opinion était faite, fit observer à Le Hortec la profusion de piques pointues qui saillaient de l'objet vers le bas.
— Cette grille pèse au moins cent kilos, évalua Le Hortec. Ils sont dingues de nous faire bouffer là-dessous. Si ça se décro-

chait, les pointes seraient capables de traverser les assiettes sans même les casser ! Alors je ne te parle pas de nous, misère.

Tous se mirent cependant à table, mais Le Hortec commençait apparemment à mûrir une idée... Descendre le lustre pour donner une leçon aux gérants du Donjon de Garnalvin ? Gilby le surveillait, alerté par les coups d'œil d'Eric. Manifestement, Le Hortec jaugeait l'ancrage des chaînes retenant la suspension. Il avait repéré que l'ensemble, après passage dans une poulie, redescendait vers un tambour et une manivelle, par une seule chaîne de fort calibre.

Après la terrine aux raisins et son verre de muscat, puis le coq au vin et un plateau de fromages bien arrosé, la mise en saoulerie débutée par l'apéritif fut parachevée. L'assemblée était globalement en état d'ébriété. Le personnel, ayant l'habitude de pousser la clientèle vers cette sorte d'état, appréciait le but atteint. La carte leur proposait des pêches melba flambées, des crêpes suzette flambées, des sorbets à la vodka et des oranges au marasquin. Gilby osa demander s'ils n'avaient rien sans alcool, mais sa demande fut complètement ignorée, malgré plusieurs relances formulées sur divers tons.

Au moment ou il gagnait la porte, à la recherche d'un responsable, un mouvement attira son attention, et en se retournant il vit Le Hortec auprès du dispositif à crémaillère qui servait à monter et descendre la grille et ses lampes.

La prévention du sabotage imminent le fit bondir en arrière auprès du Cortex. Mais celui-ci avait déjà commencé à descendre le luminaire au dessus de la table abandonnée précipitamment. Les convives surveillaient le cliquetis de la gâche d'arrêt.

— Lâchez ça tout de suite, commanda Gilby. Cette fois, je vous tiendrai personnellement responsable des dégâts, même si les témoins... vos copains... les ceux-là...

— Mais de quoi tu te mêles, cloporte ? commença à gronder Le Hortec. Tu veux me faire lâcher ce bidule ? Mais si je le lâche, ça se casse la figure, ahuri.

La suspension était maintenant à vingt centimètres au-dessus des verres. Une des piques était entrée dans le bouquet du centre de table, et tout le groupe faisait cercle en retrait, hors d'atteinte de la grille.

— Moi, je ne touche plus à rien, avertit Le Hortec en s'écartant ostensiblement de la crémaillère et de sa manivelle. Je laisse le truc en état d'immobilité, note-le bien, Raiffénazi caractériel.

— Vous devenez enfin raisonnable, hoqueta Gilby. Ne touchez surtout plus à rien, je vais appeler du personnel compétent

Laurent, débarrassé de son taste-vin, entra donc dans la salle et considéra calmement la situation.

— Si vous voulez consommer les desserts, ne manœuvrez plus ce truc, prévint-il à l'intention de Gilby. On ne le descendait que pour changer les ampoules.

Apparemment expert de la manivelle, il voulut remonter la grille, ses lampes et ses piques. L'ensemble remonta de deux bons mètres, mais la tige plongée dans le centre de table avait emmené avec elle le bouquet de fleurs artificielles.

— Ah, va encore falloir que je dégage ce ...dier de truc, grommela sourdement l'ex-sommelier. A chaque fois qu'ils picolent, il faut toujours qu'ils se distinguent...

Il abandonna la manivelle de la crémaillère et s'approcha de la suspension. Il prit une chaise et monta dessus, pour être au niveau de l'ensemble. De la main droite, il tira le bouquet, mais cette traction fit pivoter le support. Cette dérobade l'empêchait de tirer commodément. De la main gauche, il voulut saisir le cadre en fer pour bloquer sa rotation.

Il eut un hoquet et sembla agité de spasmes. Il resta là comme tressautant, une main en l'air et l'autre fébrile...

— Ça me rappelle le concert du Mesnil-Saint-Savin, apprécia Kraigut. Quand le régisseur avait voulu toucher au spot de poursuite...

— Mais oui, bon sang, il est en train de se prendre du jus ! s'exclama Balzah.

Slusherboot s'empara d'une chaise, la brandit en l'air et repoussa la suspension.

Séparé de celle-ci, Laurent poussa un beuglement horrifique et plongea en avant, d'un bond étonnant, au beau milieu de la table.

Il provoqua un fracas épouvantable en écrasant les verres et les assiettes. Sous son poids, la table qui avait été allongée pour la compagnie se plia en deux, et le corps du sommelier disparut dans ce hiatus, enveloppé par la nappe, les couverts, carafes et autres débris d'ustensiles.

Gilby s'approcha avec sollicitude. Le Hortec hochait et dodelinait de la tête comme un vieux sage, Balzah ricanait, les autres commentaient calmement cette nouvelle irruption de la folie poisseuse qui gravitait autour de Forte Savane.

Laurent se releva tout seul, constellé de débris et de taches.

— Oh la vache ! la châtaigne que j'ai gaulée ! annonça-t'il.

Il expliqua qu'il s'était attrapé une bonne rasade de courant électrique en saisissant le bord de la suspension, ce qui expliquait son cri et ses soubresauts.

Il avait encore l'air hagard et se frottait le poignet. Alerté par le bruit, Monsieur Grossioupy fit irruption dans la salle.

— Ah, Dieu merci, rien ne s'est décroché ! dit-il en entrant.

Balzah releva avec acrimonie ce premier commentaire.

— Vous voulez dire que vous vous attendez à ce que l'une de ces saloperies nous tombe un jour sur la calebasse, espèce d'assassin ? commenta-t-il..

— Oh, mais nous sommes assurés, corrigea Monsieur Grossioupy. Voyons, Laurent, que s'est-il passé ?

Laurent expliqua sommairement qu'il avait été victime d'un accident du travail. Gilby se porta témoin. Monsieur Grossioupy était assuré, mais bien ennuyé, et il aurait quand même bien apprécié de trouver un poivrot en faute. La victime, le témoin et le manager firent retraite vers le bureau directorial pour y discuter plus à l'aise.

— C'est maintenant qu'il faudrait leur descendre toutes leurs cochonneries, jugea Le Hortec en allant s'asseoir. Où sont les desserts ? Il me tarde de me tirer d'ici, parole !

Il bombardait le décor de la pièce d'une grêle de regards furibonds mais n'osait plus toucher aux pièges, averti par l'expérience du garçon. Si même le personnel se laissait prendre aux sortilèges du coin, il n'y avait plus rien à tenter, au risque de se prendre un mauvais coup.

Sur le guéridon des apéritifs, la réceptionniste spécialiste en armures dressa un buffet de desserts. Le groupe put ainsi consommer quelques sucreries fortement alcoolisées.

Gilby revint pour absorber une tranche d'orange au Marasquin et avertit l'assemblée que, l'addition étant payée, tous pouvaient maintenant repartir. Le chauffeur était resté sobre, se contentant de tout regarder sans toucher, ou surtout boire, ayant reçu le matin même un coup de fil de ses employeurs, alertés par Symphorep.

Il se dirigea d'un pas digne et compassé d'homme trahi vers le parking, tandis que les membres du groupe s'interrogeaient sur l'opportunité de reconstituer des réserves de boisson. Mais Le Hortec plaida sa détestation des produits garnalvins, juste bons à coller des ulcères vifs, et tous quittèrent le Donjon sans un regret.

SEIZE

**Un élixir de coquelicot
Serre sur Semur - Le Rempart d'Ibiza
Les Trois Roues Vertes - Franc-Pistil
Gastralgie minute - Ils vont en boîte !**

C'est un car rempli de braillards très gais qui quitta le Donjon de Garnalvin. Le Hortec n'avait rien détruit, Gilby n'avait rempli aucun chèque surprise, et tout le monde commentait le spectacle de Laurent étalé au milieu de la table fracassée. L'ambiance était pour une fois presque sereine et dégagée.

Ils approchaient de Serre-sur-Soing-les-Semur, leur dernière étape, l'occasion de boucler leur périple. La nostalgie étant ce qu'elle est, toujours prête à hanter les souvenirs de sa couleur attractive, les occupants du fond du car revinrent sur quelques impressions récentes.

— Eh, Cortex ! Tu te rappelles le "Dragon Céleste" de Blattigny ?

— Oh putainnn, si je m'en rappelle ! Tu te souviens de l'expression du garçon, quand je lui ai demandé s'il avait des brochettes de pingouin ?

Evidemment, tout le monde se souvenait de cet épisode qui n'avait jamais pris place dans cet endroit, et tout les passagers s'esclaffèrent comme au souvenir d'une bonne blague du père Le Cortex.

A propos de Serre-sur-Soing-les-Semur, le *Guide Alternatif Armand Auzymandias* dit à peu près ceci :

« Serre-sur-Soing-les-Semur fut fondé par les Bessuaves, tribu vassale des Parisy. César en parle dans ses

Commentaires et ajoute : "C'est là qu'on y trouve ces petites lavandières des bords de Seine qui, faisant la joie du tribun Bélisarius Calburnus, déchaînèrent son appétit au point de lui faire presque perdre la vie" (Traduction Boucard et Wilburson, Luret, 1948). La tradition des petites lavandières s'y est perdue, mais les illustres visites guerrières ne cessèrent pas pour Serre-sur-Semur. Presque rasée par Attila, elle fut relevée sous le règne d'Oleg III, fainéant mérovingien, par la construction d'une première abbaye de style néo-byzantin, appareillée en énormes blocs de munchite bleue, pierre qui ne résiste malheureusement pas aux outrages du temps. »

Qu'il nous soit permis d'ouvrir un aparté dans la citation du *Guide Alternatif Armand Auzymandias* pour ajouter à ce qui précède : "Et pour cause, la munchite bleue étant une pierre très rare qui déchaîne l'activité prédatrice des collectionneurs de cailloux." Mais poursuivons l'étude de ces pages riches de renseignements.

« Au XIIe siècle, la ville de Serre-sur-Soing-les-Semur atteignit le statut de ville franche, fut assiégée par Gonzales Hernan de la Fernandez d'Aragon Y Muybuen et construisit la magnifique abbatiale Saint-Moritz, dotée du fameux clocher-campanile du même nom. Dévastée par les Anglois pendant la guerre de Cent Ans, Serre-sur-Semur ne retrouva la prospérité qu'au XVIe siècle. Connue pour être une place forte de la Ligue, elle refusa d'accueillir les ambassadeurs hollandais en route pour Versailles et les lapida à coup de crottin de cheval sous les vocifération anti-huguenotes de la populace. Louis XIV, après l'échec de ses négociations, puis de sa guerre, avec les Provinces Unies, décerna à la ville le droit d'ajouter à ses armes le blason figurant un arrière de cheval and the extraordinary latinian motto « asinum meum te becoteteras », or « Osculer, oro te, asini », signifying « you'll kiss my arse ».

Napoléon faillit aussi y passer une nuit en 1822. Alors qu'il était déjà couché avec Madame Montholon, la nouvelle qu'Hudson Lowe était signalé à la grille lui fit relever une partie de son individu et prononcer : « Serre-moi avec soin, je crois que c'est mûr » ; – il est donc clair qu'il aurait bien voulu y passer la nuit –. Charles X vint chasser l'agouti à Serre-sur-Semur. A cette occasion, les commerçants de la ville lui offrirent un ragoût de rat palmiste pour le consoler d'avoir fait choux blanc dans la chasse de ce petit rongeur étriqué. Plus récemment, René Coty faillit y décéder, au cours d'un empoisonnement aigu, pour y avoir trop mangé d'andouillettes mal lavées. Le Général de Gaulle a essayé d'y prononcer un discours en 1966, mais le chauffeur de la DS s'est trompé de route et son discours, le Général l'a prononcé le lendemain à Vincennes. »

Serre-sur-Soing-les-Semur n'a pas encore de centre commercial digne de ce nom, mais cela ne saurait tarder, puisque le projet en est inscrit au programme des délibérations du Conseil Municipal, grâce aux efforts de Jean-Louis Périgourdin, ancien amant de Madame Montenlarge, épouse du Président de l'Union de Défense des Petits Commerçants de Serre-sur-Semur.

Il faut ici hélas commenter une fois de plus les graves aproximations du *Guide Alternatif Armand Auzymandias*, et surtout cette coquille d'impression qui fait survivre l'Empereur à Sainte Hélène jusqu'en 1822, alors qu'il y décéda, comme chacun sait, en 1821. Quant à la mise en cause d'Albine de Montholon, elle est simplement détestable.

Relativement au renseignement approximatif et diffamatoire, rapporté au sujet d'un centre commercial digne de ce Nom, celui-ci fut recueilli suite à une conversation tenue au "Rempart d'Ibiza" entre Eric et une dame – renseignée de première main et au plus haut chef – sur les affaires commerciales secrètes de Serre-sur-Semur.

Le car arriva dans un faubourg de Serre-sur-Soing-les-Semur, composé d'une très longue rue aux façades mornes, reliant la gare au vieux bourg. Dans cette rue, les regards de

Forte Savane et du groupe Symphorep furent attirés par deux enseignes voisines, rivalisant de néons et appartenant l'une au "Disque Céleste", restaurant exotique, et l'autre au "Rempart d'Ibiza", discothèque rurale française.

— Alors on va se quitter comme ça, on n'aura même pas été se bidonner en boîte ? demanda Dublaudé.

Sa proposition, qui n'aurait intéressé personne deux jours avant, déclencha une vague d'acclamations. Ce succès tenait surtout au fait que ladite boîte venait d'être repérée, située, et qu'elle n'avait contre elle rien d'intimidant ni d'éloigné.

En effet, l'auberge des "Trois Roues Vertes" était située à deux cent mètres de là, et celle-ci était leur destination à Serre-sur-Soing-les-Semur.

— Ca fait du bien de ne pas mettre les pieds dans un "Paritel", apprécia Balzah, collectionneur émérite de savonnettes.

L'auberge des "Trois Roues Vertes" était un ancien relais de poste, nettoyé, rénové et aménagé. Au-dessus de la porte cochère se voyait encore une poulie, placée sous une avancée du toit, et la cour comptait deux boxes à chevaux, apparemment vides. Ensuite de quoi, les bonnes résolutions de l'invocation chevaline avaient été abandonnées, car d'une part, un bout du bâtiment avait été cédé à une pharmacie, moderne d'aspect, et d'autre part, la salle à manger de l'auberge était encombrée de boxes aménagés à partir de matériel ferroviaire de récupération.

Ce parti-pris n'était d'ailleurs pas du tout gênant, et aurait même pu devenir charmant au bout de cinq minutes, si certains détails disgracieux avaient pu être gommés, comme le juke-box Wurlitzer haute époque et les deux flippers de collection abandonnés là sans doute par erreur. L'erreur se continuait d'ailleurs avec la mise en relief d'une très vieille pompe à essence, désaffectée bien entendu, mais bombardée des lumières crues et blanches d'une batterie de projecteurs halogènes.

Les plafonds bas avaient partout été peints en laque rouge de Chine. Tout effet "nostalgique" était ainsi banni et éli-

miné au bénéfice d'une impossible ambiance écrasante. Pour une fois, c'est Gilby qui eut le mot juste en murmurant :
— On se croirait dans les boyaux d'un putois !
Des trois roues vertes qui avaient laissé leur nom à l'auberge, nulle trace. Plus tard dans la soirée, comme Gilby ne les voyait même pas figurer dans la sérigraphie déposée en haut de son assiette, il questionna un responsable à ce sujet. Celui-ci répondit qu'à son avis, il devait s'agir des roues d'un chariot qui avait donné son nom au bar qui occupait précédemment l'endroit, dans la première moitié du siècle précédent. Gilby goba ce renseignement. Qu'est-ce que la science, en fait ?

La visite du jour, prévue pour le groupe Congé-Congrès parvenu à Serre-sur-Soing-les-Semur, se résumait en une visite de l'Abbaye du Franc-Pistil, située à une centaine de mètres des "Trois Roues Vertes". Pendant que les roadies et le chauffeur s'occupaient à installer le matériel du concert dans le lieu prévu, une grange elle aussi à deux pas de là, Gilby emmena Forte Savane chez les moines.
— J'espère que vous vous tiendrez ! Si vous faites le ramdam là-dedans, je me désolidarise, je fuis, je vous laisse dans l'excommunication, prévint-il.
— Y'a pas de ramdam ou de ramadan qui tienne, l'avertit Kraigut. On a tous de de la religion.
— On aime le culte, ajouta Le Hortec.
Le Franc-Pistil, comme chacun sait, est une spécialité dépurative dont l'amertume laisse loin derrière elle la liqueur de Salers, la Suze ou toute autre tentative prétentieuse de confiner l'amertume en bouteille. Le Franc-Pistil est simplement l'absolu de l'amer, à vous en faire sortir la langue à travers les dents. Ce n'est pas une amertume de produit chimique, comme le benzoate de dénatonium ou l'octa-acétate de saccharose, tous deux utilisés comme dénaturant. Les bons moines distillent leur record à partir d'un bouquet d'herbes des prés, où

le coquelicot entre pour une bonne part, sans compter diverses écorces de magnolias.

Le Franc-Pistil a d'ailleurs une odeur de coquelicot écrasé, et une splendide couleur verte, due aux colorants chimiques E140 déclinés dans leurs différentes versions. Le fait que ce produit soit presque complètement imbuvable assure à la fois son succès d'estime et sa notoriété nulle, garante de sa rareté, de sa totale confidentialité, et de son originalité extrême.

Bien entendu, les bons moines n'en sont plus à consommer des pois ou lentilles, ni à se déplacer à dos d'âne ; c'est dire que le marketing moderne a néanmoins su s'épanouir dans leur conscience toujours éclairée par la prière et les macérations. Si, à nos latitudes, le Franc-Pistil n'est qu'une curiosité intéressant juste les collectionneurs de mignonnettes et les examinateurs du CAP de représentant-caviste en tord-boyaux et spiritueux, ce breuvage a su développer, outre-frontières et vers les antipodes, quelques niches d'un bon rapport en devises et liquidités étrangères.

Ainsi, les visiteurs apprirent, pendant la visite, que certaines bodegas reculées de l'Amérique Latine étaient littéralement inondées de cette liqueur. Et donc, il paraît que Punta Arenas, en Patagonie chilienne, dont la température moyenne subpolaire tourne autour des 6°, ne connaît pas le Fernet-Branca et ne réchauffe les humeurs de ses dames qu'à l'aide du Franc-Pistil. C'est ce qui explique en partie son étiquette bleu-blanc-rouge, qui n'est donc pas ainsi l'expression du seul hasard. Cette étiquette est en soi difficile à coller, la bouteille étant plus ou moins sphérique...

— Patagonie ! Murmura Slusherboot.
— C'est l'agonie ! compléta Balzah.

On leur fit visiter de magnifiques installations qui n'avaient pour seul tort que d'être absolument impeccables, ainsi que le leur fit remarquer Le Hortec. Poursuivant dans cette logique, il accusa les moines de distiller leur fourrage dans un autre endroit, là où les puanteurs d'alambics ne gêneraient pas la populace locale, et de réserver aux gogos la vision dans l'abbaye d'une idéale fabrique plus propre qu'un labo pharmaceutique. Cette sortie plongea le guide qui leur faisait la visite dans une stupeur ahurie.

Il s'immobilisa, dans sa robe marron de moine, ouvrit la bouche, la ferma et s'adressa à Le Hortec.

— Est-ce que vous m'accuseriez de mensonge ? prononça-t-il, pantois.

— C'est pas moi qui ait inventé que le lapin allait s'appeler carpe. Si vous vendez votre jus à ceux qui n'ont pas inventé le soda au cola, ni le colin au merlu, tant mieux pour vous...

— Il est possible, ou probable, que pour économiser le miror et l'ammoniaque dans le récurage de tous vos tubes, vous fassiez une petite distillation tous les six mois, concéda Kraigut, intervenant au secours du chanteur.

— Mais ne nous gonflez pas le boudin en nous racontant que ça se passe dans cette cambuse, ajouta encore Le Hortec. Tout ici est pour le touriste, ça se voit bien, alors ne nous prenez pas pour des truffes...

Il fallu alors pratiquer une interruption dans le cours de la visite pour déminer l'expression "Gonfler le boudin", qui risquait à elle seule de compromettre toute la suite de leur présence dans l'abbaye. Amende honorable faite, Le Hortec tint sa langue et s'absorba dans une contemplation quasi religieuse des tuyaux censés transporter des hectolitres de liqueur.

Et effectivement, il leur fut impossible de contempler l'opération cruciale – s'il est possible de poser ce dernier mot dans un tel contexte – de l'embouteillage, et de voir couler la liqueur pour de bon. Le groupe termina sa visite dans un entrepôt voûté, en face de piles de cartons prêts à partir pour les quatre coins du globe (comme le prononça Slush).

— Nous voici maintenant face au hall d'embarquement, pérorait le moine. Ces quais ont été prévus pour l'accostage simultané de quatre semi-remorques. Cette capacité de chargement est certes actuellement sur-dimensionnée, mais prévoir, c'est anticiper, comme disait saint Thomas d'Aquin.

Il pratiqua une pause pour fermer brièvement les yeux, levés au ciel comme pour remercier le Tout-Puissant de ce miracle prochain, et poursuivit :

— Nous terminerons la visite par un arrêt à notre stand de dégustation, où vous pourrez savourer le Franc-Pistil seul, ou en cocktail, moitié liqueur de cassis, ou moitié chartreuse. Nous vous conseillons également le mélange avec le Kaluah, voire l'exotisme avec le Pisco ou le Pisang...

— Quel mélange nous recommandez-vous, mon père ? fayota Gilby.

— Je préfère une toute petite goutte dans un grand verre de champagne, répondit le père avec un air détaché qui cachait mal une pointe de ce qu'on aurait eu tort de prendre pour de la gourmandise.

Quelqu'un, chez Symphorep, avait dû mélanger les fiches de Gilby. Il était impossible qu'un organisateur de planning sachant ce qu'il allait faire ait placé le même jour la visite du Donjon de Garnalvin avec la visite du Franc-Pistil. Mais à la réflexion, il était aussi impossible de prévoir qu'on pouvait tomber sur un groupe comportant Le Hortec et consorts.

La halte au stand de dégustation leur prit évidemment trois quarts d'heure, chacun voulant tester et goûter toutes les variétés, comprenant le Franc-Pistil vieux ou le Franc-Pistil aux écorces de citron et cédrat. Deux ou trois rockers furent directement mis à mal par l'arôme puissamment végétal de la liqueur, tombant sur leur estomac attaqué par les ergots du coq au vin. Ils devinrent intensément d'un vert assez proche de la couleur du Franc-Pistil, et ne quittèrent pas l'abbaye sans avoir fréquenté les toilettes publiques des bons moines. Ces lieux étaient d'ailleurs sur-dimensionnés, comme le quai d'embarquement. Prévus pour un usage intensif, ils rivalisaient aussi avec les thermes de Néron, du temps de la splendeur de ceux-ci, pour la dimension des caniveaux, le nombre de boxes et le ruissellement lustral.

Lors de cette visite-dégustation, et sans circonstances aténuantes, Le Hortec était déjà complètement cuit lorsque il se dirigea, gobelet de kir Franc-Pistil en main, vers ces toilettes somptueuses.

Juste à l'entrée de celles-ci, plusieurs dames inscrites à une autre visite avaient déposé leurs sacs à main sur le carrelage, par manque de place pour les garer et suspendre dans d'autres endroits, et sans surveillance, car chez les moines on ne risque rien.

Bien évidemment, Le Hortec, en arrivant, ne voyait que la porte des Gentlemen. Il passa le pied dans la courroie d'épaule de l'un de ces sacs. Son pas triomphal fut soudain entravé par la légère gêne de l'impedimenta, destiné désormais à suivre son allure.

Le Hortec jura, bascula et, énervé, tira le pied comme si, avec une vocation de danseur et non plus de chanteur, il s'était retouvé sur un terrain de football. Le sac décrivit une magnifique trajectoire courbe et alla exploser contre le mur, répandant à la volée poudriers, tubes et autres accessoires.

Malheureusement, dans le déséquilibre occasionné par l'objet, Le Hortec avait renversé un peu du verre qu'il tenait au poing. La précieuse boisson opalescente gisait sur le carrelage, sous l'œil stupéfait du propriétaire de ce qui était maintenant un demi-verre.

— Tiens, la stupidité ! proféra ce dernier.

Alors totalement en fureur, il s'empara du sac éventré par son effort footballistique, et, le trouvant trop léger et impropre à son projet sacrificiel, il le rejeta... pour s'emparer d'un autre sac, qui n'avait pour sa culpabilité prétendue que de se trouver là, au mauvais endroit et au mauvais moment, gisant sur le carrelage.

— Tiens, vise la stupidité ! répéta Le Hortec en ouvrant grand cet autre sac.

Et, pour calmer ses nerfs excédés, autant que pour donner une bonne leçon aux semeuses d'embûche qui laissent traîner des chausse-trappes sans s'inquiéter, il y versa le reste de son kir pêche-Franc-Pistil. C'était bien la conséquence de l'erreur d'une insouciante confiance dans les intentions du Ciel concernant l'abbaye : un diabolisme dionysiaque, sous la forme d'un demi-verre de vin rendu amer et collant, destiné à autant marquer sa trace que polluer papiers, clés, téléphone, garnitures et divers objets.

Puis, soulagé, et sa vengeance défoulatoire ayant servi à son exultation, Le Hortec pénétra chez les Gentlemen. Il y retrouva Eric, qui avait tout entendu et qui se rinçait les mains, ayant aussi sorti son peigne pour se refaire une coiffure à l'eau. Le Hortec dédaigna le regard accusateur de l'accompagnateur Symphorep, le jugeant moins saoul que lui, et donc moins sérieux.

Les deux n'étaient pas encore ressortis, admirant les piles de petites serviettes éponge blanches disposées dans des panières sur le marbre, lorsqu'ils décidèrent de demeurer encore un peu plus dans cet abri, saouls mais pas inconscients.

En effet, de l'autre côté de la porte, des exclamations fusaient autour des sacs piétinés, éventrés et renversés.

— C'est vrai qu'ils sont dans le passage. Il faut les mettre à l'abri des enfants ! décida une voix féminine autoritaire appartenant sans doute à une espèce de manager, une Gilby femme.

Deux ou trois gamines furent aussitôt prises à parti, dans un brouhaha mêlant dénégations et accusations. Ainsi devait se préparer, autrefois, le sacrifice des vierges jetées aux lionnes.

Les dames s'activèrent pour remiser leurs sacs à l'abri des enfants, lesquelles furent enfin forts surprises, entre deux morigénations et tiraillements d'oreille, d'apprendre qu'elles seraient punies pour avoir, dans leurs courses et ébats, commis d'horribles méfaits envers au moins deux sacs à main.

Les cris des innocentes vestales et le grondement des matrones décrurent et s'éloignèrent. Le Hortec décida de sortir tête haute et de retourner au stand de dégustation.

Plusieurs fois ensuite, le Hortec avait au bar reconstitué le niveau de son verre, diminuant à chaque fois la dose de Franc-Pistil, pour tenter de retrouver la tonique du muscadet, lorsque se prononça en lui une nouvelle envie sous-basse-ventrière, alimentée par les deux uretères qui vont des reins vers la vessie.

— Faut que je retourne faire pleurer une saucisse ! Ma meilleure amie, d'ailleurs ! précisa-t-il derechef au bon moine posté derrière le buffet.

Celui-ci se demandait probablement s'il n'attraperait pas une tendinite, à force de trop souvent répéter le même geste, avec les mêmes bouteilles et le même buveur.

Encore plus cuit que cuit, Le Hortec retourna aux toilettes. Il avait un autre rendez-vous avec les sacs à main.

L'entrée des commodités se trouvait au fond d'un large couloir carrelé, bordé de miroirs. Les dames en visite avaient finalement décidé de remiser là leurs divers bagages, sur le carrelage, bien visibles le long des murs. Les sacs étaient au nombre d'une bonne douzaine, alignés bord à bord comme les murs de bois de l'escadre qui, à Salamine, chez les anciens Grecs, ne put manœuvrer et fut promise au désastre, pour ne pas avoir permis à un pied de se poser entre les navires pour rejoindre les toilettes.

Car Le Hortec longeait les miroirs, décidé à s'y appuyer, au cas où il aurait vacillé.

Pris au piège de ce terrain faux et roulant sous les chevilles, Le Hortec évita plusieurs sacs avant de se mettre à bramer de grandes imprécations. Celles-ci attirèrent quelques dames qui, restées en arrière-garde à proximité des toilettes, ne parvenaient pas à se consoler du saccage commis contre le premier dépôt des sacs à main.

Cette fois, Le Hortec n'atteignit jamais la porte des Gentlemen. Il fut éjecté du couloir des toilettes. L'abbaye du Franc-Pistil ne comportait pas de videurs, ni même de Frère Musclé, mais Le Hortec retourna droit à la dégustation, la mine basse.

Là, un moine coiffé d'une couronne de frisettes brunes essayait de mettre fin à la tuerie du muscadet, une douzaine de bouteilles vides encombrant déjà le dessous du bar.

— La fin du monde viendra quand toutes les cadavres seront couchés sous l'Autel, lui asséna Slush, énervé par des conseils de tempérance ; vous pouvez vérifier, c'est dans la *Bible* !

Le batteur avait encore trois gobelets pleins devant lui, glanés lors du dernier mouvement de versement collectif.

— Je crois que j'ai pas pu pisser, confia Le Hortec à Balzah. Y'avait plein de groupies très nerveuses... Elles boivent un petit coup, ça fait vaso-dilatation, elles se tiennent plus. Tu sais que leur cerveau n'est pas fait comme le nôtre ?

— Si, si ; le nôtre aussi est fendu au milieu. Tu parles du poids ?

— Le poids c'est normal. Elles ont généralement moins de masse corporelle, mais la boîte crânienne est remplie pareil. Non, je veux parler de la testostérone dans la tête... Tu sais quoi ?

— Dis voir ?

— Elles n'en ont pas !

Le Hortec n'avait pas l'air de réaliser que, si ses victimes avaient disposé de testostérone, il aurait probablement été victime de voies de fait. Peut-être même aurait-il été giflé.

— Himmel-kreutzsacrament ! prononça Slusherboot en clappant de la langue. Mélangé à de la vodka, manquerait plus qu'un peu de piment.

— Ne jurez pas ! s'opposa le moine bouclé. Même dans une langue étrangère ! Croyez vous qu'On ne vous entende pas ? Ni qu'On ne vous comprenne pas ?

— Tabarnoche ! s'exclama le Hortec. Vous pouvez m'expliquer ce passage d'*Exode*, 34, 14 : "Tu ne te prosterneras pas devant un autre dieu, car Yahvé s'appelle jaloux ; il est un dieu jaloux."

Monothéistiquement parlant, ça veut dire quoi ? Qu'il est jaloux d'autres dieux qui n'existent pas ?

— Il est jaloux de l'intention de prier avec foi par erreur d'autres dieux qui sont des erreurs, tout comme vos jurements sont des erreurs qui ne peuvent même pas l'atteindre, s'insurgea le moine, devenu cramoisi.

— Sti de Kriisss ! Je voulais vous le faire dire ! Vous voyez bien qu'on est d'accord ! S'il n'est pas atteint, il s'en contretape !

Le retour à l'auberge des "Trois Roues Vertes" s'opéra en file indienne. Le Hortec, vaillant, ouvrait la marche, escorté par un Gilby grisâtre. Puis venaient les valétudinaires des thermes du Franc-Pistil, Balzah et Kraigut, atteints de pituite et de gastrite aiguë, accrochés eux aussi au bord du blasphème. Ils étaient flancs-gardés par un Slusherboot louvoyant, miné par des vertiges et des éblouissements.

Les malades s'arrêtèrent bien volontiers à la pharmacie qui faisait le coin de l'hôtel pour se munir de cachets effervescents, aux Sels de Bourget, et autres spécialités Salicylées, puis ils montèrent illico dans leur chambre. Leur destin du jour leur promettait vomissement forcé ou un maigre repos, dans l'espoir que l'allothérapie leur accorderait un rétablissement miracle.

Il faut bien croire que par l'effet de la jeunesse et du rock, Forte Savane avait provisionné des ressources hépatiques inaliénables. A l'heure du concert, ils descendirent tous en bon ordre, clairs comme au surlendemain d'une gueule de bois. Ils s'entreregardaient, encore dans le souvenir récent de s'être vus défaits, zombies, verdâtres. Puis ils entrèrent sur scène, face au public. Ils fallait donner un spectacle de musique, non, de rock.

Slush grimpa sur son tabouret, se décida à saisir les manches à balai retaillés qu'il s'était artistement sculpté.

Le Hortec et Balzah ajustèrent les strap-on sur leur épaule gauche, donnèrent du jeu au câble et ouvrirent le bouton de volume sur leur instrument.

De son côté, Kraigut avait lui aussi vérifié ses leds et potards et se retint pour ne pas produire un La aigu. Non, il fallait du Fa grave... Le plus grave possible...

Balzah le regarda. C'était maintenant à lui d'appuyer la répétition... Lentement... Majestuoso... Il sortit un Do deux temps, répété sur les deux autres temps de la mesure, puis répéta le battement Doo-do-do, Doo-do-do, et passa enfin à Doo-ré-mi, pour se caler sur Faa-fa-fa.

— C'est pas du rock, s'étonna Eric...

Le Hortec allait pouvoir pousser son fameux brâme à faire cailler les yaourts. Il secoua la tête, la renversa en arrière, approcha le micro, et hurla... Kraigut en profita pour lancer la nappe de synthé sur un accord de Fa majeur...

Le concert était commencé.

Gilby se tourna vers Eric et poussa un soupir visible, totalement inaudible dans la marée sonore. Il avait craint que Forte Savane ne déclare forfait ce soir là. Ou alors, de voir le groupe entrer en scène défoncé, selon la légende des combos californiens maudits... Voir les rockers titubants se lancer dans un bruitisme absolu, incapables de détacher une note de l'autre, ou de se caler sur une ligne de basse... Laisser une boîte à rythme ou un autre robot assurer le spectacle, un musicien déclenchant parfois un clic, un burp, une boucle de ritournelle...

C'eût été tout à fait dans un style rock, ou au-delà encore de la persécution à laquelle il était maintenant habitué. Mais non, Forte Savane aimait trop jouer, et jouer du rock pour de vrai, pas dans des répétitions, des jams, des réunions croches.

Lorsqu'on connaît un morceau par cœur, il ressort sans effort, avec juste assez d'attention pour se caler sur le rythme et les détails fournis par les partenaires. Il faudrait être réellement dans un état comateux vraiment dépassé pour ne pas arriver à reproduire les séquences de gestes bien connus. Après avoir joué d'un instrument tous les jours pendant plusieurs années, on arrive, quoi qu'il en soit, à s'en sortir...

Le concert fut donc assuré. Les lumières baissèrent enfin, les musiciens vinrent saluer, quittèrent la scène dans l'obscurité. Puis ils revinrent dans le tonnerre d'applaudissement et jouèrent *Franconville*, un de leurs brûlots. Le morceau s'acheva sur un fade-out de l'orgue, et un thème revint à la basse sur la dernière note soutenue par Kraigut : un autre morceau commençait. Eric avait assez entendu Forte Savane pour juger qu'il s'agissait d'un nouveau morceau, bien qu'il recolle divers thèmes et variations des préférences des musiciens. Il n'y avait pas encore de paroles, et le Hortec remplaça les couplets par trois courts solos de guitare, apparemment ornés à l'identique.

Puis il adressa des hochements de tête au bassiste et au clavier, et s'approcha du micro. Dans le rythme qui faiblissait d'intensité sonore, il annonça :

— C'était un nouveau morceau intitulé *La multiplication des pains*. Voici maintenant notre dernier titre, *Refe Nazi*...

Il se recula, attendit que ses comparses prennent de l'élan en envoyant leurs parties, puis se rapprocha du micro :

Submarinos y merinos
Le mouton fait ousqu'on lui dit
Donde dindon et jusqu'à l'os
Refe nazi jusqu'au Chili

Ptit pot Léon quatre m'en doute
Survivent et s'empapaoutent
Cent papas s'filent des taloches
Refe nazi en Bariloche

Refe nazi Refe nazi
Refe nazi Refe nazi

Refe nazi Refe nazi
Dans l'style pourri du p'tit Gilby

Focus cobalt Patagonia
No habla d'ça, Santiago nia

Si t'as du poids d'utilité
Vois les bouffeurs d'fromage de tête
Les pots léons, pouvoirs dopés
Refe nazi et arbre à lettres

Ils aiment ça la crêpe au poulet
Pis quand ça chie, les v'la caltés
S'trissant droit en Patagonie
Pour échapper à l'agonie

  Le groupe acheva le morceau dans la cavalcade habituelle, puis stoppa sur le dernier VlamBoum de Slush. Les musiciens s'inclinèrent, puis trottèrent pour quitter la scène tandis que les néons se rallumaient. Une fois de plus, c'était fini
  Le public commença à quitter la salle. Gilby regardait Tseu, Dublaudé et Tillard déjà s'activer en récupérant des brassées de câbles et en amenant les couvercles des amplis et synthés.
  Il vit du coin de l'oeil un nouvel individu faire irruption sur la scène, se diriger vers Eric et lui glisser quelques mots. Eric piqua droit vers Gilby.
— C'est pour une interview, annonça t-il.
  Une interview ? Gilby en était resté aux journalistes encombrés d'un énorme magnétophone pro, micro en avant, en vareuse prête à protéger le tout. Ce type en chandail rasta était-il seulement journaliste ?
— Pour la presse régionale ou pour une radio ?
— Il se réclame d'une radio locale, mais à mon avis ça va encore finir sur internet...
— Passez-lui un dossier de presse et laissez-le faire, je m'en fiche qu'il raconte n'importe quoi, de toute façon c'est n'importe

quoi... tout ça. Essayez de vous assurer de récupérer un échantillon du résultat final. On en aura peut-être besoin...

Le journaliste disparut vers les coulisses, une sorte d'appentis-débarras faiblement chauffé, où Forte Savane se frottait une toilette sommaire avec des serviettes jetables et de l'eau en bouteille.

Gilby resta 5 minutes à regarder les roadies finir de remballer le matériel, en particulier la petite table de mixage, en location, et les micros, toujours fragiles. Les deuxièmes basses et guitares étaient déjà dans leurs valises. Avec un entrain et un professionnalisme digne de vrais déménageurs, les roadies évacuaient maintenant les divers colis vers le car, avec un roulement étudié et imparable : un à la surveillance, deux à l'évacuation, celui revenant pour rester sur scène remettant les clés du car au reposé qui partait avec deux valises.

Puis il décida d'aller écouter l'interview. Ça pouvait être instructif...

Le chanteur et le clavier étaient accoudés sur un établi, en compagnie du journaliste. Entre eux, on pouvait distinguer deux ou trois bidules électroniques, probablement dévolus aux enregistrements. Gilby se contrefichait de savoir si c'était sur téléphone ou en MP8, avec son comme dans un tuyau, parasites, bruits, clics et souffles. Plus la technique avance, et plus on désire du naturel et du limité.

Le journaliste tirait sur un mégot marron, apparemment en papier, mais peu soucieux de le faire tourner. Forte Savane était résolument un groupe non-fumeur, quoi que porté sur une autre forme de narcose : la picole.

— Mmmh... Heu... Et alors, là, ce vers qui se termine "En Bariloche"... C'est de l'Espagnol ?

— Bariloche, c'est un patelin de Patagonie. C'est là que Hitler est censé avoir fui, en 45, à bord de deux sous-marins. C'est une chanson sur la fin des nazis... Les petits chefs trop voyants, de nos jours, sont condamnés eux aussi à l'écrasement...

— Il y a une dimension de la dénonciation, dans le rock, depuis toujours, assura Kraigut.
— C'est un message politique, alors ? questionna le journaliste.
— Pas du tout. La politique, ça n'existe pas. Depuis l'invention de la pyramide sociale, disons par convention il y a huit ou neuf mille ans, et bien avant l'invention de l'argent, c'est-à-dire du Trésor, le pouvoir est entre les mains de quelques uns, et c'est tout. De nos jours, le Pouvoir repose, grand A, sur un ensemble de discours dominants, discours pourris et qui peuvent être théocratiques, démocratiques ou oligrachiques ou technocratiques, ça ne change rien. Grand B, il y a une sous-couche de légalisme légitimateur qui se prend terriblement au sérieux, de manière souvent dramatique. Tout ça est outré dès sa mise en œuvre. Il faut inlassablement dénoncer ces mensonges, ces prétentions, annoncer que la conscience prévaut... dit Kraigut.
— C'est ce que fait le journalisme, se rengorgea l'interviewer.
— Tire bien sur ton mégot, ça va te clarifier, lui assura Slush.
— Le rock, ça balance le jus plus droit, en cinq minutes, c'est un cri de liberté. Un cri dédaigneux... assura Le Hortec.

Il se tourna vers Kraigut et lui dit :
— J'aime bien ton fantasme sur la conscience qui prévaut.
— Le rock, ça fait pas dans la psychanalyse : on demande même pas que quelqu'un écoute, se mette d'accord ; pan pan vlan, c'est comme ça, asséna Slush.
— C'est la logique de l'amplification. C'est ce qui réside dans cette histoire d'électricité : on est entendu parce que ça gueule, précisa Balzah. C'est des sirènes d'alerte.
— Bien entendu, l'électricité, ça traite aussi le son. Depuis le début du rock, on veut entendre des sons qu'on n'avait jamais entendus, ajouta Kraigut. Ça interpelle, ça permet de se rendre compte comme dans un miroir. C'est ça qui prévaut.
— *In The Mood*, en 1939, personne n'avait entendu cette chanson, objecta Slush. Mais en 1945, *Lilly Marlene* c'était fini, et *In The Mood* était un air mondial...

— C'est pas comparable... In The Mood, c'est du jazz...
— Ben voilà ! Le jazz, c'était la recherche d'harmonies et de mélodies qu'on n'avait jamais entendues. Le rock, lui, il défriche les sons, répéta Kraigut. Encore plus basique.
— Tout à fait, se rengorgea l'interviewer. Un bon journaliste critique de rock, ça ouvre toutes les barrières de l'expression possible...
— Je ne voudrais pas surabonder dans l'idée qu'il y eut des précédents, mais en lisant les Chroniques de jazz de Boris Vian, n'y verrait-on pas déjà comme une mince tranche d'alacrité souveraine ? s'étonna Le Hortec.
— C'est vrai qu'il y allait pas avec le dos de la cuiller pour étriller le matricule des journalistes de jazz concurrents qui écrivaient des stupidités consensuelles ou réacs, argumenta Kraigut.
— Je ne sais pas si je vais pouvoir trier tout ça, se plaignit le journaliste. Vous avez trop de mots compliqués. Vous me collez la honte.
— Alors ne trie rien. Balance la purée comme ça.
— Elle est où, ta webcam, déjà ?
— C'est ça, là... La boule sur le cube.
— Très bien, je vais tout bien expliquer, déclara Le Hortec.
— Vas-y, on est là pour ça, acquiessa le journaliste.
— Eh bien, on ne dit pas aller au concert, on dit aller chez le concert, commença Le Hortec. Puisque, bien entendu, on ne dit pas "Je vais au coiffeur", mais on dit "Je vais chez Pietro Lannes". Ou encore, on ne dit pas "Je vais aux œufs de merlan", mais "Je vais oser chez Pietro Sciant"... Encore, que, comme le disait Maine de Biran, l'usage crée le fait, l'Institution précède la Loi, et que le précédent établit jurisprudence, puisqu'on rencontre la forme "Je vais zo bal". Par contre, là, on ne dit pas "Je vais dans un bal con", mais "sur un balcon".
— Je ne comprends pas tout à fait, protesta le journaliste.
— La preuve, est-ce qu'on dit "Aller chez les fraises ?" Non, non, on dit "Aller aux fraises", asséna Le Hortec.

Sérieux comme un pape, il fixait la caméra. Le journaliste, soudain, ramassa son équipement et voulut s'enfuir. Eric le rattrapa, lui donna trois affiches et des tracs, en lui conseillant de bien scanner le logo... Sur ce, le journaliste disparut.

Quant à lui, Le Hortec ressortit de cette interview toujours frais comme une rose, et il se déclara prêt à aller dîner au "Disque Céleste".

— Reste avec nous, Cortex, insista Tillard. On a plus tellement de soirées à passer ensemble.

— Pas question. Je ferai un effort demain, mais ce soir je vais aller tester leurs spécialités d'ici. Un jour je vais faire un Guide de tous ces restaus, et alors il faut que je continue de devenir un expert.

C'était la première fois que Le Hortec lâchait une explication, aussi bizarre soit elle, qui soit plausible et puisse cadrer avec son engouement extraordinaire pour la cuisine asiatique. En fait, cette énigme ne devait être résolue que le lendemain soir, mais comme ne l'a peut être jamais précisé saint Thomas d'Aquin : anticiper ne vaut qu'à bon escient.

Gilby, absolument non consulté, émettait pour sa part des signes de la main signifiant en quelque sorte : « Laissez tomber, s'il veut y aller, il y aura ça de moins à surveiller » .

Le Hortec enfila son blouson bordeaux en croûte de cheval et démarra d'un bon pas vers le "Disque Céleste". Dès qu'il eut passé la porte, Gilby, soupirant d'aise, se mit le nez sur le menu, punaisé sur un panneau de liège.

Par une ironie du sort assez extraordinaire, le plat principal du soir consistait en un coq au vin, flanqué en dessert d'une génoise au marasquin. Gilby s'en fut comme une flèche demander à un quelconque responsable s'il pensait qu'un coq au vin constituait un plat adapté à un dîner.

On lui répondit qu'il ne s'agissait pas d'un coq au vin mais d'un coq au porto, et que le porto, très très réduit et très

très cuit, n'est-ce pas, était ensuite adouci par de la crème véritable. Et non pas lié avec de la béchamel, comme trop souvent avec les coqs au vin qui prennent leur dernier bain dans un semblant de crème pâtissière salée. Cette promesse était faite pour détruire ce qui lui restait de poche stomacale. Elle ne fit pas revenir de sourires sur les joues de Gilbert-Rémy-Ducretonnet. Il demanda et obtint de se faire servir le menu pour enfants : hamburger de jambon sur chips passées au four, avec ruban de ketchup sur coquillettes à la margarine.

Les membres de Forte Savane se regroupèrent à un bout de la table, par affinité. C'est-à-dire qu'ils excluaient une fois de plus leurs amis copains roadies accompagnateurs, chauffeur compris. Gilby enregistra le phénomène et décocha un sourire entendu à Tseu et Tillard. Cette œillade tomba à plat. Les magasiniers recyclés n'avaient aucune appétence pour la mixité dans les légendes et pouilleries des styles rocks, des allures rocks, des muscles rocks et parlers rocks. Ils ne goûtaient la proximité des rockers que lorsqu'un élan fédérait leur compagnie, et ne se sentaient aucunement concernés par une adhésion à leurs frimes, goûts et attitudes.

Il n'existait pas de clivage ou de non-clivage chez les passagers du car : il y avait un groupe soudé de longue date, et des satellites. Gilby se persuada qu'il n'avait sombré, illusoirement, que pour l'opinion d'une mare carrée et quantique, poisson en dedans et en dehors. Quant à son barycentre, il le situait toujours chez Symphorep. La loyauté à Symphorep était son milieu naturel.

En prenant vaguement conscience de ce fait, il constatait que, somme toute, il n'avait pas dévié de son rôle. Lui n'était pas allé s'acoquiner, se mitiger, mendier amitié et considération. Mieux, son statut était reconnu, établi : il était Le Cadre. Que celui-ci ait été débordé ou pas, il avait veillé de son mieux.

Cette lame de certitude dans le bien-fondé de son rôle le gonfla d'orgueil. Pour un peu, il leur aurait commandé une bonne bouteille, mais l'état de ses finances mises à plat par le tarot et sa provisoire détestation de l'alcool lui interdisaient tout geste princier de cet ordre.

Au dessert, la compagnie des trois derniers musiciens de Forte Savane voulut d'ailleurs organiser un tarot restreint, mais il s'avéra que c'était Le Hortec qui détenait les cartes. Personne ne se sentait d'aller fouiller dans ses affaires, sa clé étant cependant au tableau. Ils se décidèrent très vite pour le seul succédané qui leur restait, sur un vieux carton fourni par l'auberge : une partie de jeu de l'oie, qu'ils compliquèrent par un système de points, d'enchères et de pot placé au centre du jeu.

Les laissant s'arnaquer mutuellement pour leur plus grande satisfaction, le personnel accompagnateur Symphorep monta faire retraite dans ses chambres.

Arrivé sur le premier pallier, Gilby se frappa violemment le front avec la paume de sa main.

— Ils vont en boîte, gémit-il.

En l'occurrence, ce ton pleurard était bien de trop, puisqu'il n'était pas personnellement requis d'y aller. Mais son sens du devoir le mobilisait à nouveau. Des appréhensions, des imaginations, des préventions giclaient en lui. Envoyer Eric à sa place ?

— Eric, vous pourriez aller les accompagner ?

Mais tout de suite, il ajouta :

— Vous êtes sûrs que ça va aller ? Vous sauriez faire face ? Et s'il y a des dégâts ?

Evidemment, Eric vit dans son incapacité potentielle une chance d'échapper à la corvée. Il demeura très évasif sur sa capacité à maîtriser les événements.

— Vous ne m'avez pas l'air dégourdi, ce soir, osa proférer Gilby. De toute façon, je crois qu'ensemble, on devrait y arriver.

DIX-SEPT

Perte de chaussures
Le "Disque Céleste" - Sempiternelle beuverie
Une histoire de chasse - Danse Zouloue - Débauche
au night-club - Flipper

Non, il ne pouvait déléguer, mais un renfort ne serait pas de trop. Il ne se gênait donc pas davantage pour lui demander de l'accompagner. Mais une fois cette résolution prise, aller les surveiller à deux, la tranquillité ne revenait pas, ne pouvait se loger à nouveau le long de sa moelle épinière. Il restait là, évasif, anxieux, à demander :

— De toute façon, ça ne durera pas toute la nuit ?

Ce qui ne tournait pas à l'avantage de Eric, qui avait escompté une possible exemption pure et simple.

— Mais c'est une soirée privée entre eux, tenta-t-il de plaider, testant le découragement de Gilby

— Taratata! objecta ce dernier. Si un accident survient, vous verrez que ce ne sera plus une soirée privée !

La partie de jeu de l'oie se termina dans les braillements, gesticulations et disputes en usage chez Forte Savane pour sanctionner un désaccord, portant cette fois sur la manière de lancer les dés. C'était un spectacle digne d'une cour de récréation. Enfin, les joueurs se décidèrent à passer à la suite de leur programme.

Il y eut encore un contretemps, car deux lascars qui étaient montés dans leurs chambres respectives ne redescendirent pas. Après vérification, il s'avéra qu'ils étaient tombés endormis, Slush tout habillé sur son lit, Tseu assis sur la cuvette de ses WC. On les laissa poursuivre leur nuit et le restant de l'équipe quitta l'hôtel dans un ordre approximatif.

En remontant la rue, il y avait deux cent mètres à couvrir jusqu'à la discothèque. Le temps s'était remis sur un pied maussade et leur envoyait la plus fine bruine crachoteuse qu'il ait pu dénicher dans son stock. La rue, sinistre avec ses tristes petites façades étroites et terreuses, brillait de quelques faux reflets, produits par un éclairage municipal velléitaire et espacé.
— Et La Horte ? demanda une voix anonyme dans le groupe en marche.
— Il est devant, eh, Le Cortex ! Tu as bu ou quoi ? répondit une autre voix, tout aussi inidentifiable.
— Ah, il est devant ? Sacré Cortex, il a toujours les bons plans...
Forte Savane atteignit la devanture du "Disque Céleste" et, sans attendre, se jeta dans l'établissement.
— N'entrez pas tous en invasion, se sentit obligé de spécifier Gilby aux membres de Symphorep. Restez courtois !
Cet avis venait trop tard. Presque toute l'équipe avait déjà pénétré dans le restaurant, s'y sentant en terrain conquis.

Gilby voulut entrer à son tour, prêt à s'excuser auprès de la direction, au cas où il aurait dû plaider la grande faim subite. Il se retourna vers Dublaudé et le chauffeur, restés en dehors auprès de la porte, et les avertit derechef :
— Ils vont consommer. Ils vont prendre des liqueurs. Ça risque de durer. Ceux qui veulent aller au night-club peuvent y aller tout de suite.
— Il est encore tôt... Qu'est-ce qui nous garantit qu'ils vont nous rejoindre ? émit la voix de Dublaudé, comme perdue dans la nuit.
La vacuité quasi bouddhiste de cette remarque vide ne fit même pas sourciller Gilby.
— Si vous n'avez pas envie d'y aller, n'y allez pas, se força-t-il à spécifier.
Gilby entra dans le restaurant pour rejoindre Forte Savane, Tillard, Tseu et Eric. Quant à eux, Dublaudé et le chauf-

feur se dirigèrent vers l'entrée du "Rempart d'Ibiza", la mine basse, comme contrariés d'avoir à s'amuser sur programme.

A l'intérieur du "Disque Céleste", en raison de l'heure avancée, il ne restait plus comme clientèle que Le Hortec, à présent rejoint par son groupe. Les dîneurs du cru avaient déjà déserté l'établissement. Le Coretx siégeait, installé à califourchon sur une chaise devant une table presque débarrassée. Balzah et Kraigut venaient de se poser le long de la file de tables restées libres. Tillard, Tseu et Eric étaient logés sur la banquette.

L'éternelle scène de beuverie qui semblait doubler en contrepoint cette tournée réintroduisit son motif. Au vu de l'ébriété générale, Gilby avait l'impression d'être encore au "Donjon de Garnalvin", tandis que le décor le replaçait effectivement dans une soirée d'étape en compagnie de Le Hortec et sa bande. Seul le défilé rythmiquement animé des consommations claires ou ambrées lui rappelait l'actualité du temps réel, à nouveau déroulé et reprisé dans la dentelle des moments présents.

Les buveurs absorbaient alcools de riz, cognacs et autres marcs comme s'ils avaient voulu se plonger dans un brouillard éthylique pour toute une autre semaine. Leurs propos décousus, à base de commentaires idiots et singuliers, roulaient pléonastiquement sur les mêmes sujets éventrés et défoncés depuis le début du voyage. Cette fois, le thème en était la chasse, et Le Hortec racontait comment il avait finalement traité le chien de Lestrade, son beau-frère.

— C'était un vrai malade, ce chien. Une fois, Lestrade l'a laissé seul dans sa voiture, le temps d'aller dire bonjour au bistrot. Voilà t'y pas que le cabot commence à s'énerver, à déchiqueter les banquettes ? Quand Lestrade est revenu, il ne restait que le squelette en fer des sièges, de la bourre et des morceaux de tissu partout...

— La même chose est arrivée à mon beau-père, mais c'était des sièges en cuir, expliqua Tseu. C'est probablement l'odeur qui donne des idées au chien... A cause de la chasse...

— Oui, eh bien, d'idées, ce chien-là dont je te parle, il en avait pas, continua Le Hortec. Et il n'avait pas beaucoup de flair non plus, dommage pour ta théorie. Il entendait rien, pas davantage, et des fois on pouvait conclure qu'il était aveugle... A voir comment il essayait de se faire marcher ou rouler dessus, toujours à se mettre dans tes pattes...
— Ah, oui, c'était un chien malade...
— Malade ? Pas du tout, en pleine forme. Il aurait bouffé un cachalot pour son dîner. Lestrade lui donnait du... truc, la marque, avec du complément de truc... Eh bien y'en avait jamais assez, du complément de truc. C'est une bénédiction qu'il en ait été débarrassé.
— Justement, tu allais nous raconter comment tu as fait...
— Oh, mais ça a été des histoires, des chichis... Ma sœur l'a regretté, ce chien. Alors ils l'ont fait empailler, mais il en manquait un grand morceau à l'endroit du coup fatal, alors l'empailleur a récupéré des poils, coupés sur un morceau de moquette acrylique, et c'est presque la bonne couleur. Vous pourriez le voir, il est en posture assise, c'est définitif, comme le chien pâté-macaroni, mais Lestrade avait pas de phono pour le mettre à côté, alors il l'a mis assis sur une baffle du Home Cinema. La première fois, ça fait une impression bœuf, parce que tu sais pas que le chien est faux, et tu te demandes pourquoi cette cinglée de bestiole est montée se percher sur ce bidule, c'est étonnant.
— Donc, tu l'as rectifié d'un seul coup...
— Bon sang, je l'ai pas manqué. On était à la chasse au canard. Moi j'aime bien le canard, mais plus ils sont sauvages, plus ils sont petits, alors il faut en tuer beaucoup pour en avoir dans ton assiette...
— La chasse au canard ? Il devait avoir une drôle de tête, ton chien, pour le confondre avec un canard.
— C'était pas mon chien. J'avais dit à Lestrade de ne pas l'emmener, qu'il risquait de prendre froid ou même de se noyer, mais lui il soutenait qu'il était temps de lui apprendre à rame-

ner, et que, comme ça, le chien lui ramènerait les pantoufles, le journal et les bouteilles de lait, comme en Angleterre. En fait, c'est nous qui l'avons ramené... dans un sac poubelle, pour ne pas mettre des organes partout : les sièges étaient refaits.

— Et tu l'as préparé avec un coup de cor de chasse ?

— Bon sang, le chien, au premier coup de pétard, le voilà qui se taille à l'horizon, tellement il avait les flubes. Je dis à Lestrade « Tu l'as perdu, il est sauvé », et lui il siffle son chien, très fort, très longtemps, il l'appelle, pas de chien. Bon, on essaye de faire leur fête aux canards, et puis vient l'heure de casser la croûte. Je déballe mon sandwich au fromage de brebis, voilà que le claquos régional artisanal était pourri. Y'avait tellement d'ammoniaque là-dedans qu'on aurait pu nettoyer un tapis avec.

— Ah ouais, je connais, c'est répugnant, entérina Tillard.

— Alors je prends le sandwich et ni une ni deux, hop, je l'envoie dans un fourré. C'est écologique, le fromage, et puis il faut penser aux fourmis : même dans du papier d'alu, elles en font leur beurre.

— Ouais, mais le claquos pourri, c'est pas écologique...

— Tu peux aller le récupérer en Camargue, si ça te tourmente. C'est le genre Tchernobyl, le fromage qui s'enfonce sournoisement pendant qu'on veut sa rédemption. A mon avis il n'a pas voyagé, il a fait son trou. Bon, c'est pas le problème... Tout à coup, je vois le fourré au sandwich qui frémit. Y'avait une grosse bête qui essayait de becqueter la provende. Alors moi...

— Ouais, t'as lâché la purée sur le fromage radioactif qui brillait la nuit...

— J'ai rien lâché du tout. Je faisais de la figuration, moi. Moi mon truc, c'est des armes plus fines que le tromblon à canard...

— Ah oui, le nunchaku-boomerang... Celui qui revient en faisant le tour ? demanda Bahlza.

— Un peu d'attention et cessez de m'interrompre, ou c'est moi qui cesse. C'est pas une histoire drôle, c'est la mort du chien de Lestrade, ce corniaud de cabot. Ca y est ?

— De profundis... dit Slush.
— Bénie soit sa mémoire, dit Tseu.
— Donc, moi, je me tiens prêt, mais quand je vois pas ce que c'est, je tire pas. Je fais des sommations pour voir si ça répond. Mais là j'ai vu de la fourrure, j'ai fait ni une ni deux, il poussait des grognements quasi lubriques à cause du papier d'alu et des sacs en plastique qui enveloppaient le tout.
— On n'y est pas encore, les gars. Cortex va nous dire que le premier coup, il a allumé un ours ou un dauphin. Pour le chien, repassez demain... dit Slush
— Oh pétard, moi j'arrête ! Surtout que j'arrive au passage le plus dur ! Le plus triste ! Ce crétin de clebs a trépassé sur le coup, mais y'avait des intestins sur un mètre de large. C'est que le canard, c'est vachement résistant, ça vole, ça vole, alors une canardière... T'y garoches de quoi les maganer d'un bon coup...
— Allez, ne nous fais pas languir, Cortex !
— Très bien, donc... Patatras !... Je l'ai éclaté, il a crevé de surprise sur le coup... ou sous le coup. Avec les boyaux à côté.
— C'est ton beauf, qui devait être content ?
— Oh, lui il restait là, il disait : "Bon sang, Nestor, Nestor..."
— Nestor véni chien ? demanda Tillard.
— Nestor, c'était le nom du chien, ce corniaud.
— Corniaud, c'était sa race ?
— Penses-tu ! C'était un Griffon Brabant avec Pedigree ! Ils donnent des Pedigree à n'importe quoi. Bientôt ils en refileront aux flamants roses !

Ils conservaient cependant un vernis de dignité et n'avaient pas encore commencé à se déboutonner, encore assez présentables pour aller passer la barrière de l'entrée du night-club. Cette appréciation dut aussi les effleurer, car au bout d'une demi-heure, ayant épuisé le sujet de la vaporisation du chien, ils décidèrent de lever la séance pour se replier au "Rempart d'Ibiza". La capacité conservée d'une telle résolution révélait la possibilité d'autres trésors d'énergie encore dissimulés aux yeux du personnel de chez Symphorep.

L'air frais et humide leur donna le petit ressort suffisant pour se tenir droit et faire bonne mine à l'entrée de la discothèque. Cependant, dès qu'ils furent dans les entrailles de l'endroit, l'atmosphère lourde, composée de tous les relents transpirant des moquettes murales, les replaça dans l'état asphyxié qui sied à tout bon buveur. Gilby alla s'écrouler sur les banquettes tout au fond de la salle, et en fait de surveillance, il sombra d'abord dans la torpeur, puis très vite dans un sommeil profond, malgré le bruit de la sono. Tous l'ignorèrent. Ils avaient décidé d'abord qu'ils avaient soif.

Le pécule gagné à Gilby fut entamé par la commande d'une première bouteille de champagne. Les responsables du "Rempart d'Ibiza", prévoyant de leur en vendre d'autres, ne dirent donc rien lors du premier concours de danse du ventre organisé par Le Hortec et Kraigut sur une piste annexe, concours pendant lequel ils se mirent torse nu pour mieux faire admirer les contorsions de leurs bedaines, dont une très rousse.

Kraigut resta à moitié nu, à se secouer sur la piste, mais Le Hortec remit un voile, sa chemise, pour aller sur les banquettes du fond aborder deux groupies solitaires, qui se révélèrent être les femmes sophistiquées d'un notaire et d'un courtier d'assurances, venues s'encanailler en couple, leurs mâles s'étant provisoirement écartés vers le bar.

Lorsque les maris bientôt revenus eurent été présentés au Cortex, celui-ci fit fuir ce premier groupe en leur proposant une partie carrée plus un – lui –, ceci avec une véhémente insistance. Comme il les voyait se renfrogner et se disposer pour l'éloignement, il observa qu'évidemment, il amenait peu de femmes de son côté, mais qu'il pouvait en contrepartie fournir l'assistance bénévole de Kraigut à ces messieurs.

Il faut spécifier que cette dernière prétention semblait être une pure gratuité de la part de Le Hortec ; rien, par ailleurs, n'ayant jamais permis de soupçonner le caractère orthodoxe, pondéré et probablement hétérosexuel des mœurs de Kraigut.

A ce moment, ledit Kraigut était fort occupé à se rafraîchir avec une bière, non par ingestion directe, par petites projections et éclaboussures sur le torse. Cette scène d'orgie amusait quelques spectateurs, car il opérait ses aspersions en dansant, sous les spots de la piste.

Puis, lors du passage d'un titre faussement reggae et jamaïcain, Le Hortec eut l'idée d'un bon concours de danse ethnique. Pour danser ethnique, il fallait impérativement quitter chaussures et chaussettes, puis lever la jambe le plus haut possible en rythme, montrant son pied à la figure d'un partenaire.

La danse ethnique bâtit son plein pendant cinq minutes sur la piste principale. Puis, suite à un coup de pied dans le nez et deux déchirements d'entrejambes de pantalons, les performances diminuèrent d'intensité. On se calma. On soigna le nez de Bahlza avec de la serviette jetable, bouchonnée en tampon, et Le Hortec commanda une autre bouteille de champagne.

Alors vint une nouvelle affaire, la récupération des chaussures, tout le monde les ayant quitté dans une frénésie pour lors évanouie. Certains ne retrouvèrent jamais une chaussure, parce qu'elle avait été enfilée par un autre encore plus saoul, et il resta sur la piste deux chaussures gauches et une droite, plus un grand nombre de chaussettes diverses. Après cette pagaille, certains décidèrent de rester pieds nus, ou de cacher leurs chaussures nouvellement récupérées sous les banquettes. Evidemment, ils avaient déjà tellement bu qu'ils ne se rappelèrent plus ensuite où ils avaient bien pu aller les fourrer.

Ensuite survinrent quelques vomissements discrets. Les malades, dans leur box au fond, près de la banquette de Gilby, donc dans le coin le moins éclairé, tirèrent les coussins des banquettes pour y déposer le fruit du poivrot, puis ils remirent les coussins en place, masquant leur forfait. Sans les blagues échangées le lendemain au fond du car, Gilby n'en aurait jamais rien su.

Le Hortec était déchaîné et abordait toutes les femmes esseulées pour leur proposer d'aller perpétrer en sa compagnie des actes paroxysmiques dans les toilettes. Par chance, ils étaient dans une discothèque de centre-ville et le niveau du caractère des danseurs était assez rassis et bourgeois. Le même comportement étalé dans une boîte plus rurale lui aurait certes, et sans tarder, valu de se faire ouvrir le crâne par quelque véritable mâle en fureur.

Ses tentatives faisaient hurler de rire une petite blonde, assise au bout du bar. Le Hortec lui avait déjà franchement demandé son avis sur la purge des pulsions sexuelles, récoltant là aussi un ajournement. Entre deux autres rebuffades, Le Hortec revint la consulter et lui demanda sa culotte, puisqu'elle se refusait à toute gâterie plus substantielle. La petite blonde commença par hurler de gaieté, puis rigola, continua de rire, et lui donna un bas filé, avec beaucoup de façons et de simagrées charmantes. Le Hortec se mit à confier à l'oreille de Kraigut, qui l'avait rejoint, que les vestes qu'il endossait n'étaient que provisoires, et que les dames avaient besoin d'un minimum de temps avant de laisser une part de leur nature profonde exprimer leur appétit pour l'orgasme. Lorsqu'il se retourna, la petite blonde avait abruptement quitté les lieux, une autre part de sa nature profonde l'ayant sans doute ramenée à un certain sens des réalités. Toute la matinée du lendemain, Le Hortec se balada avec le bas conquis, noué en écharpe autour du cou.

La fête battait son plein. Le disc-jockey, ayant repéré l'excitation diffuse, passait maintenant des medleys soupes, et des pots-pourris de scies archi-connues pour soutenir le délire. Les membres du congé-congrès Symphorep décidèrent de se dévêtir pour danser comme Kraigut qui, en caleçon et une bouteille de champagne à la main, réquisitionnait quatre mètres carrés de la piste principale pour ses gesticulations sauvages.

Un orang-outang ventru se jeta au milieu d'eux. C'était Le Hortec, lui aussi à nouveau presque nu, agité de soubresauts.

Il s'empara de la bouteille de Kraigut, y but puis s'en servit pour figurer un priapisme énorme et menaçant pour les rares femmes inconscientes encore attardées sur la piste de danse. La direction du "Rempart d'Ibiza" continuait de laisser faire, mais quelques discrets et vigilants videurs avaient déjà dû être alertés.

A un moment, Gilby réapparut, tout à fait réveillé et pas content du tout : quelqu'un lui ayant vomi sur le dos pendant son sommeil, il collait et ne sentait pas bon.

Ce fantôme puant jeta un froid, et sonna presque le signal de la débandade, de par sa seule apparition.

Et alors, soudain, Eric et les deux roadies, qui, essoufflés, s'étaient assis, n'eurent plus envie de s'amuser. Ils rajustèrent leur chemise et fouillèrent sous les banquettes pour récupérer leur pantalon enroulé autour de leurs indispensables chaussures. En un rien de temps, ils furent prêts à faire retraite pour aller se coucher.

Eric conseilla à Gilby de les accompagner à l'hôtel, car il craignait de le voir prendre froid avec son dos mouillé. Gilby voulut attendre de sécher encore un peu avant de sortir. C'est ainsi qu'il fut abandonné seul avec les trois éléments restant de Forte Savane, les plus déchaînés.

Le retour à l'hôtel fut un peu pénible, à cause des jérémiades des poivrots. Tillard marchait pieds nus, Tseu avait perdu son pantalon, et Eric sa chemise. En criant, les deux roadies se reprochaient de s'être dépouillés mutuellement de ces articles de première nécessité. Derrière eux, et pour quelques fenêtres de la rue, ces hurlements provoquèrent l'allumage de l'électricité, mais ils arrivèrent à l'auberge sans davantage d'incidents.

Par contre, le retour de Gilby fut beaucoup plus épique. Les braillements étaient beaucoup plus fournis, Kraigut et Le Hortec ayant décidé de jouer une répétition de leurs prochains adieux provisoires, qui dureraient deux jours, à la fin de la tournée. En outre, avec une boîte de conserve vide abandonnée là par les éboueurs, ils engagèrent une partie de football, assortie de hurlements pour chaque but ou tentative de but. Gilby se sentit obligé de courir après les membres de Forte Savane, égayés sur toute la longueur de la rue, à la recherche de la boîte de conserve, disparue dans la pénombre après un tir formidable. Il y attrapa une suée qui, jointe au coulis humide du cataplasme entre ses omoplates, lui délivra les prémices d'une rhinite carabinée, assortie d'une fièvre de cheval, maux qui ne se révélèrent pleinement que le surlendemain, une fois le voyage terminé, au moment de la première tentative de rédaction de son rapport chez Symphorep.

Ce n'était pas encore fini, car un trio d'irréductibles se souvint, arrivé à l'auberge des "Trois Roues Vertes", d'avoir vu un juke-box et deux flippers démonétisés dans la grande salle. Il fut tout de suite question d'aller les essayer, malgré les implorations, les gémissements pitoyables et les grincements excédés de Gilby.

Réveillé par un rock endiablé s'échappant des entrailles du Wurlitzer, le gardien de nuit tout ensommeillé vint interrompre une partie de flipper démoniaque. Le Hortec avait ouvert les machines pour bien vérifier le vide du monnayeur, puis ayant bloqué le "tilt", deux acolytes tenaient la bête tandis que le troisième jouait sur un flipper dompté et au plateau presque horizontal. C'était, de leur propre aveu, une tentative pour battre les records du score et voir jusqu'où les compteurs des flippers de collection pouvaient aller.

Le reste de cette avant-dernière nuit se perd dans les souvenirs embrumés d'une insomnie générale, une chasse d'eau ne cessant pas de fonctionner, les portes n'arrêtant pas de claquer, et les lattes du parquet du couloir de gémir, sous le défilé qui allait alimenter le conciliabule des malades formant une queue amassée devant la porte des uniques lavabos de l'étage. Ils vomirent tripes et boyaux en y passant tous, les plus vaillants rescapés de la soirée venant enfin à résipiscence et certains produisant là leur troisième rechute. Vers cinq heures du matin, les toilettes furent bouchées et commencèrent à déborder, aussi les derniers d'entre eux rentrèrent-ils dans leurs chambres pour parfois finir de rendre de la bile par les fenêtres ouvertes.

DIX-HUIT

Un produit pour l'argenterie
Une petite voiture blanche - Recette de la soupe fondue de tomate - Choc de cymbales - Une guinguette sur le Grand Pouilly - Friture

Le lendemain matin, la consommation des petits déjeuners n'obtint pas un succès véritable. Une troupe de pâles somnambules monta dans le car pour continuer de somnoler dans les sièges. C'eût été cependant mal les connaître ou les juger que de supposer que cette stase pouvait durer : à la sortie de Serre-sur-Soing-les-Semur, un panneau publicitaire leur annonça que le Franc-Pistil leur souhaitait bonne route, et soudain on put entendre Le Hortec hurler, depuis le fond du car :

— Pour le Franc-Pistil, un triple Hip-Hip-Hip-Dégueulasse !

Tout le car en entier, exception faite des deux accompagnateurs-managers, aboya le mot d'ordre à fond les poumons. La forme était revenue.

Et, donc, personne ne chantait Raoul. La fin des voyages est pourtant toujours l'occasion d'en pousser une petite. Les groupes de voyageurs qui s'adonnent à la chanson dès le début de leur périple ne peuvent s'empêcher de remplir leur dernier jour par une mise en revue de leur répertoire : c'est une overdose de mugissements tragiques, au cours des longues heures de la dernière journée.

Forte Savane n'avait pas chanté. Forte Savane ne comptait d'ailleurs qu'un chanteur, qui prenait son travail assez au sérieux pour ne pas le galvauder à tous moment, ne pas produire d'efforts inutiles, ou de demi-démonstrations. Le Hortec prenait soin de ses cordes vocales en les aspergeant périodiquement d'alcool, et encore, seulement au gré de son humeur, n'ayant aucune dépendance au $CH_3\text{-}CH_2\text{-}OH$, vulgairement dénommé éthanol. Le Hortec pouvait boire beaucoup, boire longtemps, puis rester sevré pendant des semaines, sans aucun problème d'addiction ou d'appétence contrariée.

Forte Savane s'épargna donc le chant, cette ultime épreuve du musicien. Ils préférèrent jouer juste deux tours d'un petit tarot morne et sans conviction particulière. Gilby roupillait dans son siège, le teint encore plombé, bien davantage occis que les ex-poivrots momentanément remis, une fois de plus, de leurs excès. Le car ronronnait sur la grand route, le ciel restait gris, quoique assez clair.

Soudain, à l'entrée d'un village, une petite voiture blanche "sans permis", qui les doublait, fit une magnifique queue de poisson au car. Tout ceci pour se rabattre vers une rue qui partait sur la droite. Le chauffeur se mit debout sur ses freins, la petite voiture décélérant aussi, pour arriver à virer.

L'accident était-il inévitable ? La petite voiture n'arriva jamais à tourner dans la rue visée, et pourtant elle avait fini par réduire sa vitesse à l'allure d'un berceau pour enfant poussé devant une vitrine de mode italienne. Le car, par contre, malgré son système de freins à anti-blocage, ou à cause de l'état du chauffeur, ne parvint pas à réduire la sienne, pas assez.

En fait, il n'y eut aucun bruit discordant ou épouvantable, mais un glissement continu et un arrêt rapide, mais presqe en souplesse. Le car finit par s'immobiliser et le chauffeur se leva soudain de son siège. A ce moment, tous purent constater que l'avant du car était légèrement plus en hauteur qu'à l'habitude.

Descendus précipitamment, les passagers purent vérifier que l'arrière de la petite voiture blanche était maintenant sous le car, le pare-chocs de celui-ci reposant sans une égratignure sur ce qui avait été le hayon de sa victime. L'avant de la voiture était intact, et le conducteur réussit à se désincarcérer tout seule. Il n'écarta presque pas sa portière, ouverte sous la pression, comme si la carosserie avait éclaté comme une noix.

Ce monsieur d'âge plus que mûr s'en sortait sans une égratignure, et se révéla doté d'une vigueur de tempérament peu commune. Pour commencer, il essaya, sans rien annoncer, de foncer sur le chauffeur, brandissant un objet long et coudé. Balzah, qui intercepta le geste destiner à allumer celui-ci, se retrouva muni d'une véritable et ancienne tige en fer forgé.

Après que le bassiste lui ait arraché cette manivelle tordue, le conducteur eut recours à de profuses et véhémentes imprécations sales. Le chauffeur, sa famille et leurs animaux domestiques furent ainsi accusés d'entretenir des relations croisées, incestueuses autant que zoophiles, le tout dans un langage très cru, digne de Le Hortec.

Puis vint une séance de larmes. Entre deux sanglots, il fut possible de comprendre qu'il pleurait la perte de sa voiture sans permis, dotée d'un nom (Choupette) et, semblait-il, d'une personnalité supposée (projetée ou révélée en songe). A ce moment, d'autres véhicules circulant sur la route s'étaient arrêtés, et une foule commençait à se former.

— Il y'en a un qui saigne! fit remarquer une voix.

Tous se tournèrent vers l'endroit désigné par la remarque et, – oh horreur ! –, il était possible de voir l'égouttement d'un liquide rouge se former sous l'arrière de la voiture blanche écrasée. Le spectacle conjoint du monsieur très mûr en pleurs avait de quoi vous mettre un coup au cœur.

— Qui était à l'arrière, monsieur? Qui transportiez vous?

— Mais c'est du pinard, abrutis! Vous êtes même pas capables de reconnaître du pinard? Je revenais du centre commercial!

— Faites excuses, mais il n'y a pas que du vin, c'est épais.

— C'est épais parce que c'est des tomates écrasées! Oh mes tomates! J'en avais cinq kilos dans un bon cageot !

L'accident revenait à une affaire de tôles froissées. Personne n'était blessé.

C'est ce jour-là que Eric, portant assistance au Monsieur, apprit la recette de la soupe fondue de tomate. Dans un litre d'apéritif de type "vermouth rouge" bien chaud, placer trois kilos de tomates pelées, deux cuillers à soupe de sucre, une noix de beurre, une cuiller à café de tabasco et une cuiller de bicarbonate de soude, pour laisser mijoter une heure, et ajouter un petit verre de crème à la fin. A déguster avec un vin âpre et trapu, ou quelque chose dans les cépages pyrénéens. Eric n'a jamais eu le courage d'essayer cette révoltante recette rurale.

Le chauffeur ne s'inquiéta pas pour autant, et essaya de démontrer que « le Pépé était déjà saoul, puisque il est onze heures et que c'est le moment de l'apéro ». Il se posait en parangon de sobriété.

Heureusement pour son cas, il avait un supporter convaincu ; le conducteur d'une autre voiture qui suivait le car et la voiture blanche avant le dépassement de celle-ci. Il avait tout vu : le déboîtement, la queue de poisson, et avait eu un mal fou à freiner pour ne presque pas toucher l'arrière du car.

Le chauffeur ne lâchait pas ce supporter. Il l'entraîna même derrière le car pour partager indignation commune, à l'écart du monsieur mûr dont on essuyait les derniers pleurs. Et soudain le chauffeur s'aperçut que son supporter devenait lui aussi une victime de l'accident, car il proclama bien haut qu'il avait, de fait, bel et bien touché l'arrière du car.

Ainsi, tout devenait simple pour le chauffeur. Dans une collision en chaîne, c'est l'assurance du dernier véhicule qui prend en charge la responsabilité, comme si le dernier bolide avait poussé tous les autres en avant. Techniquement, en attendant les experts qui auraient peut-être leur mot à dire, le chauffeur était maintenant relativement couvert. Ce type de revirement soudain peut s'expliquer, dans le cas où un chauffeur professionnel gardant la tête froide sait expliquer promptement que, puisque le gars de devant est en faute grave, l'assurance refera la peinture de l'avant de la dernière voiture à neuf.

Le supporter essaya même d'insulter le monsieur en prétendant qu'il sentait le digestif à la petite prune, puis il fronça le nez, en assurant que le parfum d'alcoolique lui brouillait l'odeur d'un buveur d'eau de Cologne. Dès qu'il eut lâché ça, d'autres spectateurs le ramenèrent à son véhicule. De son côté, Gilby prit le chauffeur sous le bras pour le faire remonter dans le car, ne tenant pas à voir des voies de fait et autres complications apparaître dans la paperasse qu'on avait commencé à rédiger.

Quant à Forte Savane, le groupe ramassait des souvenirs. Slush récupéra dans le fossé une tôle ronde tordue, toute en métal chromé, à l'ancienne, à poser au milieu de ses cymbales. Le Hortec s'encombra de l'essuie-glace, qu'il voulait – dit-il – essayer comme archet sur sa guitare.

— Ça ne pouvait pas se produire autrement, marmonnait Gilby dans sa rancœur. Il n'y a que ça qui manquait au programme de cette tournée ! C'est total ! C'est le bouquet !

Une grue-dépanneuse arriva relativement vite, soit une petite demi-heure après l'écrasement initial. Le car fut dégagé de son accouplement audacieux, et le chauffeur remonté au volant braqua les roues, puis partit faire un petit bout d'essai à vide. Il revint pour dire qu'à son avis le car n'avait rien. Pendant ce temps, la grue avait pris en remorque les restes de la petite voiture blanche qui, elle, avait tout. C'est ainsi que s'acheva cette péripétie qui aurait pu se révéler beaucoup plus fâcheuse et contrariante.

Gilby demanda trois fois au chauffeur si ce dernier était bien sûr qu'il n'y eut aucun risque à poursuivre le voyage dans le car. Mais comme le chauffeur était catégorique et que Gilby se voyait mal mettre en place des solutions de remplacement coûteuses, pour quelques kilomètres et quelques dernières heures, c'est le même car qui fut à nouveau rempli de sa horde rock n'rollienne vociférante.

Dans le fond du car, Slush tapait d'une manière rythmique avec l'essuie-glace sur la tôle ronde que tenait délicatement Le Hortec. Cet exercice de gong délivrait un son fluet et crispant. Pendant dix kilomètres, Gilby, qui n'avait pas identifié la source de ce cliquetis, tapa plusieurs fois sur l'épaule du chauffeur pour lui demander s'il n'entendait rien. Comme ce dernier protestait de la bonne marche de son engin, Gilby nerveux lui fit arrêter le car et se laissa honteusement aller à l'enguirlander de reproches amers, proférés en public.

Au meilleur moment, alors qu'il était lancé et en voie d'y prendre goût, Gilby s'aperçut que le gong rythmait ses phrases en accompagnement des "poil au pied" et "poil au rein" qui faisaient écho à ses fins de périodes. Interdit, il s'arrêta et regarda vers le fond du car.

C'est ce moment que choisit le chauffeur pour se libérer de sa honte en lui balançant un marron extra-spécial qui cueillit son enquiquineur sur le coin de l'œil.

Gilby s'effondra sur son siège sans dire un mot. Il avait eu le temps, en un éclair, de contempler la face rigolarde des rockers et d'apercevoir le gong improvisé. Il digéra son erreur sans mot dire, tandis que le chauffeur, calmé et sans ajouter un mot, remettait le contact.

— Ainsi finissent les Reffe Nazis, lança une voix.

Un grand silence plana ensuite pendant quelques minutes, rompu de temps en temps par le cliquetis du gong qui ne se résignait pas à se taire.

La halte du déjeuner eut lieu dans ce qui voulait être une guinguette du bord de l'Oise. Le temps plombé menaçant de retourner à la pluie, le repas eut lieu en salle couverte.

— Encore une rivière ! apprécia Le Hortec en passant devant un garçon. Ils n'ont que des rivières à l'idée, pour bouffer. Je vais aller aux vécés pour leur faire couler le grand et le petit Rhône réunis !

— Faites excuses, Monsieur, intervint le garçon. L'Oise ne coule pas ici mais à quarante kilomètres. Ici, c'est le Grand Pouilly, mais le nom de l'établissement vient de ce qu'il est la copie conforme d'une guinguette de l'Oise.

Le Hortec encaissa cette explication avec un air choqué. Il s'éloigna vers les toilettes et Eric l'entendit murmurer :
— Faussaires...

L'œil de Gilby était maintenant bleu, violet et noir. Il avait aussi enflé, et par quelque mécanisme bizarre, suite de cet œdème près des sinus ou présage de la rhinite du lendemain, Gilby reniflait continuellement. Avec son œil, et le restant de son habituel air égaré, on aurait dit un chien truffier bicolore flairant la trace du tuber mélanosporum.

Gilby s'offrit un petit remontant en guise d'apéritif. A le voir, on aurait pu jurer que ce brave garçon prenait lui aussi goût à l'alcool. Il est vrai que cette substance appert parfois comme solution de tous les problèmes et qu'elle fut un ancien succédané des barbituriques, lors des âges sombres de l'humanité.

La guinguette proposait des fritures de petits poissons et des fritures de pomme de terre. Pour ceux qui n'aimaient pas la friture, elle proposait et recelait dans un de ses congélateurs des blocs de poisson pané, qui furent servis frits dans un fond d'huile.

— Faut que ça soit frit, il n'y a pas de problème, commenta Tillard.

— La friture et c'est tout, il n'y a pas à sortir de là, acquiesça Dublaudé.

— D'ailleurs, c'est écrit dans *l'Apocalypse* : « Le monde se nourrira de friture, puis la bête immonde sortira des eaux, ou des huiles », surenchérit le chauffeur en veine de plaisanterie.

Cette sortie provoqua la stupéfaction, car le niveau socioculturel supposé du chauffeur n'allait pas jusqu'à le montrer citant *l'Apocalypse* comme une référence habituelle. Il devait vouloir commencer à copier Le Hortec.

— Le poisson pané n'est pas une bête immonde, observa Bahlza.
— De quelle flotte tu veux la faire sortir, la bête immonde ? C'est pas tout à fait un égout, ici, c'est juste le Grand Pouilly, protesta Le Hortec.

La guinguette servait le vin en pichets. Tout le monde se récria comme si l'absence de bouteille était la signature d'une baisse dans la qualité de ce breuvage. Ils en burent avec circonspection, puis se tirèrent la langue pour se faire voir si le colorant ne leur avait pas attaqué les muqueuses.

— Eh, Le Hortec, il est liquide et rouge, mais tu ne trouves pas qu'il a comme un goût de vieille poudre ? demanda Kraigut.
— Il lui manque un goût de capsule, ça c'est sûr, conclut l'interrogé. Mais dire qu'il a un goût particulier, c'est osé. L'odeur me rappelle juste le "Canard WC".
— Ça c'est une idée ! Tu le vendrais en petit flacon pour diluer le cambouis, tu ferais fortune !

Et les remarques vaseuses et éculées fusaient encore, assurant que le vin, dans les toilettes, attaquerait les tubes de descente en PVC, ou qu'un anneau de rideau corrodé, abandonné une nuit dans le breuvage, retrouverait les couleurs d'un dentier neuf, débarrassé de ses caries.

Les desserts, des beignets nappés d'un caramel industriel, furent servis au milieu de protestations véhémentes. Une délégation voulut même aller vérifier en cuisine qu'on avait bien changé de bain de friture entre poissons et beignets.

— Vous n'y connaissez rien, énonça Bahlza en s'inscrivant contre ces protestations. Plus le bain il est vieux, sale et épais, le plus la friture elle a du bon goût !

Il engloutissait goulûment des portions de ses beignets. Plusieurs indignés lui cédèrent leurs parts.

Ils abandonnèrent le Grand Pouilly, rivière de la friture, sans l'ombre d'un regret pour cette halte. Ils faisaient maintenant route en direction de la capitale et de la butte Montmartre.

Evidemment, la circulation devint rapidement impossible. Gilby manifestait son énervement en clignant de son œil valide, ce qui, joint à ses reniflements et à sa trogne, lui donnait l'air d'un maboul grand teint. Eric osa remarquer en aparté, à l'adresse de Tillard :

— Avec la semaine qu'il vient de se prendre, normalement il devrait être mûr pour une petite cure Symphorep dans une clinique spécialisée.

Symphorep ne sait vraiment pas ce qu'elle demande à son personnel. De la balade culturelle ? Tu parles...

DIX-NEUF

Bombe glacee
Laïus substantiel - Cheville - Sur la butte
Feux d'artifices - Evasion d'un danger public Dans les
barrières - Docteur Rantrant - Faut-il un épilogue ?

Enfin, le car arriva à un hôtel sis en deçà du périphérique, dans la charmante bourgade de Vincy-sur-Seine. Tout le monde fut prié d'activer le mouvement dans la pose des bagages ou la prise de la petite douche. Le car reprit sa route à l'heure prescrite et passa une autre heure à rejoindre la Porte de Clignancourt et la rue Caulaincourt. Gilby et le chauffeur collaboraient maintenant au coude à coude pour pester contre les conducteurs abscons, et les agonir d'injures.

Ce dernier exercice dut faire du bien à Gilby, car il cessa ses clignotements et une partie de ses reniflements. Le car fut laborieusement garé, au milieu d'un stationnement absolument engorgé, au bas de l'Avenue Punot, artère qui fut remontée à pied vers la rue de Vorvins et la Place du Mertre. Gilby tenait à faire un petit laïus dans cet endroit avant de les rabattre vers le restaurant à touristes où les places étaient réservées.

Réunis tous en peloton, devant Gilby debout sur un banc, ils eûrent droit à la dernière allocution officielle Gilbiesque du voyage :

— Ce n'est pas sans une motion, d'une qualité peu commune, que nous nous retrouvons tous ici, enfin, pour cette soirée d'adieux qui sera le point d'orgue culminant d'une semaine culturelle de délassement et de culture...

— Il se fout de notre gueule, là ? demanda Le Hortec à voix assez haute.

— Culcul minul, poil au dent, ajouta un autre.
— ...lorsque vous vous souviendrez de ce voyage, vous vous souviendrez aussi de cette dernière soirée. Evidemment, la mise en scène de tous ces futurs souvenirs incombe à Symphorep, et je ne suis ici, au bout du compte, au bout de la ligne, que le misérable, accroché comme le faible... le faible fétu... le faible...
— Insecte ! lança Bahlza.
— Asticot ! proposa Slush.
— Bout d'viande ! assena Kraigut.
— Raconte pas ta vie, avertit la voix du chauffeur.
— Un faible déchet ? proposa encore une voix.
— ...le faible roseau soumis aux influences du temps variable, qui va et qui vient, et qui passe aussi... reprit Gilby.

Le style grandiose de sa prise de parole commençait à s'affaisser. Il n'y avait rien du tout à célébrer, et l'attention de Gilby devait être ramenée sur ce point, ce que Eric essayait de lui faire observer avec force grimaces.

— Mais pourquoi parler de moi, alors qu'il faudrait aussi parler des talentueux efforts dont nous avons pu apprécier les performances, et qui se sont donnés tous les jours à fond, au point que la fatigue déforme leurs traits...

Vu d'en bas, face au banc, Gilby faisait visiblement l'andouille. Il devait se réjouir d'arriver à les tenir une dernière fois en face de lui. Eric sentait venir le moment ou il allait leur sortir quelques vacheries mijotées depuis longtemps. L'ennui, c'est qu'il n'y avait que Gilby pour croire qu'il pouvait être assez malin pour se moquer d'eux et les provoquer finement, sans qu'ils puissent s'en apercevoir ou réagir. Gilby risquait de mettre toute la soirée – ou plus – par terre, et il n'était pas question qu'il puisse arriver à prononcer la fin de son morceau de bravoure.

Eric monta à côté de lui sur le banc et lui décocha une tape sur l'épaule.

— Ce vieux Gilbert-Rémy ne tarit pas d'éloges sur notre compte, mais somme toute c'est un brave type. Il voulait juste arriver au fait que si vous consentez à lui faire remise d'une partie de la petite blague et escroquerie exercée à ses dépends et dont vous avez tous le souvenir, il fera un rapport, tout petit mais extrèmement favorable, et tout le monde conservera d'excellents rapports avec Symphorep.

Des grondements et ricanements commencèrent à s'élever. Gilby rougit et se tourna complètement vers Eric, qui était du côté de son mauvais œil, pour le faire descendre de là.

— Qu'est ce que vous dites, mon garçon ? Vous déraisonnez ! Descendez tout de suite !

Mais il perdit l'équilibre, et au lieu de pousser Eric, ils le virent vaciller. Il se cassa la figure du banc et se tordit un peu la cheville. L'allocution était terminée.

— Qu'est-ce que tu voulais dire, avec ces histoires sur la cagnotte collective arrachée au kapo ? demanda Le Hortec à Eric.

— Vous ne m'aurez pas au culot et vous ne me forcerez pas à me taire, lui répondit Eric du tac au tac en le regardant droit dans les yeux. Vous m'avez parfaitement compris.

— Je vois pas de quoi il se mêle, intervint Slush en tirant Le Hortec à part. T'occupes pas de celui-là, le grand tordu se croit bien assez mûr pour te parler tout seul, s'il en a envie.

Le grand tordu se massait la cheville, mais ce n'était qu'un petit bobo momentané. Finalement, il lâcha le nom du restaurant à l'adresse de toutes les oreilles, et il s'avéra que, comme par hasard, ce dernier point de chute était parfaitement en vue, là, à trente mètres derrière eux.

Ce restaurant se composait de trois longues salles alignées les unes au bout des autres, et son décor avait pour thème la musique populaire.

— Mais faut pas confondre folk au rick et folk au rock, précisa Kraigut.

Différents instruments étaient accrochés aux murs, épinettes, guitares et vieux accordéons. Le Hortec ne fit même pas mine de vouloir toucher à ces artefacts. Sitôt entrés dans ce haut lieu, il leur fallut d'ailleurs ressortir, leur réservation étant valable pour la terrasse, afin qu'ils puissent bien voir le feu d'artifice depuis leur table, sans avoir à se déplacer. Il leur fallut convenir, avec le chauffeur, friand de bouquets finaux, que la préparation, orchestrée par Symphorep, faisait quelquefois bien les choses.

Ce dernier repas de gala se composait de cuisses de grenouilles à la crème, à l'ail et aux herbes et de tranches de magret de canard aux figues fraîches, le tout arrosé par un Bergerac.

Le dessert devait venir à la fin du feu d'artifice. Entre temps, pour patienter, il était prévu que deux bouteilles de champagne seraient amenées. Forte Savane et Symphorep étaient enfin bien servis : ce sont des choses qui arrivent.

Gilby se renseigna pour savoir d'où le feu d'artifice serait tiré. Un serveur expliqua pour toute la compagnie que le feu serait tiré depuis des remorques de camions, stationnées en contre-bas de la terrasse aménagée au bout de la rue.

— C'est tellement difficile de monter des feux d'artifices qu'ils préfèrent maintenant tout assembler sur des plates-formes, en module, expliqua ce serveur qui se donnait l'air d'un véritable expert. Ca simplifie le câblage de mise à feu, l'élaboration, la mise en place, la protection et même le nettoyage.

Gilby hochait la tête d'un air entendu, comme un toucan en plastique sur pivot, les deux yeux grands ouverts et demi. Il avait l'air de priser les feux d'artifice. En dehors du Moyen Âge, il avait donc une autre passion. Passion bien plus déplorable, selon l'avis de Le Hortec, qui asséna ainsi :

— L'engouement pour les feux d'artifice emporte le concours d'un grand nombre de spectateurs, ce qui fait donc de chacun des nombreux amateurs de cette sorte de sport une forme de propagandiste destiné à perpétuellement verrouiller le consensus muet qui tend à encenser cette forte sénilité n'ayant pour qualité qu'une fraîcheur infantile, énonça-t-il.

— Ça cherche juste à être beau, plaida le chauffeur, à la place de Gilby, qui restait muet.

— Sans vouloir paraître ronchon, il faut bien admettre que toute occupation idiote, artificieusement donnée à une foule, fait donc perdre son temps à une grande quantité de personnes... observa Bahlza.

— Les feux d'artifices sont une perte de temps ? s'insurgea Gilby. A ce moment-là, tous les spectacles sont des pertes de temps. C'est un point de vue d'intégriste et de Savonarole !

— Ça les plonge dans une crétinerie de commande et un mensonge social qui affaiblit le bon sens. Il faut donc placer de tels spectacles au rang des activités pernicieuses et nuisibles. C'est ça que le rock combat : les clichés, asséna Kraigut en levant le doigt.

— Et en effet, parmi tous les clichés adoptés benoîtement par tout un chacun, se situent en bonne place les feux d'artifice, appuya Slusherboot.

— Vous pouvez essayer de faire une chanson avec ça, plaisanta Gilby, acide.

— J'me gênerais, si t'avais pas des avis sur commande, grinça Le Hortec.

— L'ennui du feu d'artifice commence par un déplacement pour aller voir celui-ci, avec tout le cortège d'inconvénients que suppose un déplacement aboutissant à une certaine concentration de spectateurs dans un petit périmètre de vision, analysa Kraigut.

— Comme le rock, murmura Gilby.

Seul le chauffeur perçut cette remarque, et cette fois il lui glissa un coup d'œil entendu. Les autres écoutaient la suite de la péroraison.

— Ensuite se produit le lancement pyrotechnique. A l'époque où ni l'affiche, ni le cinéma, ni la télévision n'existaient, un spectacle aussi pauvrement graphique avait certainement des chances de plaire, par un manque de saturation picturale qui explique aussi, par exemple, le succès passé de la peinture à l'huile. Ceci pour le fameux "Beau" invoqué par notre ami le chauffeur. Aujourd'hui, une simple fleur regardée dans son vase est plus intéressante, sous le plan des formes, qu'un feu d'artifice, et n'importe quelle vision de centre ville, la nuit, propose des bouquets plus colorés, ajouta Kraigut.

— Vouala... C'est une sous-culture. C'est pour finir les bals et consoler ceux qui ont pas emballé, ajouta Slush.

— Le feu commence par quelques « pouf-pouf » espacés, quelques « pan-pan » aveugles, continua d'analyser Bahlza. Il est supposé monter dans un crescendo de gerbes et d'illuminations. Remarquez bien que tout le monde attend ainsi la surenchère convenue, qui finit par advenir en quelques courtes minutes. De même, le lancement d'une fusée d'artifice obéit au même schéma, à échelle réduite ; d'abord le pilier, lent à monter, puis la brève explosion de la chevelure du palmier et la fugace fin de la retombée des "fruits". L'analogie totale du tout et de la partie avec la mécanique sexuelle est donc sans doute une raison psychanalytique supplémentaire du succès des feux d'artifice.

— Psy-cha-na-ly-tic ! épella Le Hortec réjoui, en levant encore le doigt. Et au risque de faire lacanien, l'âne alytique est pas loin du père alytique !

— La pauvreté chorégraphique est consubstantielle au manque de versatilité de l'événement : ça monte, ça pète en couleurs, finalement peu variées, ça retombe un peu, discourut encore Kraigut.

— Sauf les feux d'artifice des concerts de Kiss... Kiss sans feux d'artifice, ça aurait jamais été Kiss, objecta Balzah.

— Dévie pas le sujet, ou on va parler de Pink Floyd, et on serait hors sujet, lui glissa Slush.

— Les artificiers peuvent au sol allumer quelques feux de Bengale, quelques torches, qui formeront des nébulosités masquées par la tête du spectateur de devant, ou par les massifs de végétation qui donnent alors un contre-jour censé, encore une fois, pouvoir faire nébulosité, ajouta enfin Kraigut. Du halo comme interprétation suggestive de la beauté : j'ai mal vu, j'ai pas compris, donc c'était fort...

— C'est un extrait de sa thèse de cinquième cycle, expliqua Balzah à Tseu et Dublaudé, qui suivaient bouche bée les péroraisons.

— Ah bon, il est sociologue, aussi ? demanda Tseu en apparté.

— Pas du tout : un cinquième cycle c'est une roue de secours, lui précisa Balzah.

— Donc, pour conclure, asséna Kraigut, le feu d'artifice peut se concevoir comme adjuvant subalterne pour quelque événement déjà élaboré en soi, donc riche en éléments d'ambiance, mais il ne devrait jamais prétendre à être la base d'un spectacle, comme trop de fabricants de son et lumière le proposent à leurs clients gogolâtres. Facile solution que ces petites fusées... Quel responsable ira se plaindre, ou avouer qu'il prise fort peu les feux d'artifice ? Parler contre le consensus qui vote pour le fameux "bouquet final" ? Il passerait pour un crétin, un rabat-joie, une sombre enflure boursoufflée.

— Un Refe Nazi, murmura une voix.

Mais Gilby ne haïssait pas les feux d'artifice, il les prisait et se promettait de se faire un régal de celui-ci, malgré sa vision réduite.

La nuit était tombée pendant le dîner, comme elle fait souvent en demi-saison, et vers 20h au mois d'Avril. Ils se préparaient, nez en l'air, à suivre le départ des premières fusées. Les deux bouchons de champagne avaient déjà doucement détonné à leur table, donnant le signal de l'après-dîner. La rue avait commencé à s'engorger de monde, on ne devait plus pouvoir se gager dans un rayon de quatre kilomètres, et des vendeurs de boissons gazeuses baladaient partout leurs paniers remplis de boîtes de soda. Pour sacrifier à tous les usages du genre, ça allait être un feu d'artifice typique.

Prévenu par une sorte de prémonition, ou de télépathie en lien magnétique avec ses hantises, Gilby redescendit soudain le nez, qu'il avait déjà braqué vers les cieux, et demanda :

— Où est Le Hortec ?

Il n'y avait plus aucune trace du rouquin parmi eux. Kraigut se borna à indiquer qu'il avait cru voir Le Hortec s'éloigner vers le bout de la rue.

— Sans boire de champagne ? Et il est parti vers le feu d'artifice ? s'étrangla Gilby. Mon Dieu !

Le spectre cauchemardesque d'un Le Hortec perdu au milieu des fusées, inspectant les barils de poudre, l'avait effleuré.

— Il y a un service d'ordre, il ne pourra pas passer, fit observer Eric.

La précédente vision cauchemardesque fut aussitôt remplacée par une autre : Le Hortec, vexé par le service d'ordre, tripotant les fils électriques menant au dispositif de mise à feu, ou s'employant à quelque acte de sabotage débile.

— Eric, venez avec moi, lança Gilby. Il faut le rattraper avant qu'il ne commette encore une catastrophe !

Gilby se leva si précipitamment, malgré sa cheville douloureuse, que sa chaise tomba. Avec moins de précipitation mais une aussi grande rapidité, Eric fit diligence pour lui emboîter le pas. Ils se dirigèrent vers le bout de la rue, au milieu de la foule déjà dense.

En approchant des barrières, la foule s'épaissit encore et les protestations contre leur avance devinrent plus vigoureuses. Un espace avait été réservé pour placer quelques sièges sur une moquette rouge, destinés à des personnalités. Ils franchîrent sans vergogne les barrières de cet enclos pour pouvoir rejoindre plus facilement l'avant. Personne ne fit mine de vouloir les arrêter dans cette tentative, ce qui marquait un inquiétant relâchement du service d'ordre. Un garde se serait-il manifesté que Gilby l'aurait aussitôt requis, à fin d'aide et de prévention, pour l'épauler dans son opération sauvetage du feu d'artifice.

La rue se terminait en temps ordinaire par une balustrade de fer forgé et une volée d'escaliers descendant dans la rue transversale située en contrebas. C'est dans cette rue qu'avaient été rangées les plates-formes supportant les éléments qui devaient être mis à feu. L'accès de la balustrade et des escaliers était donc défendu par de nombreuses barrières métalliques.

Une masse sombre s'employait à escalader ces barrières. C'était Le Hortec, aidé par la proximité des obstacles, permettant de les passer en s'appuyant sur le faîte de plusieurs. Le service d'ordre, massé autour des plates-formes, quelques mètres en contrebas, était absent et aveugle à cette tentative de franchissement.

On aurait dit qu'une frénésie s'était emparée de Gilby. Eric ne l'avait jamais vu ainsi transformé en athlète sauteur et vindicatif, toute cheville oubliée. Il bondit sur la première barrière d'un seul mouvement et grimpa sur la suivante pour se casser la figure sur la troisième, ce qui ne l'arrêta pas. Il n'avait plus qu'un seul objectif, mettre la main sur Le Hortec.

— Reviens ici, le maboul, hurlait-il. Arrêtez-le tout de suite !

Quant à Eric, il n'était pas encore transformé en balle de caoutchouc et il suivait péniblement les avancées de Gilby. Ils en étaient arrivés à se mettre à plat ventre sur le sommet des barrières, et ils progressaient là comme des imbéciles, sous les yeux de la foule qui leur envoyait appréciations, invectives et imprécations.

Tout ce remue-ménage avait enfin alerté deux pompiers de la protection civile, qui remontèrent les escaliers. Eric vit soudain leurs têtes ébahies dépasser, considérant Le Hortec et Gilby, séparés d'un mètre tout au plus dans le lacis des barrières.

Ce que tentait Le Hortec n'était pas bien clair. Soit il avait voulu gagner une position de vue imprenable, ce qui fut sa ligne de défense par la suite, soit il avait réellement voulu mettre le nez entre les pots de Bengale et toucher les feux ou le lancement du plus près, voire diriger une ou deux fusées.

Les deux pompiers secouèrent les barrières pour empêcher Le Hortec et Gilby de progresser, confondant les intentions de l'un et l'autre. Le Hortec pour les éviter s'accrocha à la balustrade qui fermait ordinairement le vide au bout de la rue. Comme cet obstacle fixe arrivait à la hauteur du sommet des barrières, il était maintenant à moitié dans le vide.

C'est à ce moment que Gilby parvint à l'atteindre, le saisissant par un pan de son blouson. S'aidant de cette prise, il s'attira tout entier auprès de Le Hortec qui cherchait à se libérer. Les deux oscillèrent un moment sur la crête de la balustrade, puis Le Hortec parvint à repousser Gilby. Le chanteur fut ainsi débarrassé d'un contre poids dont il n'avait pas mesuré toute la pesanteur influente. Il se retrouva en équilibre précaire au-dessus du vide.

Gilby, dans son mouvement, faillit revenir en arrière et se planter une nouvelle fois entre deux barrières, mais d'un vrai mouvement de danseur, il se tordit et se jeta en avant pour se rattraper à Le Hortec gesticulant verticalement au-dessus de la fosse. Tous les deux basculèrent.

La foule poussa un cri, les pompiers levèrent les bras au ciel, et Eric reçut un coup de barrière dans le nez.

Une chute de quelques mètres peut ne pas être suffisante en soi pour beaucoup endommager quelqu'un. Par contre, en se recevant mal, on peut se casser quelque chose, voire même le cou ou les reins. Le Hortec se cassa peut-être une côte, ce qui peut être gênant un temps pour un chanteur, et Gilby n'eut rien, en dehors de l'occasion de se plaindre de sa cheville luxée plus tôt dans la soirée. Le Hortec se retrouva déshabillé de son blouson par les palpeurs, sans que l'on sache trop pourquoi ni comment. Le peloton de pompier, dont le chef, à cinquante mètres de là, avait tout vu, s'occupa de l'évacuer vers un hôpital.

Le nez est une région de l'individu richement innervée, et qui est le centre de la physionomie : tout bobo qui l'atteint se double d'une secrète inquiétude psychologique quant à la possibilité d'être défiguré.

— Dites-le moi franchement, demandait Eric à Gilby. Est-ce que j'ai le nez cassé ?

Il fallut le rassurer tant et plus. Précisons qu'Eric ne conserva aucune séquelle de cet épisode.

Comme il était lui aussi descendu pour porter garantie et témoignage à Gilby, et présenter la poursuite dans les barrières sous un jour renvoyant l'affaire à une opération de secours sur un seul éméché, on finit par les croire. Le seul vrai inconscient avait été puni par un voyage en ambulance, on allait pas y passer des années. Un secouriste donna à Eric une compresse à se coller sous la narine. Deux policiers municipaux continuaient de leur balancer des regards de dédain. Devant la perspective proposée et offerte de vider les lieux pour aller se faire passer une radio du crâne, Eric cessa toute plainte.

Gilby proclama lui aussi qu'il allait très bien et qu'il voulait qu'on le relâche pour qu'il puisse aller surveiller les autres colibris de sa volière. Comme il employa textuellement cette métaphore, un responsable secouriste pensa qu'il s'était lui aussi pris un coup sur la tête. Il parla alors d'alcootest.

Pour faire bonne mesure, Gilby lui rajouta : « Il faut que je rejoigne mes oiseaux avant qu'ils s'envolent dans le panorama, et parce que l'addition peut cacher un coup de fusil. » Pour se libérer, Gilby signa un papier qui dégageait les pompiers de leur responsabilité. Il avait déjà en vue la paperasse nécessaire à la déclaration d'un accident du travail. Il ne tenait pas à avoir toutes les peines du monde à réunir des preuves, et s'accomodait assez bien de la paranoïa sécuritaire à présent déployée par le service d'ordre.

Par un chemin plus praticable, Eric et Gilby revinrent à pas mesurés vers le restaurant. C'est surtout Gilby qui traînait les pieds. La tête basse, il tenait le blouson de Le Hortec sous le bras et son œil brillait sous les réverbères de reflets cuivrés, car les secouristes lui avaient enduit la moitié de la figure avec une pommade grasse à l'arnica, censée être décongestionnante et calmante. Ce calme onctueux, répandu si près de son cerveau, devait actuellement lui passer la dure-mère et les méninges pour lui entrer dans l'encéphale, car Gilby avait l'air complètement fini, cuit et à plat.

A un moment, un porte-carte tomba du blouson de Le Hortec. Eric se pencha pour le ramasser et s'exclama.

Le porte-carte s'était ouvert en tombant, et à la clarté d'un réverbère tout proche, on pouvait nettement distinguer une photo prise en plan moyen, glissée dans un blister : Le Hortec, le bras passé autour du cou d'une jeune femme aux traits nettement asiatiques.

Sans aucune pudeur, Gilby se colla le nez sur la photo, puis la sortit de sa protection transparente. Au dos, une mention portait "Doudou et Mine à Sainte-Marguerite", plus une date, assez récente.

Eric s'empara de cet indice pour justifier enfin l'incohérente conduite de Le Hortec touchant à la cuisine exotique :

— Si sa femme lui fait à manger asiatique tous les soirs, il n'y a aucune raison pour qu'il change d'habitude !...

Gilby hocha la tête. La pensée que sa bête noire put avoir un jardin secret et une groupie attitrée, voire chérie, – et même cocue, s'il fallait retenir l'épisode de Prussy – ne parvenait décidément pas au centre de ses représentations, et il n'en tirait aucune émotion particulière.

Le porte-carte fut remis en place sans davantage de recherche dans la vie privée de Le Hortec, et ils repartirent vers le restaurant, qui fut atteint sans davantage de péripéties. Les oiseaux de Gilby n'avaient pas bougé, l'addition n'était pas outrageusement salée et le feu d'artifice avait commencé, captivant l'attention de tous, au point qu'ils ne remarquèrent pas leur retour avant l'intermède de calme précédant l'éjaculation finale.

C'est d'ailleurs pendant cette pause qu'on leur amena le dessert, servi à l'anglaise sur des assiettes préparées en cuisine.

— Ils se fichent de nous, s'insurgea Gilby. Le menu prévoyait une "Bombe Glacée". Où est la bombe ? Je ne vois que des bouts de biscuit à la cuiller avec de la glace à la vanille !

Effectivement, Symphorep était légèrement refait et escroqué. Mais qu'attendre de plus d'un feu d'artifice tiré sur un mamelon à touristes ?

Pratiquons une incise pour relater comment les choses se calmèrent du côté du leader de Forte Savane. Lorsqu'il arriva à l'hôpital, on confia à Le Hortec qu'il serait examiné par le Docteur Rantrant.

— Il rentre quoi ?

— Ce n'est pas une marque de soupe lacrymogène, monsieur, l'avertit une petite infirmière au sourire caustique ; c'est l'interne de service aux urgences.

Le Docteur Rantrant arriva. Il paraît, d'après la narration ultérieure, versée aux archives de Forte Savane, qu'il ressemblait à un martien, d'un aspect tout vert sans que son patient puisse expliquer cette carnation. Mais Le Hortec s'y connaît en vert, depuis que le foie de Lestrade est devenu unijambiste. Ceci, selon lui, à la suite d'une hépatite C récoltée dans l'Etang de Berre, où "Les poissons sont si mazoutés qu'il y a même plus besoin de mettre du charbon dans le barbecue pour le faire marcher". Selon ses assertions, pour faire plus vert que le Docteur Rantrant, le sosie de Yoda, il aurait fallu ouvrir une mine de pigment à la chlorophylle.

— Heinvouzavémalouheinditesmoiçaheinilsaitparleraumoinsheinsuilà ? prononça l'extra-terrestre.

— Ah, non ! Pas ça ! Moi je veux être soigné par un docteur qui parle le Français, ou alors on va pas se comprendre, et je ne veux pas être une victime, protesta Le Hortec.

Son humour de blessé ne fut certes pas prisé à la juste hauteur de son intention divertissante, et il fut aussitôt considéré d'un sale œil.

Le lendemain, rentré à Franconville, et paraissant au café, Le Hortec mima la rencontre avec le Docteur Rantrant en faisant des moulinets avec les mains. Le Patron lui avait passé la laisse de Brouckham, le chien du café, et Le Hortec en faisait un stéthoscope.

— C'est comme Jean-Jean, assura un spectateur. Il l'ont fait entrer, il pesait quarante-deux kilos et lui ont trouvé des tas de polypes. Ils l'ont tellement affaibli en lui retirant ses polypes qu'ils l'ont descendu à dix-huit kilos, autrement dit, ils l'ont tué aussi sec. Vaut mieux vivre tranquille avec sa basse-cour personelle sans aller les voir, je te le dis...

— La bande de sales cornards vicieux, eux et leurs p... en bouses. (Le Hortec oubliait de prononcer le L de blouses).

— De qui tu parles, là ? Des toubibs et des infirmières, ou des polypes ?

— C'est tout du pareil ! protesta Le Hortec. Et tu sais pas comment ça s'est terminé, l'examen avec le vénusien vert au stéthoscrote ?

— Ils t'ont fichu dehors, mais le lendemain, parce qu'ils comprennent très-très lentement. Ils appellent ça un diagnostic : le temps que tu mets pour calancher.

— Il m'a osé dire que je n'avais pas mal et que je n'étais qu'un simuleur.

— On ne dit pas simuleur, Le Hortec, on dit simuletier.

— Ah ! Ne te fiche pas de moi, toi, ou je te démontre comment les polypes, je les applatis, je les étire et je les tresse ! Avant de les enfler, les enflures ! On dit polypes, je réponds montgolfière !

Etc.

Si les Hostos les font souffrir, pourquoi effectivement s'étonner de voir les alcoolos claquer dans la rue ?

Mais revenons au restaurant et à la fin de la tournée. Gilby était donc claqué. C'est la première fois qu'ils le virent aussi totalement baisser pavillon et la tête pour avaler son humiliation, sous forme de cuillerées de glace à la farine d'algues. Il ne protestait plus, le voyage était terminé, il ne voulait plus faire un gramme d'effort.

Le "bouquet final" du feu d'artifice consista en une succession d'accumulations multicolores du plus mauvais goût chromatique. Le ciel en fut rempli pendant une demi-minute, puis ce fut tout, terminé M'sieurs-Dames, bonsoir tout l'monde.

Le restaurant ralluma les lumières de sa terrasse. Les convives s'aperçurent de l'absence de Le Hortec et commencèrent à poser des questions. Gilby laissa l'inquiétude grandir en faisant signe à Eric de ne rien savoir et de ne rien répondre.

La grande séance des adieux et du dernier dîner fut ainsi désamorcée par cette continuation tout à fait digne des jours précédents. Avec la confirmation que leur chef et exemple était à l'hôpital, les membres du groupe affichèrent des mines égarées. Gilby assura plus tard qu'il avait failli ajouter qu'il allait porter plainte pour coups et blessures ou même tentative de meurtre (avec arrêt de travail), ce qui aurait été assurément du plus mauvais goût, mais n'oublions pas que Gilby avait de nombreuses circonstances atténuantes, et un tonneau de rancune plus qu'abondamment rempli à l'adresse du principal absent, en dehors de raisons recuites de vouloir torpiller les bons rapports de Symphorep avec le groupe.

Si Gilby avait seulement eu le bras cassé, Le Hortec s'en tirant avec une cheville tordue, le scénario aurait d'ailleurs fort bien pu dégénérer. Cette semaine là, les dernières bonnes paroles de Gilby à Forte Savane furent donc chargées de retenue. Il ne fallait d'ailleurs pas oublier qu'en rentrant à l'hôtel, les membres du groupe congé-congrès allaient trouver une enveloppe contenant un questionnaire-qualité sur leur degré de satisfaction offert par ce voyage Symphorep, avec la possibilité de noter l'accompagnement qui leur avait été prodigué.

Pour bien leur faire sentir l'artificiel de la situation, Gilby tarda volontairement à donner le signal du départ, retenant le groupe à table comme si l'on ne pouvait vraiment plus se séparer, alors que les serveurs avaient fini de débarrasser les tables voisines et que les derniers cafés avaient été bus depuis longtemps.

Les yeux dans le vague, Gilby devait savourer la consolation de savoir son adversaire en salle d'examen et la fin plus que prochaine de ses épreuves, abruti en outre par la lente montée d'une fièvre et d'un encombrement menaçant sa sphère bucco-rhino-pharyngée.

Enfin, le chauffeur manifesta hautement son intention d'aller vérifier si le car avait bien passé sa soirée, en dehors des parkings prévus sur la butte pour ce genre d'engins. Comme deux ou trois autres candidats à la balade se levaient aussi, Gilby fut alors contraint de donner le signal du repli.

Le car avait, de fait, bien passé sa soirée. Garé sous des marronniers encore très peu feuillus, il avait été décoré de grandes coulées collantes par des pigeons peu soigneux, mais dont l'antériorité de l'habitat primait sur l'installation du car.

Une fois encore, ce jour-là, le chauffeur passa la main sur le pare-chocs avant pour bien rester sûr que la petite voiture blanche n'avait pas pollué son véhicule. Puis, ce miracle à nouveau constaté et établi, il consentit à les ramener à l'hôtel, à Vincy.

Le torse bandé sous sa chemise, Le Hortec les accueillit à la réception, dont il avait encombré une table de cartes étalées en jeux de patience. Gilby eut l'air surpris qu'on ne l'ait pas gardé en observation, mais il n'ajouta rien. Le Hortec avoua simplement être très fatigué, ce qui n'avait rien d'étonnant, puisque depuis son retour il avait consommé deux cognacs, qui étaient tombés dans son estomac sur les comprimés antalgiques et sédatifs administrés par les secouristes.

Sans un mot, Gilby lui tendit son blouson. Ce fut là le dernier échange de la semaine entre ces deux individualités.

Seul de toute la bande, Kraigut s'approcha de Eric et lui remit discrètement un paquet oblong enveloppé d'un méchant papier. Cette offrande fut accompagnée d'un clin d'œil et d'un serrement de main fugace. Forte Savane disparut ensuite dans les étages sans même saluer l'équipe Symphorep ou leur adresser un regard, escortant un Le Hortec titubant. Seul Slush fit trois pas en arrière et lança un sourire entendu à la cantonnade avant de leur emboîter le pas.

Tous avaient aussi assez vu les rockers. Ils ressortirent sur le trottoir, flanqués du chauffeur qui, lui, avait glané une ample moisson de bouts de papiers, rédigés et remis plus tôt dans la soirée au cours du dîner, faute de cartes de visites. Alors, Eric déchira le papier de son cadeau et exhiba à la lumière des réverbères la silhouette de la dernière bouteille de rhum du voyage. Il refila tout de suite ce présent au chauffeur, qui ne fut pas avare de remerciements.

Devant le car, ils se séparèrent en se souhaitant bonne nuit. Ils devaient se retrouver le lendemain matin au siège de Symphorep pour le premier debriefing, terme étranger passé en institution. Et l'institution, comme chacun le sait depuis Maine de Biran, prime tout. Il y aurait examen de photos, choix de thèmes pour les très futures publicités, et Eric ne dirait pas qu'il avait pris des notes, historiques et personnelles.

Gilby héla successivement deux taxis vides, qui bien sûr ne s'arrêtèrent pas et, avec sa chance coutumière, il fut chargé par un troisième. Quant aux membres de l'équipe Symphorep, le chauffeur leur proposa de les charger dans le car pour, sur le chemin de la remise, les déposer dans Paris à proximité des bouches de métro qui leurs seraient le plus commodes.

Forte Savane devait faire un clip, tourné par le fils d'un grand cinéaste, mais ce projet échoua, Slusherboot étant parti en vacances au Québec.

Lorsqu'il revint, cinq semaines plus tard, c'est Bahlza qui manquait à l'appel.

Le temps qu'il revienne, on apprit chez Symphorep que le groupe s'était séparé. De plus, Le Hortec ayant déménagé de

Franconville pour retourner à Vignolles, on ne savait plus où envoyer le courrier, les téléphones des membres du groupe ne répondant parfois pas, ou délivrant de vagues promesses.

Ainsi, il devient difficile de longuement épiloguer.

La rédaction littéraire des souvenirs de voyages est un genre de reportage presque totalement tombé en désuétude depuis l'apparition de la diapositive, puis de la caméra vidéo.

Cependant, il faut maintenir que certaines autres tournées mériteraient absolument d'être narrées et exposées, pour l'édification publique de l'humanité. Les restaurateurs et les hôteliers le savent bien, et il faut ici terminer en les encourageant à fonder un :

« Prix du plus beau sagouin rocker s'étant jamais fait un jour passer pour un client. »

Ah, si les murs d'hôtels pouvaient parler...

INTERVIEW RÉCIPROQUE

Rencontre d'Eric et de Le Hortec
au Bar-Brasserie *L'autrefois*
le 30 Mars 2019.

Le Hortec — Ça y est, ton ordi enregistre, tu es sûr ?
Eric — Regarde le vu-mètre : ça monte et ça descend.
LH — Ça ne peut pas capter mon air grave et sévère. Et c'est dommage. Tu sais que tu me fais passer pour un vrai cinglé, dans ton bouquin ? Le pire, c'est avec les Flamants ! Pauvres bêtes !
E — Tu ne remets pas en doute les faits en question ?
LH — Je me demande juste pourquoi tu as écrit tout ça ?
E — C'est un hommage, La Horte. Un hommage au rock.
LH — Je verrai si je te demande de modifier mon nom. Peut-être pas. Si tu m'appelais Poujoulat, dans ton livre ?
E — Ça ferait cheminée. Et il faudrait changer les autres noms, ça perdrait en naturel pour gagner en fausseté.
LH — Admettons. Je te dois aussi mes félicitations pour m'avoir retrouvé. Je crois que j'ai déménagé une bonne dizaine de fois, depuis l'époque Forte Savane. Soit dit en passant, tu n'as pas un mot pour ma voix, ni pour mon jeu de guitare. C'est vraiment fait exprès en hommage au rock ?
E — J'y ai pensé, mais c'était dur à relier avec ton attitude. Je ne pouvais pas écrire « Soudain, sur scène, il nous faisait oublier qu'il venait de dynamiter une chambre d'hôtel. »
LH — Mais si, tu aurais pu. Destruction ou déconstruction ?
E — Je n'ai même jamais su tes références, et qui tu admirais ?
LH — Tu n'a jamais écouté nos conversations dans le fond du car, alors ?

E — Les braillements, ou les ronflements ?
LH — Tu veux des références ?
E — S'il te plaît ?
LH — T'as déjà vu du Delacroix ?
E — Bien sûr.
LH — Tu as déjà goûté un bon Bordeaux ?
E — Bien entendu. C'est clair.
LH — Bon, alors je te pose la question : est-ce que Delacroix ne peignait pas sur toute la surface du tableau ? Est-ce que le Bordeaux ne remplit pas toute ta bouche ? Est-ce que Delacroix laissait des surfaces non peintes ? Est-ce que le Bordeaux décide de ne pas déployer son théâtre du côté de ta deuxième molaire gauche ?
E — Je trouve que les exemples choisis...
LH — Trouver quoi ? Tu cherches encore ? Nous on avait trouvé. On n'était plus au temps des Grecs, avec deux flûtes et un tambourin. Nous, on faisait du rock.
E — Du rock. Qu'est ce que tu entends par là, en définitive ?
LH — Tu ne comprends pas ?... Le rock est la vraie libération : Tu donnes des avis, tu donnes de la séduction, du donnes de la force, de l'illusion, tu es avide et tu gaves, tu diriges et même abuse... Mais surtout, tu donnes de la sympathie et de la joie... Tu vois les sept trucs ? C'est le septenaire ultime, l'expérience totale.
E — Quand j'entends ça, je retrouve le Cortex de Forte Savane.
LH — Bon, tu veux du terre à terre ? Je vais te dire... Tu connais *Maybe Baby*, par Buddy Holly ?
E — Je ne suis pas sûr de me souvenir...
LH — C'est sur Youtube. Tu le retrouveras. Quand tu entends ça, daté de 1957, tu comprends ce qu'ont essayé de faire les Beatles, parole, et d'où ils ont sorti leurs premiers trucs. C'est aussi tellement basique que ça recadre bien des compositions dans le rock : trois accords, du texte, un break et un tout petit solo. Les plus courts sont souvent les meilleurs.

E — C'est tout ? Buddy Holly et hop, refermez le canapé ?
LH — Mais non, il y a tellement de choses que je pourrais citer... Des choses universelles... *Middle school frown* par Josh Rouse, ou *We Never Danced* par Martha Davis des Motels, ce qui est à la base une chanson de Neil Young... Ça me vient comme ça, aujourd'hui, mais le nombre de chef d'œuvres... qui en général évoquent quelque chose de fort et sont ainsi des choix perso.
E — Ah voilà ! Ça c'est des citations ! Faisons direct, alors : quel est la plus grande œuvre rock ?
LH — C'est *Tommy*, sans conteste...
E — Sans contestation ?... je ne sais pas. Le bassiste joue lead. On dit que c'est Magic Pete qui a principalement écrit ça, mais c'est Entwistle qui fait la ligne de clairon, et pas mal de thèmes... c'est vraiment l'œuvre d'un groupe.
LH — Tu ne parleras pas du batteur, s'il te plaît. Un seul mot : Respect.
E — *Tommy*, donc, La Horte ?
LH — Les compos y sont variées... Y'a du blues, de la pop, de l'english rock, bien fondu, mais de toute façon c'est toujours au top. Comme tout ce que faisaient les Who à l'époque.
E — Bon, d'accord, le chanteur, c'est déjà tout le hard, le Metal, tout ce qui va venir... pas de paillettes et de tatous, juste la veste à frange et les abdos en tablette. Je comprends l'admiration d'un chanteur pour une grande réussite avec peu de moyens. Mais quand même, ça a été décliné soupe en symphonique et même en film musical.
LH — Et alors ? Quand un truc devient tellement mainstream, on peut pas échapper aux conséquences. C'est la signature du monument par le Prince de ce Monde. Mais c'est un succès qui ne les a pas pourris, ni atteint, tout simplement. Quant au terme soupe, tu te le gardes. Ça ne fait que te tacher la bouche.
E — Alors c'est vraiment le summum ?
LH — En tous cas, la compétition "Beach-Boys contre Beatles" de l'époque, a été définitivement enterrée avec *Tommy*.

E — Et les Stones ?

LH — Ah, je l'attendais, cette question là... Je vais te dire : si il y avait eu un retour du jazz, les Stones en auraient fait. Faut bien voir qu'ils ont commis du disco ! Alors qu'on ne me parle pas de "racines blues" et tout ça... Ces gars ont toujours cherché le tube, ils ont collectionné les hits de 5 minutes, et jamais fait une œuvre. Tant pis. Cependant, leur magie a toujours été très forte, c'est indéniable, et ils restent un des plus grands événements de l'Histoire de la Musique.

E — Et le jazz ?

LH — C'est les sixties, qui ont marqué le triomphe définitif du rock sur le jazz, oui. Et il y a eu triomphe parce que c'était encore plus fort. Cette musique a porté le monde, à l'époque, et on ne s'en est pas remis...

E — Et si je dis "Franck Zappa" ? Est-ce que ce n'est pas l'exception qui ferait le trait d'union entre les formes basiques du rock et quelque chose de plus élaboré ?

LH — Bien essayé ! Franck Zappa ! Après m'avoir imputé du déjeantage, tu cites un grand fantaisiste. Je vois le collage, l'intention... Zappa reste accessible, mais qui va y voir ? Il sera une référence juste pour ceux qui retraceront les parcours de McLaughlin ou surtout de Jean-Luc Ponty, ce génie... Zappa, il y a plusieurs périodes... on parlait des années 70...

E — Oui, dans les seventies, il y'a Pink Floyd, ou le punk.

LH — Tu ne sais pas de quoi tu parles... Tu viens en trois mots d'évoquer une faillite et son remède, ou le remède et la faillite. Tu es confus. Tommy, c'était trop fort. Ce vers "*They believe in dreams, including heaven generosity*", ça balance bien la purée, surtout que ça vient avec "*I believe in Love, but how a man who never saw the light can be enlighted ?*" Tu vois ça ? C'est dans du rock !

E — C'est dans *Christmas*... avec les chœurs qui jappent... trop fort... Et pourquoi les Who n'ont-ils pas fait un autre *Tommy* ?

LH — On parle souvent de *Who's Next*, qui sur scène était carrément la plus grande chose possible. Mes parents m'ont raconté, il y avait les premiers lasers de scène... Mais la tentative, ça a été *Quadrophenia*. Venu après *Who's Next*. Et sous-estimé. *Quadrophenia*, c'est en 73, après la Bowiemania, et l'année de la sortie de *Dark Side of the Moon*.

E — Et après, ça a commencé à faiblir ?

LH — 1973, c'est aussi la sortie de deux grandes chansons : *Someone saved my life tonight*, d'Elton John, et *Blinded by the Light*, de Bruce Springsteen. Remarque bien qu'à l'époque, le Bruce The Boss était complètement inconnu. Il a fallu que Manfred Man reprenne *Blinded* pour que ça devienne un tube planétaire... La version d'origine de Springsteen sur *Greetings from Asbury Park N.J.*.avait fait un bide total.

E — Qui fait encore des tubes rock, de nos jours ?

LH — Garbage ?

E — Et les solos de gratte les plus courts sont les meilleurs ?

LH — Ecoute celui sur *Let it Be*, la chanson.

E — Mais l'histoire du rock regorge de solos historiques, non ?

LH — Oui, je sais... Il y a même des plans pour apprendre à en jouer : ne pas démarrer à fond, garder un argument, avoir une idée de structure... Alors qu'en fait... Ah ah...

E — Oui ? .

LH — En tant que joueur de guitare, je peux juste dire que, en général, le solo, et ceci comme dans le jazz, est une affaire de démonstration de dextérité, sur scène... ensuite ça persistera dans la structure des morceaux enregistrés... Donc, à la base, c'est une exhibition virtuose, qui bien sûr a été répétée et travaillée par celui qui produit le solo : c'est son morceau de roi.

E — C'est tout ce que tu veux en dire ?

LH — Il y a aussi les autres solos, qui sont de deux ordres : l'un qui peut intervenir lors d'un hiatus et d'une interrogation du groupe, un moment de passage à vide. Alors le batteur produit un bref roulement et tout le monde commence à recompter les temps des mesures, où bien sûr, le guitariste produit une brève cocote de blues, pouit-pouit-pouit, une impro qui meuble, et qui fait sérieux. Et tout le monde repart aussi du bon pied. Cette frime, ça passe pour un solo.

E — Et l'autre cas ?

LH — Il y a aussi le court solo par complaisance, auquel les partenaires s'invitent, mais comme le "morceau de roi" a déjà été asséné, il ne s'agit que d'arpéger, ou enchaîner deux-trois plans, bref on ne va pas très loin dans le cinéma… Ça c'est lors des rappels, ou d'une impro sur le tube si connu…

E — Qu'est ce que tu as fait, après Forte Savane ?

LH — Eh bien Cookie, ma compagne, en avait assez de me voir faire l'andouille et le glandeur. Alors je suis redescendu à Avignon, et j'ai pris un boulot de garde du corps, et fait du service d'ordre. Mais attention, pas vigile ou videur… Oublie pas mon niveau en arts martiaux…

E — Le Hortec en service d'ordre… Inimaginable… Du moins à l'époque de Forte Savane… Que sont devenus les autres ?

LH — Slush, qui s'appelait en fait Gadoyan, a ouvert un restaurant de brochettes à Montréal. Mike-Michel a fait vendeur de fenêtres, et vendeur de cuisines, je crois qu'il vend des panneaux solaires… ou des piscines. Greg Laigut, qui ne s'est jamais appelé Serge, est dans l'immobilier. Je dois dire merci à Symphorep, pendant une semaine, on y a vraiment presque cru, à notre rêve de rockers : on tournait, on avait du public, on cassait des chambres d'hôtel… Un mois plus tard, on a commencé à réaliser que ça avait probablement été notre sommet… c'est la vie.

E — C'est la vie… J'avais gardé des traces de chez Symphorep, j'ai pu reconstituer certains de tes textes… de chanson…

LH — A mon tour de te poser une question, après avoir lu ton manuscrit. Tu me traites de déjanté, mais toi-même, ça rime à quoi, tes plans ?

E — J'y ai mis certains de mes "choix littéraires". D'abord, utiliser des localités fictives, non identifiables, mais porteuses d'une évocation, d'une ambiance connue et partagée par un style de localités. Que ça s'appelle Melun ou Meaux n'a aucune importance, et en plus ils y font le même fromage, du brie, tu vois ?

LH — Ça pourrait gêner des lecteurs non ?

E — Il s'agit de pures conventions. Ensuite, et d'ailleurs, pratiquer parfois des répétitions, avec d'infimes changements, comme avec ce guide touristique, pour montrer au lecteur que ça s'étire, qu'il est dans quelque chose de répétitif, mais qu'une variation va bientôt survenir.

LH — Et puis, je n'avais pas le souvenir de tous ces personnages annexes ? Tu avais pris tant de notes, à l'époque ?

E — Les gardiens de nuit et les patrons divers ? Eviter que les personnages semblables soient différenciés et identifiés pour donner de la variété, puisque elle serait factice, puisque ils sont des facettes identiques et peuvent tous dire la même chose.

LH — Bref, tu as pas mal inventé ?

E — J'ai inventé une époque merveilleuse, une musique libératrice, des jubilations, des enthousiasmes ? Je ne crois pas... j'ai posé quelques mots, et tout le monde se sera souvenu... Bon, c'est à moi de finir l'interview en te posant encore une dernière question : est-ce qu'on risque de te revoir un jour dans un retour créatif ?

LH — Moi ? Tu trouves que j'ai quelque chose de spécial ? Je ne fais plus de rock, tu sais ?

E — Gageons que tu es resté un poète ?

LH — Euh ? Pour les quelques méchants bouts rimés que tu as eu le bonheur de relever ?

E — Pour ta vision globale de la vie ?

LH — Alors là, de fait, y'aura toujours de quoi se marrer...

TABLE des EXPLOITS

UN - Réunion chez Symphorep - Foyer glacial - Discours
de Kadeume - Gilbert-Rémy, dit Gilby - Une Tournée !   7

DEUX - Une bande de chahuteurs post-ados - Saucisson
à l'ail - Problème de car - Gilby retrousse ses manches
Cuisine asiatique   19

TROIS - Premier échantillon de folie - De Mâcon à Montcuq -
Blattigny - "Le Dragon Céleste" - Le Parc Georges Purel   31

QUATRE - "Le Dragon de Blattigny" - Bœuf Wellington -
Lombrics - Néons - Boyaux frits - Armes à feu
Le partage du Satrape   43

CINQ - Dame pipi & pisciculture - Mode diminué -
Les croissants empoisonnés - Délivrance d'aquarium
A boire pour les petits poissons - Ils ne chantent pas !   67

SIX - Double cale - Prussy - le Musée de la Seine -
La sapinasse - Naufrage à sec - Pauchouse -
Call-girls - Gilby passe une bonne nuit   75

SEPT - Borax et T. G. V. - "L'auberge du Grand Cerf" -
Un sous-marin orange - Daube sur le magret -
Un chauffeur poivré - Coulommines sur Clapant   91

HUIT - Un édicule ridicule - Pyramide et Pyrotechnie -
Baleine de Marne - Mise à feu - Emotions et quiproquo -
Négociations à la supérette   99

NEUF - Au nom d'Épicure le trahi - Dîner collectif au "Jardin
Céleste" - Self-service cocktail - Une gagneuse gagnante -
Nuit d'orgie   111

DIX - Une perche de trois mètres - Panne de carburant -
Une fermière de feuilleton - Artichauts - Vergean -
Savonnettes et Mozarelle - Bain de minuit - Témoignages   125

ONZE - Sonner un poney - Jeu d'argent - Un piège évident -
Cor de cochon - Aux abris ! - Andrepoix - Exécution
de l'arnaque - Pertes sèches en liquide   149

DOUZE - Fantaisies aquatiques - La petite pelleteuse - Inquiétude -
Mort de la petite pelle - Les sismographes du Pont du Gard -
Flamants roses - Oiseaux gavés - Dur combat pour l'honneur 171

TREIZE - Festival pyrotechnique - Carnaval pour touristes -
Dangereuse décoration - Une idée renversante - Vol d'explosifs -
Un bruit du tonnerre - Embryons de complications   183

QUATORZE - Nuit de festival - Crêpes et gaufres -
La police ne vient pas - Un malade - Destruction d'une chambre -
Beurre de crevettes - Plaie d'hoiries   195

QUINZE - Armure étanche - Le "Donjon de Garnalvin" -
Epaves rustiques - Epaves homicides - Rouge, liquide et vineux -
Une suspension - Repas arrosé - Coup de jus avant le dessert   205

SEIZE - Un elixir de coquelicot - Serre-sur-Semur -
"Le Rempart d'Ibiza" - "Les Trois Roues Vertes" - Franc-Pistil -
Gastralgie minute - Ils vont en boîte !   217

DIX-SEPT - Perte de chaussures - "Le Disque Céleste" -
Sempiternelle beuverie - Une histoire de chasse - Danse Zouloue
Débauche au night-club - Flipper   239

DIX-HUIT - Un produit pour l'argenterie - Une petite voiture
blanche - Recette de la soupe fondue de tomate - Choc de cymbales - Une guinguette sur le Grand Pouilly - Friture   251

DIX-NEUF - Bombe glacée - Laïus substantiel - Cheville - Sur
la butte - Feux d'artifices - Evasion d'un danger public - Dans
les barrières - Docteur Rantrant - Faut-il un épilogue ?   261

INTERVIEW RÉCIPROQUE
Rencontre d'Eric et de Le Hortec au Bar-Brasserie *L'autrefois*
le 30 Mars 2019.   279

Le Potard sur Onze